六点五十，闹铃响起。

满月挣扎着坐起来，昏昏沉沉地去拿桌子上的手机。

这是她故意放的，为的就是从床上起来关闹铃，以免继续睡过去。

闹铃关掉后，满月直接窝在椅子上玩手机。她打开微博，点进特别关注，列表里只有一个博主，ID 叫“早晚相见”。

“早晚相见”最新更新于昨晚十点，更新内容只有两个字：晚安。

七点整，列表刷新。

博主更新：早安。

满月迅速评论了一个太阳的表情，评论完以后退出去，再刷新，评论数已经达四位数了。

评论区大部分都是同样的“早安”和太阳符号，热评会稍有不同。

今天的热评第一是：只要有想见的人，就不是孤身一人。

下面的热评是一些指定性的建楼，比如热评第二是“今日 cp 早安”，热评第三是“今日考研人早安”，再往下有教师、律师、医生、民警等各种职业或分类。

这是一个每天早七晚十准时发“早安”“晚安”的博主，除此以外不会发任何其他内容。大概是内容健康，粉丝渐渐多起来，评论区也自发组织区域楼层。

满月本来不知道这个博主，她也不需要知道。毕竟她是自由职业者，经常不分昼夜，颠倒黑白。

直到几个月前。

她因为作息极其不规律加上三餐不按时吃导致营养不良而晕倒。爸爸妈妈勒令她必须按时吃饭、规律作息，否则就让她搬回去跟家里人住，别妄想继续自由独居。

满月父母住的是家属院，邻里之间相处几十年，彼此熟悉信任，白天一般不关门，由此大家非常喜欢相互串门或者邀约蹭饭。

这种现象在人际关系稍显冷漠的当代其实是非常值得推崇的，只可惜，满月有点社交恐惧症。

所以比起和父母同居，早起也显得没有那么痛苦了。

尤其当满月每天起床，拉开窗帘，一边窝在沙发上撸猫一边感受阳光普照时，她就更觉得，早起其实还挺不错的。

早饭是满月自己简单弄的，吃前拍了一张照片发到微博上，很快就有人点赞。

这是满月的私人小号，平时会发一些日常动态，也会发一些她的猫的近况，但是没有什么人关注互动。

除了刚刚点赞的那个人。

这个人是她在“早晚相见”的评论区认识的。

其实在晕倒之前她已经隐约有一些不舒适的感觉了，只是她不想去看医生，索性就拖着。

之前有段时间，评论区的医学楼很热闹，她没忍住，就在里面问了一下经常胃疼吃什么药最见效，答复她的人很多，但只有一个人给她发了私信。

就是这个人，ID 叫“八 - 六”，头像像是画的。

明月点亮，河面粼粼，倒映着几道清辉。

他发了一条内容很细致的私信，先列举了几种市面上常见的有效胃药，又分别列举了药物的注意事项，最后还叮嘱她如果很严重，建议去医院检查治疗。

因为社交恐惧症，满月很少与人相处，也没什么朋友，即便是二次元，也没有很谈得来的朋友，所以面对“八－六”这样妥帖细致的帮助，她的第一反应是抗拒。

出于礼貌，满月在私信里跟对方说了声“谢谢”，对方倒是没有继续与她深聊，也只是礼貌地说了句“不客气”。

二人没有互相关注，也没有继续发展什么，就像互联网上无数陌生人一样，擦肩而过，仅此而已。

上一次，妈妈忽然间歇性地胳膊疼，她本来不知道，还是后来她从妈妈身上闻到了膏药味才知道。她劝妈妈去医院看看，妈妈却敷衍了事地说年纪大了，有点胳膊疼腿疼很正常。她有点难过，为自己没法陪在父母身边照顾他们。

妈妈不去医院，她也没法代替询医，刷微博时无意间看到私信列表，也不知怎么的，她就点进了“八－六”的私信窗口。

她主动问他有没有什么膏药推荐，可能是她时间选得不合适，“八－六”一直没回复，直到第二天下午她醒来，才收到一份与上次同样妥帖细致的回复。

满月看着各种注意事项，忍不住想，这人肯定是一位非常优秀认真的医生。

她向他道谢，他这次很快就回复了。

八－六：胃疼转移了？

心满月足：不是，是家里长辈胳膊疼。

八－六：那还是建议去医院检查一下，长辈年纪大了，身体会存在很多隐藏的问题。

心满月足：嗯，谢谢你。

八－六：你呢？

心满月足：什么？

八－六：胃疼好了吗？

心满月足：好了很多，谢谢你。

对方又发了一个微笑的表情。满月想着这次聊天是自己主动的，不好意思让对方收尾，但又不想继续多聊，就小心翼翼地发了一个兔子表情。

幸好，“八－六”没有再回复。

因为这一点细节，满月对“八－六”这个人多生了几分好感。

他好像真的很有分寸感。

本以为两个人的交集不会再有第三次，却不想没过多久，满月又主动麻烦了对方。

因为她的猫——叮当，误食了她的止咳药。

当时大晚上的，她实在不知道该询问谁，只能病急乱投医地打开微博私信。

心满月足：你在吗？

八－六：在。怎么了？

满月很尴尬，但又不得不问——

心满月足：那个……你和兽医算同行……吗？

八－六：呃……

看见这串省略号，满月更尴尬了，她恨不得把手机扔掉。

心满月足：对不起，冒犯了……

幸好对方没有很在意，反而主动问她怎么了。

心满月足：我家的猫刚刚不小心喝了几口止咳药……

八－六：我帮你问一下。

满月就差隔着屏幕给人磕头道谢了。

很快——

八－六：是液体的吗？

心满月足：对。

八－六：误食量大吗？现状怎么样？

心满月足：不大，应该只舔了两三口。

现状……

满月扭头看了一眼沙发上的猫，它正无所事事地舔着自己的尾巴毛。

叮当是一只长毛布偶，因为毛长，一天二十四小时，二十个小时都在舔毛。

满月实在不知道该怎么形容它的现状，于是干脆拍了一个五秒的视频发过去。

看完以后——

八－六：看上去很健康，我询问了我朋友，如果误食的是稀释以后的液体且量不大，猫也没有口吐白沫，应该问题不大。

满月这才松了口气。

她忍不住敲打叮当的脑袋，叮当这个叛逆少年还以为老母亲在跟它玩，立马跳起来抓她的胳膊。

满月这次确定她家的猫真的很健康了。

确定以后，她就对“八－六”更抱歉了。

心满月足：真是不好意思，老是那么晚来打扰你。

八一六：没关系，我刚好也在休息。

话赶话，满月就跟他闲聊了几句，不然显得她利用完他就走，挺没良心的。

心满月足：你还没下班吗？

八一六：对啊，今天大夜班。

心满月足：好辛苦。

八一六：为人民服务。

他还怪幽默的。

其实一般网友聊到这里基本就可以结束了，满月也已经准备发“不打扰了”作为结束语，可没想到对方又开启了新话题。

八一六：你呢？怎么那么晚了还不睡？

满月也不知道怎么回事，顺手就回了一句——

心满月足：我也熬大夜。

八一六：什么？

心满月足：呃……

手忙脚乱撤回。

八一六：嗯？

满月更尴尬了。

即便隔着屏幕，她都想钻到地底下去了。

对方可能看出了她的尴尬，主动发消息——

八－六：哈哈，还是少熬夜。

心满月足：嗯嗯。

八－六：那早点睡。

他没有发“晚安”两个字，好像他也懂得这两个字用在陌生男女之间会有一点微妙的逾越亲昵，但出于礼貌，他还是发了月亮的表情包。

于是满月也回了一个月亮表情包。

退出私信窗口，粉丝列表提示新增一位用户，满月点开，果不其然是“八－六”。

但是这次，她没有觉得抗拒，而是点了回关。

互相关注以后，两个人没有再聊天，只是偶尔“八－六”会点赞评论她的微博，她也会点赞对方的，偶尔遇到感兴趣的内容，也会评论。

久而久之，两个人竟生出几分老友的熟稔感来。

满月看着点赞通知，顺手点进“八－六”的微博首页。

她刚刷新，就看到“八－六”也发了一条微博。

一张图片，像是医院走廊的尽头，阳光从窗口照进来，地板上映出窗户的轮廓。

明明是光的痕迹，他却把图片修成了黑白色。

没有更多言语，只是一张图片。

可即便如此，浓浓的疲累感也已经溢出屏幕。

是发生了什么不好的事情吗？

满月盯着图片，不由自主地咬着指甲，轻轻蹙眉。

忽然有电话打进来，她吓了一跳，明明一个人在家，却像突然被老师提问一样站起来，接通电话：“妈妈。”

“哎，起来了？你隔壁叔叔从外面回来，送了咱家几只螃蟹，中午过来吃饭？”

“啊？哦，好。”

“怎么了？怎么心不在焉的？”

这时叮当吃饱喝足了从阳台那边过来，它用尾巴勾着满月的小腿，拿脑袋蹭她的皮肤，满月这才反应过来。

清醒后心头涌上一股莫名的心虚和羞耻感，不知是被叮当勾的还是怎么的，她有些腿软地坐回沙发上，匆匆和妈妈说没事，然后挂断了电话。

挂断电话以后，手机页面还显示着“八－六”发的那张图片。

那光已然黑白，却好像突然滚烫，烫得满月像丢烫手山芋那般把手机丢掉。

手机在沙发上弹了两下，最终掉在地毯上，把叮当吓得奓毛。

可是，又关它什么事呢？

它只是一只什么也不知道的小猫咪啊。

满月虽然平时不住在家里，但回来得还算频繁，眼下正是饭点，各家长辈都在厨房里忙碌。

小辈们要么上班要么上学，中午一般不回家，所以这趟回家的路满月走得很顺畅，中途并没有什么熟人强行拉着她寒暄。

走到单元楼拐角处，远远地就看见满母在楼门口站着，一只胳膊垂着，好像哪里不舒服。

满月加快脚步走过去，偏巧满母似有察觉地扭头，看到她的一瞬间立刻笑开了。

满月绕过灌木丛才看到满母脚边放的菜，两大袋，看着就重。

“怎么不喊爸一起啊？”满月说着，拎起袋子，“也不戴口罩。”

“这才多少东西呀，你爸忙着炖汤呢，炖到一半才想起来上午小区断了一会儿电，冰箱里的菜该不新鲜了。”满母没戴口罩，有点心虚——主要是戴着口罩很闷，喘口气口罩就全都湿了，她说，“就去门口买的，没多远。”

断一会儿电而已，能不新鲜到哪里去。

满月知道他们是想让她吃好点，垂眸“嗯”了一声，说：“以后还是戴上，快入冬了，很容易感冒的。”

“好好好。”

二人说着上楼，老单元楼楼道都窄，同时过不去两个人，满月让满母先走，满母却催她：“快快快，你先走，别累着了。”

满月只好加快脚步。

他们家住在四楼，途经的几家这会儿都在忙，防盗门虽然没关，但最外面的纱门都是关着的。

满月瞧见，默默地松了口气。

进屋以后，满月刚把东西放在玄关处，身后的满母就关上了门。

厨房里满父听到动静出来，笑得挺高兴：“回来啦。”

满月点点头，她换了鞋，准备把东西拎去厨房，满父瞧见了让她放着，然后自己拎回了厨房。

满月提醒道：“记得洗手。”

满母也让她别管：“去洗手，桌子上有你爸刚洗的葡萄和车厘子，那车厘子是你二楼张爷爷的孙子从外边寄回来的，你尝尝。”

满月说：“好。”

吃饭的时候，满母和满父一直不停地给满月夹菜，满月吃了好几分钟也没见碗里的东西减少，只能说：“吃不完啦。”

提到这儿满母就有一肚子话要说：“怎么就吃不完了，你看你瘦的，那手腕还没有叮咚粗。”

“是叮当。”

“好好好，当当当。”满母伸手拿了一个螃蟹递给满月，敲了几下螃蟹壳，“当当当，熟了，快吃。”

满月：“什么啊……”

吃完饭，满父简单地收拾了一下桌子，没着急洗涮，而是脱了围裙坐在沙发上看电视。

“最近工作怎么样？”满父随口问满月。

满月说：“还行。”

其实满父一点也不担心满月的工作，只是满月的生活实在太单一，他身为父亲能问的好像也只有这些。

“还行就好，最近没再熬夜吧？”

“没有。”满月说。

“我看你对门的姑娘最近买了个跑步机，你要不要也买一台？平时在家也能走两步，老坐着躺着的，对腰不好。”

放在一般家长身上，大概只会劝孩子多出去走动走动，就算不锻炼，也能呼吸几口新鲜空气。

其实他们已经很为她着想了。

满月心里闷闷的，“嗯”了一声说：“好，我过两天去看看。”

这时楼道里传来讲话的声音，声音很大。满母听出是隔壁有人回来，连忙起身说：“我去给他们分点车厘子。他们送我们的螃蟹估计值不少钱呢。”

她起身起到一半，像是忽然想起了什么似的，整个人僵在原地。

满父一脸责怪地看向她，她很尴尬，也很自责，几秒后重新坐回沙发上，自顾自地笑了两声说：“不着急，不着急，一会儿再去送也行。”

全程，满月都没有什么反应，像什么也没听到一样。

没多久，满月就起身说要走，满父和满母跟着起身：“那么快啊。”

他们没出声挽留，只是怯怯地表达惋惜之情。

满月借着拿口罩低头不看他们想留又不敢留的表情，淡淡地“嗯”了一声：“要写稿子。”

满父这才说：“行行行，工作重要，工作重要。”

满母也跟着说："就是，你看我们满月多好，还能回来吃个午饭，别人 996，忙得恨不得住在公司。"

三个人下楼，满月的车停在小区外面，满父和满母一路把人送上车，目送车走了才放心。

等车子消失在拐角处，满父才埋怨道："几个车厘子，什么时候送不是送！"

满母也自责："哎呀，忘了忘了。"

满父也知道她是忘了，事已至此，还能说什么？

他叹了口气，整个人垂头丧气的，走路迈步都好像没力气一样，完全没了在家里时的喜悦。

满母看他这样，心里也难受。

回去的时候，满母每路过一家，都帮人把最外层的纱门打开。

这些都是刚刚她下楼买菜时顺手关上的。

满父注意到了，顿时自责自己刚刚语气太重，他伸手拍了拍满母的胳膊，又叹了口气。

怎么着也是自己的老婆、自己的女儿，还能真的生气不成？

满母摸了下满父的手，道："慢慢来吧。"

刚回到家，满父就钻进了厨房里，本来他不刷碗是怕浪费时间，现在人都走了，他有大把没用的时间。

满母也跟着走进厨房，收拾车厘子，送去隔壁。她习惯性地关上门，关上以后才想起来满月已经走了。

"唉。"满母叹了口气，走去隔壁打开纱门。

门刚打开，叮当就高高地翘着尾巴跑过来，满月及时地用脚把它挡在门口，跟它说："先进去。"

叮当满嘴"喵喵喵"。

满月进屋换鞋，把拎来的车厘子放进厨房，重新回到客厅，有些疲累地靠在沙发上。叮当凑过来闻她，她笑着摸它的头和鼻子。

“怎么了？闻到我偷吃了是不是？”

她脸上在笑，眼睛里却是一片灰色。

屋里突然暗下来。满月扭头，窗外乌云涌动，天阴了。

很快下起倾盆大雨。

这一抹突如其来的黑白色让满月想起那张图片，她打开手机，点进“八－六”的微博，最新微博是一条转发，内容是官方对一条谣言的澄清，日期是两天前。

他删掉了。

删掉等于否认，他否认那张图片，否认拍摄那张图片的自己，否认自己当时的情绪。

原来他那么优秀的人也会否定自己吗？

晚上，满月等“早晚相见”发完微博才准备睡觉，正要退出微博时，首页自动刷新，最新更新是“八－六”。

他发了一张图片，是被雨淋湿的车窗，车前闪烁着朦胧的灯光。

怎么看，都不算开心的样子。

满月一向对别人的生活不感兴趣，因为她觉得感兴趣即为窥探，窥探是冒犯，可这个“八－六”……

不知是不是他接连两张图片都传达了太多迷茫，满月总是忍不住关注他的心境。

像是找到了同类。

可她又不敢主动询问对方什么，只能默默地关注着，连点赞都不敢。

这场雨陆陆续续下了四天。天晴那会儿，满月正在给满母打电话，她把手机放在一边，自己坐在地毯上摆弄插花。

满母说：“唉，我看最近流感又严重了，你要不要提前备点东西啊，免得到处跑又生病。”

“备了。”满月说，“冰箱里一堆吃的呢。”

满母：“都是一些速冻食品，吃了也没营养。”

满月笑：“囤别的容易坏啊。”

闲聊了一会儿，满母沉默了几秒，试探性地问：“要不回来住一段时间？”

话音刚落，两个人都安静下来。

就在满母准备说她就是随口一提时，满月开了口：“再说吧，如果有空了我就回去。”

满母高兴极了：“哎，好。”

这时电话那头传来满父的声音：“快来，贴上，疼就不要瞎拎东西了，拎断了胳膊看谁吃苦。”

满父应该是不知道满母正在打电话，满母都来不及阻止，一顿挤眉弄眼捂手机，满父才反应过来：“满、满月啊？”

满母恨不得把人踢出去，她笑得尴尬：“满月？”

满月“嗯”了一声。

她都听见了，忽然想起那天回去满母站在楼门口歇息，可能不是歇息，是拎菜拎得胳膊疼了。

前两天下雨，胳膊应该会更疼。

可即便这样，他们也没有向她说过一句，生怕她担心。

满月手里拿着花，心中五味杂陈。半晌，她才把花放在旁边，手指上生出一道浅浅的划痕，有血溢出。

她打开抽屉找出药箱，一边给自己消毒、贴创可贴，一边跟满母说：“这两天如果没事，我带你去医院看看吧。”

“不用，哎呀，真不用，就是年纪大了。”满母说。

满父也跟着说：“对，要是你不放心，改天我陪你妈去。”

满月最后只说了一句：“妈，你年纪大了，我还小呢。”

往后的路那么长，我总不能没有一个健康的妈妈吧。

挂了电话，满月就去忙晚饭。她一个人，能做的菜品不多，再加上是晚上，就随便弄了豆腐汤。

虽然一个人生活，但到底是女孩子，餐具桌布都精致好看，花瓶里的花也正新鲜。叮当跳上桌子闻花闻饭，满月趁机抓拍了几张，挑了两张发到微博上。

她刚发完微博正要找个剧吃饭，微博忽然弹出消息。

一条评论。

八一六：手怎么了？

满月一愣，重新点开自己发的图片，才发现第二张图片的角落里露出了她的手，上面贴着创可贴。

但是很不明显。

满月抿了抿唇，回复——

心满月足：不小心被花刺划到了。

下一秒，私信弹出。

八一六：消毒了吗？

第二录

奖励

满月没想到对方会因为那么一件小事主动给她发私信，晚上，她躺在床上发怔。此时叮当一跃而起跳到床上，天冷以后猫就爱钻被窝贴人，它翘着尾巴在被子上走来走去，最后卧在满月的枕头旁边，拿脑袋蹭了蹭满月的额头。

叮当一直都很黏人，可这一瞬，满月却没由来地心窝一软。

她伸手摸了摸叮当的脑袋，柔软的毛给她的指尖带来一点点麻，她不由自主地露出了笑容。叮当似乎察觉到她的小欢喜，主动凑过来给她摸，她抿抿唇，轻轻地弹了下叮当的额头，这才回复晚饭时收到的私信。

心满月足：嗯，消毒了。

八一六：给你一朵小红花。

心满月足：什么？

八一六：做得好，奖励。

怎么像哄小孩一样。

被窝里的温度渐渐升高，明明是自己家，她却像小偷一样悄悄地把被子掀开一点，等热度散去才又回复。

心满月足：哈哈，这难道不是常识吗？

八一六：会有不当一回事的人。今天医院就有一位病患因为没及时消毒，伤口感染发炎，截肢了。

满月吓了一跳。

心满月足：手吗?

八－六：嗯，小指。

心满月足：天哪!

八－六：所以以后不管多大的伤口都要记得及时消毒。

心满月足：嗯嗯。

八－六：吓到了?

心满月足：有点可怕的。

八－六：要是全天下的病人都像你那么乖，我们当医生的也省事了。

对哦。

他是医生。

会注意这些细节应该是职业病吧。

满月轻轻地敛了下眸子，把被子拉回胸口处，被子不算重，但突然压上来还是让人感觉有点闷。她翻了个身，背对着叮当，给对方回了一个可爱的表情。

对方也如同预料的那样回复她。

八－六：很晚了，睡吧。

满月没有再回复了，退出微博前她又点进“早晚相见”的主页。

最新一条“晚安”的评论区里评论已经快破万了，热评第一是很长的一句：命运早晚会让我们和某些人相遇，一个接一个，而那些人可以让我们知道，我们可以让自己以及不该让自己成为什么样的人。

点进楼内回复，点赞最高的一条回复是：我好像从来没有和别人相遇过，我只是不停地和他们擦肩，然后路过。

满月看完每一个字，然后关掉手机。

她翻了个身，叮当本来在睡觉，被她吵醒以后和她对视了几秒，起身钻进了被窝，它一进被窝就躺到满月的身边，拿脑袋蹭了蹭满月的胸口。

满月垂眸看它，几秒后笑笑说："晚安，叮当。"

"石榴石榴，明年签售会报名又开始了，你的书不是有一本要预售吗？参不参加啊？"

"哎呀，天亮了，我爸妈要起来了，我先睡了哈，晚安。"

前几天和父母说好要去医院，满月提前几天才挂到了专家号，她一大早就收拾东西开车去接父母，到家门口才有时间看手机。

发消息的是和她一个公司的作者——哑叭叭。据说是因为本人话太多，取笔名的时候询问父母意见，父母表示干脆叫哑巴好了。哑叭叭大手一挥定了哑叭叭，哑为诉求，叭叭是事实。

哑叭叭刚毕业没多久，写书收益还可以，就直接全职了。

同期作者里，全职的也就哑叭叭和满月俩人。以前满月黑白颠倒的时候两个人偶尔会聊天，后来满月加入早起早睡养生组织，两个人的聊天时间就出现了时差。

至于哑叭叭说的签售会，是公司每年年初都会举办的，作者可以自行报名，最后根据新书热度和过往历史成绩综合选出七位作者，签售会时间隔天一场，一共耗时半个月。

满月大学时就开始写书了，不温不火，这两年才开始有点热度，以前这种签售会是轮不到她的，现在是……公司想让她去。

她的新书热度高，虽然本身就能卖很多，但是如果举办签售会，将有更多读者会因为好奇她的长相、声音甚至其他私人信息而买书，到时候公司会赚得更多，她作为作者也可以拿更多的版权费，读者也能一睹喜爱的作者的真容。

看上去是一举三得的事情。

“老满啊，这么一大早上哪儿去啊？”外面传来声音，是邻居。

“哎，早啊，你这是送孩子回来了？”满父笑着说，“嗐，去趟医院，这不是影琳总胳膊疼吗，去看看。”

“哎呀，早就该去看啦，怎么，就你俩啊？”邻居问。

“满月也来了，喏，在车里呢。”

邻居听完回头看，白色车子贴着防晒防窥膜，从外面看不到什么，车里的人似乎也没有开窗的打算。邻居想起什么，没再继续看，回过头跟满父说：“行，满月陪着就行，现在医院什么的也都是机器，咱们这些老家伙都看不明白。”

满父点头说是，正好这时满母从楼上下来，手里拎了不少东西，看到邻居也打了声招呼，没说更多的话就匆匆地上车了。

邻居还没上楼，车后座的满父和满母打开车窗和对方说再见，但他们并没有提醒满月作为小辈也需要开车窗和长辈打招呼，邻居也没有等她的意思，和满父满母挥完手转身就上了楼，好像他原本就知道满月不会说什么一样。

他们都知道。

“走吧，月月。”满母说，“我给你带了点水果，还有一些坚果什么的，直接放后备厢了，你记得吃，别再放坏了。”

满月敛眸，说：“好。”

她启动车辆的空隙，给哑叭叭回了句：“我不去。”

医院日日人满为患，满月取了号，带着父母去等候区排队。队伍里，老年人居多，满月不想占用位置，就到旁边等着。

等轮到满母，她刚进去没多久，医生就让她先去拍个片。

“这拍片的地方还怪远的，我陪你妈去，月月你在这等着就好了。”满父说。

满月说没事。

等电梯的时候，碰到有护士交接班，不知道哪个科的，其中一个好像手受伤了，叹气说："别人来看伤，我来添伤。"

另一个问："消毒了没啊？别不当一回事，前几天咱们医院还有一个因为没及时消毒感染截肢的。"

满月闻声不由得扭头看了她们一眼。

那么巧吗？

这时满母问话："哎呀，截肢了呀？那么严重吗？胳膊还是腿啊？"

护士笑笑说："都不是，是小指。所以啊，阿姨以后您遇到什么小伤也要及时消毒，不要不当一回事。"

"哎呀呀，这也太可惜了。"满母说着叮嘱满月，"你啊，听到没啊。"

满月无奈地笑："知道了。"

进电梯时，满月按的楼层按钮，按的时候满母看到她手上贴着创可贴，吓得不轻，一直问怎么回事。

满月再三保证已经消毒且没什么大碍了，满母这才放心。

出电梯时，满月让其他人先出，她最后一个出，电梯外有不少人在排队，满月擦边走过人群，满母伸手要牵她，满月抿了抿唇，她犹豫了几秒，正打算把手伸过去，忽然有几个人朝她和满母中间走过来。

其中一个开路的说："不好意思，不好意思，麻烦让让。"

满月没来得及缩回手，再加上人多拥挤，有人撞上她，她一个紧张，下意识地握拳，却不想把一个人的外套握在了手里。

还是白大褂。

满月蓦地抬起头来。

对方这时也恰巧看过来。他戴着蓝色医用口罩，只露出一双眼睛和一小截鼻梁，可尽管如此，单从他口罩隆起的弧度也能判断出他鼻子一定生得很优越。

他似乎察觉到衣服上的拉力，垂眸，目光落在满月的手上。

像被烫到一样，满月立刻收回手，磕磕绊绊道：“对、对不起。”

“没事。”他的声音很低，不太清朗，像刚熬过几场大夜班，有点哑。

他应该要上电梯。满母这时唤她：“满月？”

满月匆匆地应了一声，和这个人擦肩而过。

对方很高，她穿着平底鞋，低着头，似乎只到他胸口的位置。

也是因为这样的身高差，她才足以看到他胸前的挂牌。

晏清辉。

心血管内科。

人流涌动，层层进入电梯。

电梯门口不再拥挤，满月来到满母身边，满母很担心，不停地问：“没事吧？”

满月摇摇头。

“那走吧。”满母叹气，“唉，这人太多了，咱们赶紧弄，弄完回家。”

往外走的时候，满月没忍住，回了下头。

此时电梯刚好关门，缓缓关闭间，晏清辉就站在正中央，似乎也在朝她这边看。

“满月？”满母又唤。

满月低低地应了一声：“走吧。”

拍完片检查完，确定不是什么特别严重的问题，满月才放下心来。满母看到这结果倒是自责起来：“唉，都说了肯定没什么大事，非要来一趟，麻烦死了。”

出了医院，满月送他们回家，满母却拒绝说：“别送了，出都出来了，我和你爸去超市逛逛，看看有没有什么要买的。”

满月看向满父，满父也说：“我看她不逛逛觉得亏，行了，我跟她一块儿，一会儿看看是坐地铁回去还是打车，怎么方便怎么来，你回去吧。”

满月这才说：“那我回去了？”

“去吧去吧，后备厢的东西别忘了拿出来吃。”满母又叮嘱道。

满月说好。

车子开走以后，满父和满母都还在看，直到车子彻底消失在视野里，二人脸上的轻松才褪去，取而代之的是浓浓的严肃和担忧。

“真去啊？”满父问。

满母说：“去问问吧。”

说罢，二人没有拐去商场的方向，而是又转身折返进了医院。

人工挂号要排队，眼看又快到午休时间了，满母有点着急，随便拉了一个路过的医生：“哎，你好。”

这人应该是个医生，身边跟着一个看上去资历很浅的女医护人员，两个人步履匆匆，像有急事。

女医护说：“不好意思，那边有引导员，阿姨，你有什么问题可以问——”

“没事。”男医生打断女医护，主动询问满母，“阿姨，有什么事，您说。”

大厅里有些吵，似乎是照顾年长者的听力，男医生说话时微微俯身，口罩外露出的眉眼和声音一样温柔。

“哎，谢谢哈，我就是想问一下，你们医院的心理科在哪儿？挂号也要在这边挂吗？”

“精神科吗？”女医护问。

“不是！”满母的反应很激烈，反驳后才略抱歉地说，“就是心理咨询。”

“嗯，阿姨，你别着急，医院是有心理咨询室的，确实要挂号。”男医生指了一个方向，“阿姨，您看到那台机子了吗？是自助挂号机，如果您不会操作，可以请旁边的工作人员帮忙。”

“哎，好，谢谢谢谢。”满母说着看了一眼他胸前的挂牌，又说了一句，“谢谢你啊，晏医生。”

“具体情况就是这样，对方大后天会来进行详细检查，如果需要手术对方也希望当天安排。”

鹿晓说完，才发现晏医生正在走神，她试探性地唤了一声：“晏医生？”

晏清辉这才眨了一下眼睛，恢复了常态，他低声地说了句“抱歉”。就在鹿晓犹豫要不要重复一遍时，只听晏清辉又说：“手不手术要看病人身体状态，不是看他要求。”

说完他先一步伸手按电梯，及时阻止电梯上行。鹿晓一边“哦哦哦，好的”，一边心想高校学霸就是不一样，一心还能三用！

下午晏清辉还有手术，鹿晓负责准备前期用品，备完就只在办公室里待着，她还没有能力进手术室。

手术结束刚好到下班时间，本来鹿晓正在收拾东西，手机忽然响了。接通以后她骂骂咧咧地换衣服。

恰巧晏清辉进来，听见她嘀嘀咕咕的，便问：“怎么了？”

鹿晓一肚子火：“你的好师哥，让我给他去买饭送过去！跑腿费都不给！”

晏清辉一边脱大褂一边说：“门口那家是吗？我正好过去，你回去吧。”

“欸？真的吗？”鹿晓激动，“哇！谢谢晏医生！”

晏清辉看了一眼她刚从口袋里掏出来的口红，不经意地问：“约会？”

鹿晓脸一红：“嘿嘿，相亲。”

晏清辉点点头：“去吧。”

鹿晓像想起什么似的：“哎，对了，之前我大姨还问我哥你有没有对象来着，想给你介绍，她想介绍的那个人我知道，海归！家里也有钱！长得无敌漂亮，腿巨长！拉出去跟女明星比都不会输的！”

晏清辉没什么反应：“你哥怎么说？”

“我哥说你有发展对象了。”鹿晓一撇嘴，心想她哥肯定是胡说八道，自己单身也见不得别人脱单，她实习那么久了还没见过晏医生身边出现过女人！

结果下一秒就听到晏医生说：“你哥说的对。”

“什么！”鹿晓瞪着眼睛眼睁睁看着晏医生淡定如常地开门离开。

听到门打开的声音，还以为是助理，鹿袁头都没抬：“你先下班吧。”

“不下了，记得给加班费。”来人声音低沉，显然不是助理。

鹿袁抬头看到是晏清辉，“哟”了一声：“稀客啊。”

晏清辉走过来把手里的东西放在办公桌上，鹿袁看见以后更是吃了一惊，非常浮夸地说：“受宠若惊，受宠若惊。”

晏清辉神色淡淡的，没半点被捧杀的拘束：“嗯，二十九。”

“绝对连本带利转给你，咱不跟银行比，咱走高利贷。”鹿袁满嘴跑火车，赶紧吃了几口垫完肚子才问，“你怎么过来了？今天很闲啊。”

“还行。”晏清辉坐在旁边，答得敷衍，他随手翻阅桌子上的看诊册。

中午下班前最后一个病患，姓名秦影琳，四十六岁，症状体征表现明显是社交恐惧症。

晏清辉盯着，几秒后才状似闲谈地说：“这种大龄病人还挺少见。”

鹿袁闻声看一眼病例：“应该不是本人来的，可能是她孩子，不过我也没拆穿，就随便聊聊。”

鹿袁说完就埋头吃饭，完全没注意到晏清辉有些沉重的神色。

“怎么了？脸色怎么那么不好？”视频里，满母担忧地看着满月，

“没睡好？还是感冒了？”

满月闻声看了一眼手机屏幕，她凑近一寸：“没有吧，可能是光不太好。”

“哦哦哦，吓死了，在这个节骨眼上感冒发烧，真得好好注意。”满母交代。

满月说：“知道。”

母女俩虽然经常打视频电话，但能聊的内容实在不多。挂了视频后，满月看了一眼时间，准备弄晚饭。

她刚起身，还没来得及迈步，手机屏幕就又亮了。

满月拿起手机一看，是爷爷奶奶那边的座机。

几乎一瞬间，满月的额头就浮起一层薄汗，手腕也有些发软轻颤，等反应过来时人已经脱力坐回了沙发上。

电话还在继续，满月慢慢地深呼吸，几秒后才接通。

是奶奶。

开口先是寒暄：“月月啊，吃饭了吗？”

“还没有。”满月的声音有些哑。

她眉眼低垂，另一只手不停地抠弄裤子。

原本在沙发角落里窝着睡觉的叮当似乎察觉到她的不安，起身凑到她的旁边，拿爪子碰她的裤子。

满月这才发现她抠得太凶，指甲都快劈了。

“怎么还没吃呀，这都好晚了，要早点吃晚饭，吃完没事就去小区里溜达溜达。”没说几句，奶奶就开始说，“哎呀，你那么大了，也不能总在家里窝着，这两天你表妹都谈好对象了，估计没多久就订婚了，你作为姐姐总不能轮到她后面是不是？”

后面奶奶还说了什么满月就不记得了，怎么回的房间也完全不记得了，只知道一觉醒来，天完全黑了，在屋里找了半天也没找到手机，最后在客厅沙发缝里找到了。

已经快晚上十点了。

猝然消失了那么久，手机里没有任何消息，电也很足。

满月坐在客厅里，没有开灯，客厅的窗帘没拉，阳台外星月浅淡，一点点光刚好照在满月的脚边。

很近，触手可及。

可上过学的都知道，月亮本身并不会发光。

满月一直坐到身子冷了才起身回屋，她断了“早晚相见”的晚安签到，也没看评论，而是发了一张刚刚随手拍的月光图。

没有文案。

发完满月就准备退了微博，不承想立刻就有人点赞。

是“八－六”。

不知怎么的，满月第一次没有逃离社交，而是选择等待。

几秒后，私信弹出新消息提醒。

满月感觉自己周身在渐渐地回温。

八－六：你学摄影的？

心满月足：不是，随手拍的。

八－六：挺有天赋的。

如果是平时，满月大概会回一句“哈哈”，再加上一个表情。

可她今天不想笑。

就有那么一瞬间，满月不想再聊了，她正打算直接没礼貌地退出聊天窗口，对方又发来一条消息。

八－六：就是看上去不太开心。

满月点在屏幕上的手指一顿，她看着那一行短句，胸口猝然一闷，随后眼眶酸胀。

她看了很久，才回一个——

心满月足：嗯。

“八－六”没有问怎么了，而是说一句——

八－六：听说碳水可以促进多巴胺分泌。

心满月足：我好像真的还没有吃晚饭。

八－六：那要不要现在吃点呢？

心满月足：好像可以。

满月坐了起来。

这次她打开了灯，从卧室到客厅再到厨房，一路灯火通明。

晚上吃太多也不好，满月只简单地做了一碗小馄饨。

她不爱吃葱，但觉得放葱拍照好看，就先放一点，拍完再挑出来。

照片没有发微博，而是发给了“八－六”。

发完她没有立刻吃，注意力都放在手机上。

很快，消息弹出。

八－六：看上去很不错。

满月不由自主地弯了弯眼睛，她舀了一个放进嘴里，满口清香，汁水炸开，好像瞬间真的感觉到多巴胺的分泌。

心满月足：确实不错。

八－六：看来碳水开始发挥作用了。

心满月足：嗯，多巴胺已经开始赶进度条了。

八－六：放心，它行动力很强。

心满月足：原来医生可以透过现象看本质地治愈不开心。

八－六：其实这也只是急救措施，完全治愈还是要拔根。

心满月足：拔不了，家里人想让我相亲，我不想去。

这条消息发过去后满月才意识到，她居然在不知不觉间和社交平台上的陌生人透露了私人信息。

而且，并不是对方询问的，是她主动说的。

隐隐约约间，满月好像要试探到自己的一些什么。

可还没来得及想更多，对方又回了消息。

八－六：也许不是希望你相亲，而是希望你的生活里能够多一个人。

满月又何尝不知道这些呢，是她自己太麻烦了。

那碗馄饨满月最终还是没有吃完，本以为会继续下去的聊天也戛然而止。

像是在逃避自己的没礼貌，之后的几天，满月没再登录微博，也没有早七晚十地早睡早起。半个月下来，整个人的状态明显消沉了很多。

这天她是被敲门声惊醒的，起身开门的时候还心有疑惑，一般没人会来找她。

先看一眼监控，居然是父母。

满月打开门，还没来得及问怎么了，就被满母一把抱在了怀里。

满月僵在原地，满母却没有顾及这些，而是带着哭腔说："对不起对不起，月月，对不起，妈妈不知道奶奶打电话打扰到你了。"

满月无法适应被那么亲密地抱住，她的舌根都在发僵，半天才轻轻地"嗯"了一声算作回应。

满父看出她的不适，悄悄地拉了下满母的衣服。

满母这才清醒过来，忙不迭地松开满月，很拘谨地退后一步，拉开距离，满脸的小心翼翼和内疚之情。

天底下会有别的妈妈也这样吗？因为抱一下自己的女儿而深感抱歉。

“月月……”满母仔细地打量满月，“刚醒吗？熬夜了是吗？”

满月淡淡地“嗯”了一声，侧身让开过道让他们进来。

自从买了这套房子，家里除了满月再也没有来过第二个人，所以没有什么多余的拖鞋。

满父和满母完全不在意的样子，索性脱了鞋穿着袜子进来。

满母很开心。她其实很想来看看，但总是怕打扰到满月，连试探性的询问都不敢。

今天也是意外，意外在外甥女的饭席上得知婆婆给满月打过电话，她甚至不敢询问婆婆究竟说了些什么，饭也不吃了，直接冲到满月这里来了。

她太担心满月了。

“月月，要拉一下窗帘吗？”满父询问。

满月正要说好，满母的手机响了，她看到来电显示，直接当着满月的面接通，口吻非常强势：“我最后再说一遍！以后你不准打扰我女儿！你以前怎么对我都可以，但是就是不能这么对我女儿！她是我女儿，和你没有半点关系！她想什么时候谈恋爱就什么时候谈恋爱，她就算这辈子不谈，我也能照顾她！”

说完狠狠地挂断电话，吸吸吐吐了好几口气，才语气温柔地跟满月说：“月月，不要理你奶奶，你就自己过，怎么开心怎么来。”

满父还没来得及拉开窗帘，屋里的灯也没开，明明外面艳阳高照，屋里却灰蒙蒙的。

满月的脸色也灰蒙蒙的，她沉默了好久，才哑着声音跟满母说一句：“对不起啊。”

好像不管怎么做，我都会给你们添麻烦。

第三录

抱歉

满父和满母走的时候没要求满月送他们。满月的精神状态明显不好，满母看着她犹豫踌躇半天，最终还是没有说任何一句要求满月的话。

满月都知道，她也想说些什么，可最终也只是在他们进电梯前说了一句：“注意安全。”

他们都太小心翼翼了。

白天睡那么多，晚上自然不困，闲着没事，满月就找了一部电视剧看。

看到一半忽然想起时间，这才拿起手机，果然快十点了。

时隔半个月，她再次打开微博，私信提示收到三条消息。

点开一看，全部来自“八－六”。

那天的话题戛然而止，“八－六”似乎很快意识到自己的言语不恰当，遂认真地道歉。

八－六：抱歉。

十分钟后，他又发来一条消息。

八－六：很抱歉我又让你想起了不开心的事情，也很抱歉我对你选择生活的方式指手画脚。

三天后，他再次发了一条消息。

八－六：不是抱歉，是对不起。

话不多，词组重复率低，没有像开玩笑一样先试探她是否真的在生气，也没有推卸责任地怪她较真敏感。

他在很真诚地自省，然后表达歉意。

他不会觉得麻烦吗？

那现在一定会觉得她很麻烦吧。

既然已经过去了十几天，想必对方一定已经忘记了这件小事，然后整装待发开始了新的生活。

那她还是不要再多余地说些什么了。

于是满月什么也没回复，默默地退出了聊天窗口。

此时恰巧十点整，页面刷新，“早晚相见”准时更新：晚安。附带了一个月亮的表情。

满月没有像以前那样评论打卡，只是习惯性地打开评论区，热一短短一句：我不能死，我还有妈妈。

这种发泄情绪的评论会经常出现，每次跟评的回复都是激励、鼓舞和安慰，好像只要你敢伸手，就一定会摸到太阳，哪怕你不敢，光也会主动向你走来。

但事实呢？

世界之大，一个人的诉求微乎其微，哪里有那么多的光会生来只为照顾你呢？

可能更多的人，还是会觉得你很麻烦。

哑叭叭：救命，这个申请表也太麻烦了！来人啊！杀了我！

屏幕上方忽然弹出一条 QQ 消息，满月点进去，哑叭叭又发来几个颓废自闭抓狂的表情。

十六满：好像是听说这个表格很麻烦。

哑叭叭：我真的好无语啊，我本来想早点睡的，明天要早起去给我家狗打消炎针，现在折腾得那么晚。明天要么我很痛苦，要么我家狗很痛苦！

十六满：你家狗怎么了？

哑叭叭：嘿嘿，绝育了。

十六满：呃……

哑叭叭：唉，绝育之后以后明显不扑腾了，让我又萌生了想养猫的热烈心。

哑叭叭：欸？养猫到底麻烦不啊？它到底会不会跟我亲啊，人家都说猫养不熟哦。

十六满：我家挺亲我的。

哑叭叭：那它们要打针吗？

十六满：要啊，打针、驱虫、洗澡。

说到这里，满月才意识到，叮当好像到了该驱虫的日子。
她打开备忘录看了一眼，果然，就是明天。

十六满：我明天也要早起了。

哑叭叭：哈哈哈哈哈哈，怎么啦？

十六满：给我家猫驱虫。

哑叭叭：哈哈，那好吧，那你先睡吧，我继续一个人悲惨世界了，呜呜呜。

满月看到这条回复先是顿了一下，然后回看自己刚刚说的那句话。
“我明天也要早起了。”
“给我家猫驱虫。”
这话会让人误会她在赶人吗？

她犹豫了下，开始打字——

十六满：不是，我不是要早睡的意思，我白天也睡了很久了……

可，如果是哑叭叭不想聊了呢？

满月思前想后，等想顺着回一句“那晚安”的时候，才发现时间已经过去五六分钟了。

这个时候，回复什么都显得突兀。

满月蹙了蹙眉头，把手机关上丢回了桌子上。

她像逃避一样把脸埋进叮当的肚子里，等再抬起头时，只见叮当满眼茫然，她本来张了张嘴想说些什么，可又一想叮当只是一只小猫而已，最后还是选择沉默，睡去。

白天睡了那么多，晚上就算强行入睡也很难真的入眠，昏昏沉沉睡到天亮，满月就起床弄早饭了。

她没睡好，连带着饭也不想吃，随便吃了点面包就把叮当装进了猫包。

叮当一向温顺听话，所以在车上满月怕它无聊憋屈，一般都会把它从包里放出来，用牵引绳绑在车窗上方的扶手上。

路上赶上早高峰，有点堵车，平时十五分钟的距离硬是开了快半个小时的时间。

到了地方，满月重新把叮当装回猫包，下车时正巧看到宠物店老板踩着细高跟鞋往店里走。

她也看到满月了，主动打招呼：“哟，小哆啦 A 梦又来啦？”

老板大概只是去附近的面包店买面包，所以没戴口罩，一张五官精致的面容露出，说话时眼睛和嘴都在笑。

其实老板的气质是有点强势的，她身材高挑，又爱穿高跟鞋，可她不会让人感到不适。

大概是她从来都不会问满月什么，也不会进行无意义的闲谈聊天。

这让满月觉得安全。

“嗯，该驱虫了。”

老板点点头，进店的时候把东西放在前台，然后招呼让店员接过满月的包，店员把叮当抱出来的时候，她笑着弯腰拿手机拍叮当，拍完跟店员说：“抱去二楼驱虫。”

说完就直接跟满月点点头，然后忙自己的事情了。

可能是周日，再加上时间早，店里没别的客人，只有几个店员在忙。满月本想直接在店里等着，不承想下一秒店门就被推开。

一个人牵着狗匆匆地跑进来，喊着让店员过来安排给狗洗澡。

满月不动声色地躲开一步，然后悄无声息地离开店里，回了自己车上。

她刚走，其中一个店员端着水杯出来，在大厅里找了一圈，没找到人，愣愣地挠了挠头。

一只手伸过来，抢走水杯，是老板南舒，她说：“别看了，刚来忘了告诉你，以后不用给她准备水。”

“啊？为什么啊？”店员问。

南舒说：“她一般不在店里等。”

“哦。”店员没再多问，毕竟宠物店多的是先送来，过后再来接的客人，可驱虫修剪指甲不就几分钟的事吗？

南舒一口气喝掉半杯水，她穿着高跟鞋，不想一直站着，就随便坐在前台的高脚椅上，打开朋友圈，发了一条刚才叮当的视频，文案：大漂亮又来了！

视频里，主角是猫，长毛布偶，圆眼似琉璃，面孔精致漂亮，随便瞄一眼就能看出它毛发柔顺，想必主人养它一定费了不少心思。

镜头里，还有一闪而过的身影，仅有两秒钟，平常人应该很难捕捉到。

晏清辉却把视频保存在相册里，专门把这两秒暂停，仔细看。

虽然已经过了少女的年龄，但身姿、眼睛还是带着少女的曼妙和灵气。

她穿着普通的高领白色毛衣和浅蓝色牛仔裤，头发没有打理，只是随便扎了一个低马尾，垂在后背上。她的头发不长，不显累赘，也不短，因为没做烫染，乍一看有几分清婉气质。

大概是因为出入宠物店，所以戴着口罩，只露出一双眼睛在外面。

她明显没化妆，露出的肌肤看着干净白皙，不知是不是本人白的缘故，她的睫毛和眉毛都呈现出浅黑色的状态，眼睛也像淡墨，寥寥几笔，却让人心泛涟漪。

难得的休息日，晏清辉却没休息，而是驱车去了宠物店。

车程将近一个小时。门口的停车位没几个，晏清辉把车靠边停，下车时才发现和旁边的车停得太近，可能会影响对方开副驾驶的车门，他正打算重新换个位置，一抬头看到驾驶座上的人。

她还没走。

只是很巧，南舒此时拎着一个猫包出来，看到他有些意外，但没说话，而是走向他旁边的车，敲了敲车窗对里面的人说："叮当好了，不好意思，让你等那么久。"

满月看到老板亲自来送，忙不迭地要下车，对方却阻拦她说："不用下来了，副驾驶车门也不好开，你直接接过去得了。"

满月满口答谢："谢谢啊，真是麻烦你了。"

"没事。"南舒敲了敲猫包跟叮当再见。

满月接过猫包，放回副驾驶座位上，然后跟老板说："那我先走了。"

"嗯，路上小心。"南舒一抬下巴。

车子驶离，满月看了一眼后视镜，宠物店门口，老板和一个男人站在那儿，男人穿着风衣外套，身姿挺拔。因为距离驶远，镜子里他的面孔变得模糊，但依然挡不住他面庞的英俊。

他刚刚一直站在那里吗？

怎么好像都没听到他说话……

"杵这儿干吗？当门神啊？"南舒上上下下地看晏清辉，眼睛里没藏什么好心思。

晏清辉没理她，转身进店。

"啧，难得能看见晏医生盯着人家发愣。"南舒说着，若无其事地与晏清辉擦肩而过。

晏清辉闻声看了她一眼。

二人走到前台，南舒坐着开单子，开完忽然扭头看向晏清辉，没头没尾地问了一句：“真看上了啊？”

晏清辉还是没说话。

但是熟悉晏清辉的人都知道，要是没说准，他早放冷箭反驳了。

沉默等于默认呗。

南舒的心中着实一惊，她跟晏清辉认识了那么多年，还真不知道一见钟情这种事情会发生在他这种人身上，不过……

南舒顿了一下，忽然自顾自地说：“她每次来都不会在店里多待一分钟，我也没见她坐过别的交通工具，永远都是自己开车，高峰期宁愿早起也不会搭公交地铁。有一次她的车出了问题，修好车才来，来到这儿我们快下班了。其实当时还没有打烊，但她没有进来询问，直接开车回去，第二天又来的。”

说完，南舒抬头看向晏清辉。

晏清辉面色如常，没表现出什么奇怪的神情。

通常别人听了，至少要问句为什么，怎么他一副不感兴趣的样子。

南舒只能自己接道：“她，应该不太健康。”

下一秒，晏清辉出声：“我知道。”

南舒一愣，再次看向晏清辉。

哦，原来不是不感兴趣，是很早之前就感……嗯？

南舒反应过来。

很早之前？

暗恋啊？！

南舒瞪眼震惊。

都 2020 年了，都满二十八周岁了，平日里不近女色的晏清辉居然在搞暗恋！

大新闻啊！

只用了短短一分钟时间，南舒就把以上所有猜测发到了群里。

群里只有三个人，南舒、鹿袁和晏清辉。

鹿袁今天上班，不知道忙不忙，看到群消息一边呼叫晏清辉，一边丢过来一排问号。

晏清辉没理。

他在想，算暗恋吗？

可能吧。

毕竟搜索引擎上说，暗恋，简单来说就是没有说出口的喜欢或爱。

他确实没有说出口。

主要是没机会。

店里忽然响起了鼓风机的喧闹声，洗澡室有工作人员在帮刚洗完澡的狗吹毛，轰隆声闷响，像夏天的打雷声。

但是大厅的休息椅上有光的痕迹，证明今天是个好天气。

好天气里，忽然下起一场大雨。

像一瞬间被拉回到那个夏天，晏清辉第一次见满月的那个夏天。

当时他已经上大学了，八月底还没开学。因为外公的嘱咐，他前往一所高中和当时的校医要一份研究报告，拿到报告后他无心多留，匆匆离开，离开前校医像打发小朋友一样扔给他一包跳跳糖。

校医还说："当初你爸还在的时候，我记得你跟他要过这个，现在你虽然长大了，也不一定非要喝白开水过日子。"

那时候的他已经在平淡的日子里泡了三年。

一千多个日夜，较真地数起来，也许连一个失眠的夜都无法度过。

路过操场，走过塑胶跑道时，晏清辉难以抑制地想起从前。

操场里，新生穿着迷彩服在军训，头顶太阳烈烈，他们叫苦不迭，远远地望去，像一片片刚被栽下的青树。

他曾经也是其中的一员，被阳光滋养，被清风拂照，然后在彩色的校园操场里意气风发地长大。

他不由得失神了。

忽然，头顶轰鸣，大雨落下的一瞬间，远处的“青树”跳起来，然后在教练的训斥下往教室里跑，跑得最快的是一个女孩子，她摘了帽子，脸上被晒得通红，雨水顺着脸颊滴落，仿佛雨水都被染成了粉色。

身后有人追她，喊她满月。

满月边笑边回头说：“你们快感谢我吧，是我求的老天爷！”

然后她撞进晏清辉的怀里。

好一棵茁壮的小青树，他一米八的身高，都差点没扶住她。

“老师，对不起！”小青树脆生生的，她倒是不介怀，后退一步给晏清辉深深地鞠了一躬。

她身后的小伙伴趁机追上，看到晏清辉“哇”了一声。

雨下得更大了，眼看就要把她们的衣服打湿，晏清辉摆摆手说：“没事，快走吧。”

满月点点头，拉着同伴跑走，没走几步又回过头来。

她的脸上有光，夏日晴空被暴雨席卷前仅剩的光都照在了她脸上的雨水上。

是丁达尔效应。

她又跑回来：“你是我们学校的老师吗？”

晏清辉摇摇头。

“啊，猜到了。”满月指着一个方向，“那边可以躲雨。”

说完又跑走了。

风风火火，像夏日正好的光，也像刺破闷热的一场清澈雷雨。

雷雨匆匆，很快退去，晏清辉回到车上，喝水时忽然瞥见旁边的跳跳糖，几秒后，他拆开倒进嘴里一些。

平淡的矿泉水像炸开的可乐。

这让他心口久违地感受到一股激动，就好像，长大了，也不一定非要喝白开水过日子。

年关，晏清辉主动找了个由头去学校校医部。北方冬日干冷，白雪盖住了跑道的橙绿，他在帮校医翻阅病例时，忽然翻到一份看诊记录。

姓名：满月。

症状：创伤后应激障碍。

她才高一。

窗外的大雪像落在了晏清辉的心上，屋里的暖气很足，他却有点冷。

他问校医："学校里还会出现这种情况吗？"

校医说："哦，她啊，好像是被社会人员欺负了，具体不太清楚。"

雪压得更实了。

或许是暖气太干，晏清辉的喉咙干涩，声音有些哑："那现在？"

"好像转学了吧？"校医说，"挺有灵气的一个小孩，怪可惜的。"

可惜，是指一个人原本可以更好，却被某种外在或内在的原因迫使着驶离了原本的轨道，错过了更好的自己。

像大家形容他的一样。

后来，他在专业课之余也会翻阅心理方面的书籍，读过的每一行字，都像一场新的刑罚。

他是在等她吗？

好像也不完全是。

男医生在医院里大多是香饽饽。他刚进医院没多久，就有不少前辈要给他安排相亲，也有胆子大的女孩子主动抛来橄榄枝，每每看到那些枝头，他都会想，万一呢，万一他很快就遇到她了呢？

就是这轻描淡写的万分之一，足以让他拒绝别人一万次。

七年，上万次的期许。

未言于口。

这应该算暗恋吧。

鹿袁不圆：暗恋？谁？晏清辉？@南舒不输，你喝多了吧？

南舒直接怼了个小视频发过去，为了证明言辞的真实性，还特意把晏清辉录了进去。

镜头里，晏清辉极其冷漠。

鹿袁不圆：@晏清辉，哥们儿你如果被绑架了就吱一声，我一会儿去申请遗产共享。

晏清辉二话没说退了群，这店他也没兴趣继续待了。

这时南舒像忽然想起什么似的，猛地问："你看我朋友圈了？"

晏清辉没否认。

南舒不可置信："所以你开一个小时车过来，就为了看她一眼？你知不知道她本来早就该走了？是我们药房门锁忽然坏了，她才等到现在的。"

"哦。"晏医生说得很自然，"那我们挺有缘分。"

南舒被堵得一句话也说不出来，她看着晏清辉，忽然又想起来一件事："我不是第一次在朋友圈发她的猫了吧？"

想到这里，南舒连忙去翻过往的朋友圈。

虽然不知道那女孩子叫什么，但南舒知道这猫叫叮当，因为颜值高、性格好，店里的人喊它"大漂亮"，也爱给它拍照。

可是她一个宠物店，店铺微信的朋友圈每天都发一堆有的没的信息，真往前翻得翻到什么时候？

南舒干脆直接抬起头来，还没张口，就听晏清辉说："别翻了，发过，谢谢。"

要不是南舒发过叮当，要不是那次照片也恰好拍到满月，他也不会认出满月的微博。

南舒："天……"

他是怎么做到都暗恋别人了还一副胜券在握的样子？

恰巧这时微信收到转账，南舒立刻身心通畅，她笑眯眯地看向晏清辉。

晏清辉直接起身，准备去拿两袋猫粮回家，不承想刚起身，南舒就晃了晃手机："我有她微信欸。"

晏清辉又坐了回去。

南舒整个人都舒服了，就差直接说：晏清辉，你也有今天！

"想要哦？"南舒一副很好说话的样子，"推给你啊。"

"我又不是没有她别的联系方式。"

意思是：你差不多行了。

虽然那个联系方式上，满月已经半个月没理他了。

"嗯嗯嗯嗯。"南舒敷衍地点头，"也不是什么大事，就是你一会儿拿猫粮的时候我拍个视频呗。"

因为晏清辉的颜值和气质，之前有不少见过他的人都想和他买同款猫粮，大概是得不到他的人，就想得到他的粮。

但是碍于晏清辉喂的是流浪猫，所以拿的粮根本不方便推荐别的客人，以至于南舒总觉得自己亏了一大笔钱。

现在钱快赚回来啦！南舒想想就忍不住笑起来。

晏清辉看她的表情就把她的心思猜了个七七八八，他非常善解人意地问："拿哪种？"

南舒笑得更欢了，指着一块区域："这个，最近做活动，性价比非常高，适口性各方面都好，绝对不会让你的商业价值受损。"

晏清辉转身去拿，南舒立刻掏出手机拍视频，拍完晏清辉伸手抢走她的手机，把满月的名片推送给自己的微信，然后顺手把朋友圈发了。

南舒拿到以后，觉得暗恋中的晏医生实在太上道了！

可是等晏清辉走以后，朋友圈很久都没有一个人点赞。

南舒实在难以相信这热度，点开一看。

这朋友圈，晏清辉确实是帮她发了，但是权限设置成了仅备注为"叮当"这一个人可见。

晏清辉，还是那个晏清辉，不近人情！

第四录——是谁

满月平时很少刷朋友圈，主要是微信列表里也没几个朋友，大多是代购和各种店铺的老板，今天也是给宠物店转账以后顺手点进的朋友圈。

许久没刷，不管往下翻多久都是新鲜的内容。

满月其实对于窥探别人的生活没什么兴趣，但对于别人愿意展示的生活还挺有好奇心的。

有时候也会想，如果把对方换成自己，自己也会发出来吗？

应该不会。

她实在不愿意在朋友圈发东西。

不知刷了多久，准备撤出来的时候，朋友圈提醒有新内容，头像是宠物店的头像。满月顺手下滑，宠物店最新发布的内容出现，是一条视频。

还没点开，视频已经自动播放，小窗口里，男人的身影一闪而过。

满月微微一愣，点开视频，顿时整个屏幕里都是男人的身影。

他在挑选猫粮，背影看上去很挺阔，侧脸轮廓清晰深刻，眉眼像笔墨勾勒出来的，他抬头拿猫粮的时候，镜头轻晃，随后他一只手拎了三大袋猫粮，转过身，正脸面容仅闪了一秒，视频结束。

尽管只有一秒，满月还是认出了他。

是那个医生。

晏清辉。

他的眼睛太有标志性了，她不会认错。

原来当时在她车旁边站着的人是他。

还……挺巧的。

算起来，这是他们第三次见面了吧？

第一次，匆匆一面，她觉得他好高；第二次，后视镜里远而模糊的身影，她觉得他应该是好看的；第三次……她没忍住，又点开视频看了一遍。

得出结论：他确实是好看的，手也好大。

说起来有点羞耻，满月有一个外人都不知道的点，她有点手控，和别人控细长匀称的手指不一样，她不仅控手指，还控骨骼，控大小。

手指修长匀称且骨架轮廓大的手对她来说，有一种很特别的安全感。

于是第一次，满月给别人的朋友圈点了赞。

对方设置不可通过名片分享添加好友

消息弹出的同时，南舒发来一张截图，晏清辉点开，看到是满月给朋友圈点了赞。

南舒：嘿嘿嘿嘿，有机会。

晏清辉面无表情地把对方拒绝添加好友的截图发给她。

南舒：沉默……

南舒：她好谨慎。

南舒：不开心……

晏清辉没心情聊天，正要直接点出聊天窗口，南舒又弹出新消息——

南舒：要不我拉你进群吧，我们有个宠物群，她在里面，你通过群好友添加。

晏清辉：不用，把她微信昵称发给我。

南舒很快发过来了，还附带了手机号。

晏清辉先通过昵称搜索，未搜索到联系人，再通过手机号搜索，依然没有搜索结果。

至此，晏清辉基本上判断出，满月是关闭了所有添加她为好友的方式，群好友方式肯定也一并关闭了。

她拒绝所有别人主动的途径。

而她自己也永远不会主动。

晏清辉看着手机屏幕上泛出的冷光，脑海里闪过那天在医院里他们交错的瞬间，他看得到她眼里的惊恐和抱歉，以及她母亲唤她名字时的担忧。

七年过去了，她并没有变好。

也许更严重了。

南舒：晏医生，以我曾作为一名专业的心理医生的经验告诉你……

南舒：查找病因很重要。

这种基本常识难道他不知道？

晏清辉不想把烦躁随意发泄在别人身上，只简单地给南舒回了个“嗯”，便退出微信。

他进入微博，点开私信，距离上次互动已经过去半个多月了，他道歉，她仍然没有回复。

点进她的主页，上次更新还是他们有互动时发的，之后那么久，她连条点赞都没有。

通常社交恐惧症患者是很难建立一个安全领域的，这个微博账号，于满月而言，也许可以称得上一个安全的蜗居，他贸然闯入，本想安抚，却又在无形中给她增添一道疤痕。

他不是在懊恼对方不理他，而是在担心她因为他，又要重新去创造另一个安全领域。

这其中耗费的精力与心血，他想想，都觉得自己即使被凌迟也不为过。

微信又弹出消息。

南舒：你要实在没辙，要不我帮你？我就说店里有活动，要她带叮当来洗澡，然后你来偶遇怎么样？

晏清辉失笑了，他有些无奈，发过去一条——

晏清辉：不用。

南舒：真的吗？过了这个村可就没这个店了！

晏清辉想了想，又回——

晏清辉：暂时不用。

南舒收到消息后，认真思考了很久，决定还是推一把。

她点进微信朋友圈，自己给自己评论：嘿嘿，帅哥是医生哦，本地人，有车有房有爱心，六险二金还单身！

满月收到朋友圈相关提示的时候还愣了一下，她没给别人评论过，也没发过朋友圈，怎么会收到提示？

点开一看，才发现是宠物店的评论。

因为她点赞了，所以会一并通知。

至于通知内容……

满月看了一眼，眼眸瞬间暗了暗。

那么优秀的人，应该有很多人关注吧。

逃避心理作祟，满月默默地取消了赞。

她想这条朋友圈肯定有很多人评论点赞，她取消，应该也不会引起太大的关注。

关注大了！

眼睁睁看着唯一一个点赞消失，南舒的内心极其崩溃。

她怎么就忘了，社交恐惧症人员经不起试探！

真是跟动物打交道久了，专业知识忘得一干二净！

原地挣扎犹豫了许久，南舒自作主张给满月发了一条十分官方的消息——

南舒：嗨，小可爱，我们店最近有猫咪洗澡活动，办理五次送一次，上不封顶哟。

满月收到消息后，觉得真的挺划算，于是问——

满月：可以现在办理吗？

南舒：不好意思，需要您亲自来店里登记呢。

南舒：很快！

南舒：如果您最近不方便，也可以等叮当下次洗澡的时候顺便办理。

南舒：我们这次活动会持续两周呢。

南舒：不过因为你是老客户啦，活动对你一直有效！

这种活动店铺不会吃亏吗？怎么感觉宠物店迫不及待想亏钱啊？

满月茫然地看完所有消息，回了个——

满月：好的，谢谢。

以上内容，南舒全部截图发给晏清辉。

南舒：为了你，我亏大发了。

晏清辉：不是让你暂时不要打扰她吗？

南舒：呃……

先发制人这招在晏清辉这里果然没用。

于是南舒默默地承认了自己的罪行。

晏清辉联想一下满月取消点赞时的纠结心理，眉头越拧越紧。

南舒：就……你也不要太敏感了吧……

晏清辉直接一个电话拨过去，南舒手忙脚乱地接通，听到晏清辉冷淡的声音："如果他是鹿袁，你会怎么做。"

南舒一愣，很快便磕磕绊绊地道歉："对、对不起。"

从高中毕业到现在，晏清辉太久没跟她较过真，以至于她快忘了他严肃起来有多吓人。

"南舒。"晏清辉的声音不高，但说得很清晰，"如果我足够幸运，以后她会是我生命里最重要的人，我不想让她出任何差错。"

南舒没生气，也没恼怒，她的第一反应是眼眶有点热。

因为人只要有追求，就证明是活着的。

晏清辉，实在平静太久了。

她笑了一下："放心吧，你可是晏清辉。"

晏清辉“嗯”了一声：“亏损的钱不还了，下次你来我院找我就诊，给你免费。”

说完挂了电话。

南舒愣了一下才反应过来，怒发一句——

南舒：你诅咒谁呢！

晏清辉笑了一下，准备明天上班时给实习生排好未来半个月的值班表。

满月午饭前睡了一会儿，睡醒以后大概是顺手，点开了朋友圈。

第一条，是一分钟前，满弈发的。

配图是泡面，文案是：惨淡。

评论区第一条是满母发的——

满母：懒死你算了！

满弈：儿臣做不到别的啊！

满弈是满月的弟弟，比她小四岁，一直在武校上学。

满月没明白是怎么回事，现在不是周末也不是假期，满弈不在学校，怎么在家里？

她想了想，还是给满母发了一条微信。

满月：满弈怎么这个时候回来了？

那边显示正在输入，好久以后，发过来一条语音。

“哎，满弈啊，嗐，别提了！这臭小子跟人比赛翻墙，把腿摔断了，昨天晚上喊你爸去接的，说再不接他们教练要把他另一条腿也打断。”

满月更觉得奇怪了。

满月：那怎么在吃泡面啊？

这次满母直接打过来一通电话，满月接通后，听到满母吞吞吐吐的声音："唉，跟他说了让他去隔壁吃他不去。"

满月奇怪："你和爸不在家吗？"

满母犹犹豫豫地说："这不是有点事去外地了吗？要去一周呢。"

满月沉默了。

她坐在床沿边，午后的阳光正烈，大片地落在她的屋内，照在她的身上，可她低头只能看见地上灰扑扑的影子。

过了很久，她才小声地问："怎么不让我回去啊？"

满母开始说："哎呀，太麻烦啦，你看还有叮当，来来回回得带多少东西啊！"

满月垂着头，没说话。

她好像也没想什么，只是大脑习惯性地放空。

又过了很久，电话好像被满父拿走了，他说："满月啊，你妈确实是怕麻烦你，再说了，满弈这臭小子你又不是不知道，别说吃泡面，喝西北风他也能活。"

满月轻轻地"嗯"了一声。

挂了电话，满月还坐在床沿边，她本来还有点饿意，这会儿忽然觉得很饱很撑，好像胃里堵了很满很满的气。

她重新躺回床上，摸了摸叮当的尾巴，心想，弟弟生病，作为姐姐照顾弟弟不是人之常情吗？为什么他们会觉得麻烦呢？

躺着躺着，满月迷迷糊糊地又要睡过去了，忽然被一阵敲门声拉回思绪，她猛地睁开眼睛，愣了好久才反应过来去开门。

打开门，门口站着一个拄拐少年，少年穿着卫衣卫裤，一条腿打着夹板，戴着帽子、口罩，闻声抬头，只露出一双黑漆漆的深邃眼睛。

他的眼睛弯起，双手合掌道："姐！求收留！"

下午，晏清辉睡了一觉后起来，习惯性地点进微博看私信，却在刷新时看到特别关注的最新更新。

两份饺子，旁边有炸鸡有水果，还有碳酸饮料。

布偶猫团在旁边嗅炸鸡，猫尾巴那里有一只手，不白不嫩，手指长，指骨清晰，手背瘦却宽大。

明显不是女孩子的手。

有那么一瞬间，晏清辉以为自己还没睡醒。

他眯着眼睛看了很久，没忍住，再次点进了私信。

十九岁正是吃什么都吃不饱的年纪。吃完一份饺子、两份炸鸡，喝完又一瓶碳酸饮料后，满弈往沙发上一靠。

满月坐在旁边的单人懒人沙发上，等了半天也没等到满弈打嗝。

从小到大，满弈都有一个习惯，吃饱必打嗝，没打就是没吃饱。

可是……这吃得也不少了吧？

他刚刚不是还吃了一碗泡面吗？

满月犹豫地看了满弈一眼，试探性地问："吃好了吗？"

满弈摸了摸肚子，几秒后说："好像没有。"

满月："你还想吃什么？"

"想吃家门口楼下的煎饼。"满弈一点也不客气。

"行。"满月起身，"我去换衣服，马上就好。"

满弈扬唇一笑，吊儿郎当地抬手敬了个礼："Yes，sir！"

满弈没上传统的全日制高中，初中毕业以后就进了武校，所以发型一直是寸头。

头两年满弈留寸头还显得有些不伦不类，好像小孩子的气质撑不起这种发型，这两年他的五官长开了，面部轮廓也明显立体起来，再加上精瘦却有肌肉的身材，留这种寸头，乍一看还有几分硬朗的帅气。

当初整日跟在她屁股后面的小孩好像不知不觉间长成大人了。

满月很快就换好衣服了，她打开门走出去，还没走到客厅就听到满弈在打电话，他的手机漏音很严重，所以满母的声音满月也听得一清二楚。

“你烦不烦人啊，臭小子，恶鬼投胎啊，去邻居家张口要饭吃能累死你？”

满弈“哎哟”一声：“他们家口味甜，我不喜欢啊。”

“求人你还挑三拣四的！”满母骂道。

“我有亲姐我凭什么求别人啊，我就不求，我就赖我姐这儿。”满弈说着还摸了一把叮当，冲它抬头，“是不是，一起赖。”

“行行行，你自己长点心，不行赶紧回去。”满母说。

“知道了知道了。”满弈说，“我一会儿跟我姐回家拿我的衣服去。”

“去去去，把冰箱里的水果给你姐带着，还有下面那些鸡啊鱼啊，都带着。”

“知道了。”满弈说，“挂了。”

挂电话前，满母又补充一句：“以后乱七八糟的朋友圈记得屏蔽你姐，别让她瞎操心。”

满弈嘟囔一句：“这不是这次忘了屏蔽了嘛……”

“吃饭喝水没见你忘，那么大个人了，一天天不干正事。”满母骂骂咧咧地挂了电话。

挂断电话后，满弈“哼”了一声，把叮当捞进怀里，嘀咕：“一家人屏蔽什么，就不屏蔽。

“是不是叮当，就不屏蔽。”

叮当“喵”了一声，满弈一脸得意地跟它握手，一人一猫显然达成一致。

满月看着，低眸笑笑。

怕满弈尴尬，满月特意等了几秒才故意发出声音，假装刚出来。

满弈听到声响直接蹦起来，咧嘴笑："走？"

满月瞥他一眼："你，走？"

"瞧不起谁呢，小爷我一条腿也能移动。"说完一跃跳一大步，然后冲满月挑了挑眉毛。

满月失笑，朝他竖起拇指。

满弈抓起玄关柜子上的车钥匙，看到牌子，"哟"了一声："姐，你又发财了啊？"

满月看满弈确实行动自如，就没管他，让他先跳出去，然后边关门边说："是啊，你赶紧考驾照，考完我送你一辆。"

"真的假的？你要真这么说我可真考了啊。"

"考呗。"

"嘿嘿，那姐，我喜欢贵的。"

"什么？"满月从电梯里走出去，"你礼貌吗？"

"那挑个性价比高的？"

"可以商量。"

于是接下来的一路上，满月都在听满弈是怎么在手机群里跟兄弟们显摆自己那连影都没有的车的。

到家以后，满月把车停在煎饼店铺门口，让满弈直接在车上等煎饼。她下车时，满弈唤了一声："姐。"

满月回头："怎么了？"

满弈随手把自己头上的帽子摘下来递给她："给。"

满月一顿。

此时刚过午时，小区附近已经有人在饭后散步消食，阳光柔和，人人脸上皆是轻松惬意。

满月身着烟灰色毛线裙和米白色薄棉外套，站在老小区门口，像一道清冷的，温柔的风。

她看着满弈手中的帽子，片刻后笑笑接过来戴上。

帽子是黑色的棒球帽，头围对满月来说有点大，帽檐微微下压，遮挡了半张脸，但是阴影落下，衬得她那双琥珀色的眼睛莫名的又黑又亮。

她笑，问："你都要带什么东西？"

"我有个行李箱在屋里，直接拎那个就行了。"满弈说，"哦，对了，桌子上的游戏机给我拿着。"

满月点点头，转身。

身后的满弈又说了一句："冰箱里有点吃的，你看你想吃什么拿什么，不想吃别拿，我也不吃。"

"知道了。"小小年纪还挺唠叨。

上楼的时候还是不免会遇到邻居，他们没有关门的习惯，满月路过，总会吸引几道好奇的目光，满月微微地低头，直奔家中。

拿好东西出门的时候，刚关上门，对门的赵叔叔就出来了，他手里拎着垃圾，看到满月，十分自然地说："欸？满月啊，来给满弈收拾东西啊？"

满月不动声色地握紧了行李箱的提手，她站得笔直，声线也僵硬："嗯。"

都二十多岁的人了，见到长辈却仍然只会一问一答，连最基础的寒暄都说不出口。

满月眨了下眼睛，瞳仁里的光悄无声息地散去。

"拿那么多东西啊，来，行李箱给叔叔，你那细胳膊细腿的，再摔了。"赵叔叔说着就伸手去抢满月手里的行李箱。

他的动作让人猝不及防，满月甚至来不及躲闪，等他抢走行李箱才连忙磕磕绊绊地说："不、不用了，叔叔……"

"哎，没事，我还年轻着呢。"赵叔叔说完就大步地下楼。

满月看着他的背影手足无措，在原地愣了好几秒才反应过来。

这时隔壁屋里又出来一个人，是阿姨。

阿姨身上还戴着围裙，她对满月笑："快下去吧，不然满弈该着急了。"

满月不知道赵叔叔是真的恰巧要去丢垃圾还是专门在等她，她说不出什么漂亮的话，来来回回也只会一句："谢谢。"

阿姨摆摆手："太客气了，快下去吧。"

满月这才点点头下楼。

等满月离开了，阿姨才给满母发语音说："老秦啊，月月刚走，行李是老赵帮忙拎的，我看她状态不错，你们别担心了。"

再下楼的时候，不知怎么回事，满月发现各家的门都关上了，虽然只是一门之隔，可这一点点细微的变化也让满月轻松了许多。

她一路顺畅地下楼。在楼道口，赵叔叔把行李箱放在地上，没跟她多交流，只匆匆地说一句："我得赶紧去丢垃圾，月月你注意安全啊。"

说完甚至没等满月回应就转身去了反方向。

满月再次看着他的背影，一会儿才收回目光看向手边的行李箱，她伸手扶上去，掌心一片温暖。

像被头顶的光照过。

她低头，脚边刚好也有大片的光，往前走时，每一步都像踩在光上。

回到车上，满弈的煎饼已经拿到手里了。等回到家时，他已经吃完了煎饼，又从冰箱里拿了一瓶牛奶，仰头灌干净，心满意足地打了个饱嗝。

满月听了忍不住笑："你每天吃饭就这样？形象呢？"

"武校要什么形象啊？我们那儿还有人光膀子在食堂吃饭呢。"

满月脑补一下画面，觉得十分辣眼睛。

下午满月写稿，满弈闲着没事就去睡觉，一觉睡醒后，满月做晚饭他打游戏，饭后二人各回各屋，互不打扰。

晚上满月躺在床上时，下意识地找叮当，在屋里看了一圈后没看到影子，才意识到它可能在满弈的房间。

满月太久都在一个人生活，忽然转换了新环境，她居然生出一种还不错的感觉。

结婚……是不是也是这样？

和新的人，进入新的生活。

满月想着，脑海里闪过一道挺拔的身影，她蓦地一怔，随后耳根泛红发热，忍不住躺回被窝里，在黑暗里适应了好久才渐渐平息下来作乱的心跳。

睡前闲着没事，满月登上微博，刚登上就收到私信提示。

点开，是“八－六”发来的。

满月没想到“八－六”还会给她发消息。

会有人在被冷漠拒绝后还继续主动吗？

手机的冷光照得满月的面庞微微发亮，她失神片刻，才点开私信。

对方发来的是一张图片，小图显示一只猫，点开才看到图片一角还有一只男人的手，他拉着猫的爪子，猫显然不抗拒，一脸乖顺。

八－六：它的眼睛和你家猫的眼睛有点像。

满月没注意到猫的眼睛，她的目光全在那只男人的手上。

手背薄而有力，青筋脉络清晰，指骨明显，手指虽然只露出了大拇指，但已经能看出他的手指生得十分匀称，指甲上有健康的月牙，甲面干净。

啊……

有点好看。

满月盯得愣了神，甚至不由自主地回过去一条——

心满月足：你的手真好看。

发过去两秒后，忽然意识到自己发了什么，满月的脸瞬间升温爆红，她手忙脚乱地撤回。

换来对方一句——

八－六：什么？

应该没看到吧……

满月的手指都在抖，回复——

心满月足：嗯，挺像的，都很好看。

八－六：嗯。

紧接着，他又发来一张图片。

还是猫的图片，一只看上去不太大的猫，他的手摸在猫背上。

八－六：这只猫你能看出来多大了吗？我买的猫粮都是成猫的，不确定它能不能吃。

说实话，满月也看不出来那只猫多大了，而且她的心思还是忍不住往那只手上飘。

于是心不在焉地回复。

心满月足：不太能看得出来，这是流浪猫吗？

八－六：嗯，小区里的。

心满月足：流浪猫其实都没关系的。

八－六：嗯。

说着，“八－六”又发来几张图片，虽然全是猫的，可每一张他的手都有入镜。

什么意思啊……

他到底有没有看见她撤回的那条消息啊……

第五录——一起

满月的心绪被“八－六”的这几张图片弄得七上八下的，她想问，却又觉得这一问不就相当于不打自招了吗？

可是……仔细想想，如果“八－六”真的看到了，应该不会给她发图片吧？他们明明是陌生人，她却说那样的话，他不把她当成变态就万幸了，怎么可能还给她发图片呢？

合理。

满月被自己说服了。

虽然还是有些心虚，但好歹不会一直胡思乱想，她一一点开“八－六”发来的图片，看猫的同时……顺便也看了一下手。

看完回复——

心满月足：都挺好看的。

两秒后又补了一句——

心满月足：这些猫。

本来满月觉得自己补得很及时，补完再看聊天内容才发现补的那句话有多多余。

好像在强调：我真的只是在说猫，没有别的意思。

这也太心虚了。

满月被自己蠢得不想再多聊下去，匆匆地发完一句“很晚了，我先睡了”，然后就跑了。

她甚至没敢看“八－六”最后回复了什么，把手机放得远远的，假装真的需要睡觉了，睡觉的人不能再玩手机。

她躺进被窝里，闭上眼睛，睡姿板正。

几秒后，她默默地拉过被子盖住脸，翻身埋进被窝里。

也太尴尬了……

晏清辉似乎能感受到满月的尴尬，以及她匆匆逃离的慌张，实话说，有点像小孩子才会做的事情。

他在成人的世界里待得太久了，早已被那些即便自觉尴尬也要强装镇定的不成文规定潜移默化了，如今冷不丁触及孩童的天真，竟觉得可爱。

他忍不住笑了，明知对方现在可能已经关手机了，却还是回复了一句——

八－六：嗯，早起早睡好习惯。

发完他没忍住往上翻看今天两人的聊天内容，没什么实质性的内容，他甚至没有试探性地询问照片里那只男人的手是谁的，可他仍然因为这三言两语的互动觉得欢愉，甚至舍不得离开聊天窗口。

很快，翻到他半个月前道歉的内容。

这次复联，他们没有再提及上次的不愉快，好像打算就这样悄无声息地揭过去。

但这是许多人的网络社交方式，模棱两可地开始，不清不楚地结束。

这并非他所愿，也并非他想给予她的社交概念。

更何况，他不仅仅只想和她有网络社交。

于是晏清辉又发过去一条——

八－六：谢谢你原谅我之前的过错。

内容太过认真，显得严肃板正。

但第二天看到消息的满月从中感受到了他的真诚，甚至一点点古板的可爱。

这人是个老干部吗？

还是医生都这样？

满月靠在沙发上，忍不住想象“八－六”是一个怎样的人，年龄、身高、长相，甚至性格。

她重新调出昨晚“八－六”发给她的那些猫的图片，放大手的部分。

满月身边没什么男性朋友，唯一接触频繁的也就是满父和满弈了。他俩一个是步入半百的男人，手背上早已有了岁月的痕迹，一个是风华正茂的少年，可因为常年在武校操练，肌肤呈现小麦色。

而“八－六”的手是白的，这些照片应该是原相机拍的吧？原相机能拍出他手臂上的青筋血脉，是不是能证明，他是一个还算年轻的人？

“这谁啊？”身后忽然出现声音。

满月吓了一跳，差点把手机摔了，她不由得睁大眼睛：“你、你怎么走路没有声音的？”

“我还没有声音？我蹦着过来的好不好。”满弈大呼冤枉，他也坐到沙发上，随手拿了一个苹果啃起来，一边啃一边斜眼睨满月，“是你太认真了好不好。”

满月反驳：“哪、哪有？”

这磕磕绊绊的语气，可真是连半点说服力也没有。

满弈还在看她，看到窗外的光把她白净的耳根照出红晕，忍不住皱了皱眉头，他的目光在手机和满月的脸上来来回回地扫，问：“你追星啊？”

满月：“不是。”

“追就追呗，这有什么，我室友也追星。”满弈说，“就那个什么霜，脾气贼差的那个。”

满月没怎么关注过娱乐圈，不想继续聊这个话题，被满弈一打岔，她也没心思回复“八－六”了，看了一眼时间，可以吃午饭了，于是问满弈想吃什么。

满弈伸了个懒腰说：“随便，我特好养活。”

满月想着吃哪儿补哪儿，就做了大骨汤。快做好的时候，她喊满弈洗手吃饭。

洗手液用完了还没人换，鹿晓一边甩水一边吐槽：“怎么医院的洗手液跟自己会蒸发的一样，两天就没了。”

晏清辉闻声说：“柜子里有。”

鹿晓点头，边走向柜子边说下午的手术安排，又着重强调了几个注意事项。

“嗯，辛苦了，这会儿没事，你去吃饭吧。”晏清辉说。

“晏医生还不去吗？都忙了一上午了。”鹿晓说。

“补点东西。”晏清辉说。

鹿晓点点头，从柜子里拿出洗手液后，又从自己柜子里拿出一支护手霜。她路过晏清辉桌子旁边时，带来一缕淡淡的清香，晏清辉抬头，鹿晓谨慎地停下挤护手霜的动作：“这……就是护手霜，可以涂吧？”

进来实习前，鹿晓就听别人提过，晏医生不喜欢味道太刺鼻的东西，香水、护手霜都不行，会影响他对病患伤口异味的判断。

但是……这个护手霜的味道已经很淡了。

也不行吗？

鹿晓有点难过，心想刚买的又要搁置了，然而下一秒就听到晏清辉问："有用吗？"

晏医生平日里与人相处还算亲和，但这种亲和是在礼貌范围内的，也是针对安抚病患的。仔细观察，你会发现他对每个人都很疏离。

像泉水，任何人都可以受之滋养，却无法完全进入。

所以即便他的口吻十分平淡，鹿晓也觉得他的话外之音是：有必要吗？就非要涂这个护手霜？

之前有听说晏医生发起脾气来很吓人，于是鹿晓连忙表态："没用！今晚就带回家给我妈。"

晏清辉看了一眼她紧绷的全身，又扫了一眼护手霜瓶身的 logo，轻描淡写一句："没用送给长辈？"

什么意思啊？要她扔了吗？这么贵！那她可真是大孝子了！

"呃……"鹿晓咬牙数次，也说不出来扔了这话，最后只能沉默。

"鹿晓。"晏清辉忽然唤了一声。

鹿晓一脸视死如归，心想她堂哥当初说的果然是实话，晏清辉只是表面温和儒雅，实则极其不近人情，她早晚会后悔的。

然而下一秒，鹿晓就听到晏清辉问："我很吓人吗？"

"欸？"鹿晓一时没反应过来。

"你以为我是在问你什么？"晏清辉的身体向后靠，看着鹿晓。

鹿晓吞吞吐吐地重复："护手霜……有用吗？"

晏清辉点点头："有吗？"

"有……吧？"鹿晓感觉自己快要窒息了。

"嗯，去吃饭吧。"晏清辉说完继续忙自己的，目光没再注意鹿晓一分，仿佛刚刚的一切只是一场日常对话而已。

鹿晓大脑一片空白地走出去，清醒以后默默地在医院医护水友群里发言："我好像感受到晏医生的吓人之处了。"

接着一水儿的回复："长得帅吗？脾气坏的。"

"脸有多帅，人有多不近人情。"

不近人情的晏医生在网上下单了一支比鹿晓那支还贵的护手霜。

因为满弈的打岔，满月直接把“八－六”的道歉私信抛到脑后。晚上两个人吃饭的时候，叮当不小心打翻了桌子上的汤碗，一大部分汤都洒到了满弈的石膏腿上。

有石膏阻挡，烫是没烫到，但是汤汁浸进去不少，满月当时都吓傻了，反应过来以后立马开车带满弈去医院。

她怕满弈感染。

尤其怕满弈在她这里感染。

十一月还不算入冬，但晚上已经有风了，满月出门时没来得及穿外套，只穿了一件薄薄的针织打底衫，下车时风一吹，显得她整个人又瘦又轻。

她扶满弈的时候手都在发抖，口罩都遮不住她脸上的苍白和恐慌。满弈反过来扶她手时察觉到她肌肤的冰凉，低声唤：“姐，我没事。”

满月的声音被风吹得支离破碎，她的声音很低很轻，像没有力气似的，但满是自责。

她说：“对不起，是姐姐没有照顾好你。”

“才没有。”满弈说，“是叮当的错，回头扣它小鱼干和罐头！”

满月笑不出来了。

她扶着满弈去挂号，这个时候大多数医生都已经下班了，只有值班医生在，好在没有影响到伤势，但是石膏损坏太严重了，需要更换新的。

更换的时候满月在门口等着，诊室有医生有护士还有实习生，她没办法同时和那么多陌生人待在同一个闭塞的空间里。

屋里偶尔传出对话声，因为之前处理是在另一家医院，所以医生不停地在询问他的症状，满月听到满弈说伤了有一段时间了，当时挺心疼的，现在基本没感觉了，医生夸他年轻恢复得快，还问他在学校活动时是否剧烈，聊着聊着又聊到了是否有女朋友。

温馨得好像他们才是一家人。

满月后背靠在冰冷的瓷砖墙壁上，微微低垂着头，她听着断断续续的对话，觉得这些人离她好远。

满弈再次蹦蹦跳跳着出来的时候，满月的腿都快站麻了。听到动静，她忙不迭地转身去扶满弈。

满弈戴着口罩，眉眼却露着笑意。他故意把腿抬给满月看，满月低头，看到上面用红色的记号笔画了一个吐舌鬼脸，旁边还用黑色的记号笔画了一只简笔画的猫。

"可爱吗？刚刚求里面的姐姐给我画的。"满弈说着主动去扶满月，"当然了，她是姐姐，而你才是亲姐。"

满月知道满弈在哄她，可他越这样，她越觉得自己好麻烦。

明明受伤的是他，却需要他来安抚她。

不知道是不是口罩太紧，满月觉得闷，心口也堵得慌，她垂下眸子，躲开满弈的视线，低声说："快回家吧。"

二人在等电梯，电梯门打开时才发现里面有一张手术床，手术床上躺着病人，旁边站着好几个家属和医护人员。

满月没抬头看究竟有多少人，她只匆匆地扫了一眼地上的脚，就站到电梯角落里。

梯门关闭，空气瞬间不再流通，满月明明只穿着一件薄衣，额头却浮了汗，手心也是湿的。

叮——

仅下一层，梯门打开，门外站着三个人，一个吊着胳膊，一个坐在轮椅上，还有一个在推轮椅。

他们三个如果进来，电梯里的空间便会更加拥挤，也许会有人挤到满月身上。

只是这么一想，满月额头上汗更多了。

她想提出下电梯，可她放心不下满弈一个人留在这里，犹豫两三秒后，吊胳膊的病人已经进入电梯，推轮椅的那位似乎也要紧跟其后。

满月感觉自己的喉咙像被人掐住了，她很想出声，可她又觉得别人的轮椅已经进来一点，她再开口，人家又要撤出去，好麻烦……

她怎么总是那么麻烦。

满月慢慢地垂下眸子，光从头顶落在她的睫毛上，在她的眼睛下方照出一层薄薄的阴影，她任由这阴影蔓延，延伸——

“不好意思。”身后忽然有人出声，好像是医生，他的声音有些低，也有些哑，像机器长久工作后没得到润滑那样干涩，“病人刚做过手术，术后需要氧气，我出去走安全通道。”

他说完，推轮椅的那位病人往后退了几步，吊胳膊的那位犹豫着说：“要不我也出去吧？”

“不用。”医生说，“电梯本来就是为你们这些患者提供便利的。”

他说完往外走，路过满月时，微微侧开，没有触及满月半分，连满月的发丝都没有碰到。

他很小心，却又不显得刻意。

就好像他天生如此礼貌、有风度。

他出去时，吊胳膊的那位病人往旁边站了站，满月身边的空气稍有流通，但她知道这只是短暂的，推轮椅的那位病人一旦进来，她会再次进入封闭状态。

于是目光跟随着医生的步伐，满月忽然抬起头来，她看向满弈，还没出声，满弈先说话了，他口罩上方的眼里有淡笑，说：“去吧。”

说话时，他的手指就在电梯开门键上摁着。

满月的心仿佛重重地一颤，随后匆匆地点头，跟推轮椅的人小声地说：“借过。”

踏出电梯的一瞬间，楼道仿佛有风从四面八方吹来，满月不觉得冷，只觉得好轻松。

电梯门缓缓闭合，满月看着满弈笑着跟她挥手，直至梯门完全闭合，映出她的身影，以及，她身后的另一道身影。

是那位医生。

满月愣了一下，回头。

她一眼便看到医生的眼睛，也认出了他。

是晏清辉。

尽管他这次穿的并不是白大褂，而是绿色的手术服，算不上有多好看，却有几分别样的体面和魅力。

算是第四次碰面了吧。

“你要等下一班电梯还是走安全通道？”晏清辉主动开口。

满月没想到他会主动说话，停顿一下才说：“安全通道吧。”

“嗯，一起吧。”晏清辉轻轻咳了两声，先一步转身，“走这边。”

哦，原来是怕她找不到路。

既为病人考虑，又主动为她带路，他还真是一个善解人意的医生。

满月不知怎么的就想起了“八－六”，怎么她最近碰到的医生都那么好啊？

满月想着，目光投向自己前方的背影，从背后看，他似乎要比前两次碰面都瘦一些，却不薄。

因为是晚上，走廊的灯并不亮，窗外一片漆黑，走廊尽头的天空上挂着一轮弯月，月亮尾巴上小小的钩子，在视觉误区上好像刚刚好坐在了晏清辉的肩头。

他刚走出救死扶伤的忙碌和紧张氛围，月亮就忍不住要送他一身清白的光。

远远地看，清风霁月。

“去一楼吗？”楼道口，晏清辉问。

满月“嗯”了一声。

晏清辉淡淡地点头，不再说话。

之后的路上，他没有主动搭讪，也没有跟她并肩而行，而是始终和她一前一后，保持不远不近的距离。

这让满月轻松了很多。

两个人在三楼分开，分开前晏清辉也没有多说，只是朝她淡淡地点头。

满月也回以礼貌点头，转身继续下楼。

她的心情轻松了许多，戒备心也已放下，因此完全没注意到去而复返的晏清辉。

他站在楼道口，目送满月下楼，直到那纤瘦的身影完全看不见了，他才转身离开。

回到诊室时，鹿晓在脱帽洗手。她看到晏清辉，本着“不耻下问”的原则，主动地问：“晏医生，这类病人术后对于空气流通状态很严苛吗？”

平时也有类似的病人术后乘坐电梯，好像都没有严重到需要晏清辉亲自让位。

晏清辉随手抓了两把头发，放松了头部的神经以后才说：“没有。”

鹿晓茫然：“啊？”

她还想问：那您刚刚是？

晏清辉没给她继续问的机会，只说：“今晚辛苦了，早点回去休息。”

说完转身进里面换衣服去了。

满月和满弈回到家里。

换好衣服，满弈把脏衣服递给满月：“嘿嘿，谢谢姐。”

满月说：“谢谢洗衣机。”

满弈“嗯嗯嗯”地点头，他瘸着腿也闲不下来，跳去客厅抓叮当，大喊着：“姐，叮当尾巴上全是汤汁，明天带它洗澡去吧。”

满月把脏衣服全扔进洗衣机里才出来，她抓起叮当仔细检查了一番，才给宠物店发微信预约。

宠物店回得很快——

宠物店：好呀！明天上午吗？

满月想了下满弈平时起床的时间点。

满月：下午吧。

宠物店：好的。

第二天。

满月本来以为午饭后已经很晚了，没想到到宠物店时都快三点了。

“好像错过了预约时间。”满月微微地蹙眉，跟满弈说，“要不我们明天再来吧。”

满弈“啊”了一声：“错过一会儿没关系吧？”

“会影响下一个预约人的时间吧？万一我们占用了对方的时间怎么办？”满月越说越觉得今天不合适，“算了，明天再来吧。”

满弈看她真的要驱动车辆离开，忙不迭地开口说：“我去问问，我去问问可以吧！万一呢？万一后面没有预约人呢？”

满月犹豫了。

“我去问。”满弈说着推开车门就跳下车。

满月都没来得及阻止。

满弈推门进去后，同时有两个人和他交错着出来，一男一女，虽然都戴着口罩，但从气质和露出的眉眼能看出都是长相很优越的人。

甚至，这位男人的眉眼更漂亮。

他手里牵着一条柯基狗，另一只手牵着女人的手，他们边走边聊。

“肥牛是不是也该打针了？”女人问。

“应该是。”男人说着把女人的手放进自己口袋里，“但是我过两天有事，能不能劳烦学姐带肥牛过来？”

他说着微微俯身，故意凑近女人蹭了两下，像在撒娇。

女人躲开了，低声唤他：“李清潭，别闹。”

二人说笑着上车，他们的车子就停在满月车子的旁边，尽管有心非礼勿视，可满月还是难免被他们之间的亲密气场吸引。

肥牛，是他们的另一只小宠物吗？

这名字风格……应该还是一条狗吧？

二人两犬，三餐四季，这应该是很多人都想拥有的生活吧。

满月不由得看着他们出神，等他们的车子远去，满弈才过来。

和他一起过来的还有老板娘。

“来吧，给我吧。”满弈刚抱出叮当，南舒就伸手接过来。

满月想要下车，南舒说：“你弟弟已经帮忙登记好了，你们如果没事可以在这儿等着，对面有奶茶店，也可以买两杯奶茶喝。”

“谢谢。”满月说，“麻烦你了。”

“举手之劳。”南舒笑笑转身进店里了。

满月问满弈：“你要喝奶茶吗？”

“女孩子才喝的玩意儿。”满弈说，“要回去吗？要不就在车里等着吧，我找部电影看。”

“也可以。”满月犹豫着，“其实，如果你嫌不舒服可以去他们店里，有沙发。”

还有猫可以撸。

“有味儿，我在这儿挺好的，你别管我。”

满月“哦”了一声，她扭头看向后视镜，那里早已没了刚刚那辆车的影子。

可她仿佛还能看到那份缱绻缠绵的温柔。

那个人，看上去和她年龄差不多，已经伸手即触幸福，而她，连一辆车，都不敢离开。

第六录——是我

满月从前也有过在车上等叮当的情况，或者说经常，但大多数时候都是她一个人在车里，车里除了挡风玻璃，其他几面窗户都贴了防窥防晒的单向透视膜，这让她有一种沉浸于自我世界的感觉。

她通常是坐在驾驶座上，有时候也会看看电视剧刷刷短视频，但大多时候还是观察来往行人。

每个人都有每个人的世界，每个人的世界都不止他一个人在生活，只是她，总是一个人。

可如今，在她特有的安全区域里，也进来了一个人。

这让满月在微微不适应之余有几分特殊的慰藉，就好像，她突然之间，和大家成为同一种人。

她没有变得特殊，也没有在生病。

她想着，扭头看向满弈，满弈刚刚还说看电视剧，这会儿已经歪着头睡着了。

满月小心翼翼地打开暖风，又开了一点点窗户，这才玩起自己的手机。

第一反应是打开微博，打开以后愣了一下，因为她以前登微博都是有目的的，要么打卡，要么发微博，今天……

好像是习惯。

这个想法让满月再次一愣，她不由得想，她和“八－六”聊天已经成为习惯了吗？他们明明也没有很经常地在聊天吧？甚至，他们都不知道彼此太多的信息，这样的习惯，应该继续维护吗？

满月还在出神，出神间点进私信，最新一条还是“八－六”那条严肃板正的道歉信息，当时她因为满弈的打岔忘记回复了，导致滞留时间太久。

“八－六”不会误会她没有原谅他吧？

满月忽然没来由地有些急，可回复什么呢？

原谅他了？

这显得她好像高高在上，明明是她的问题，“八－六”的行为并没有像他自己反省的那么严重，她不能仗着对方道德标准高就真的顺势而为。

可她当时又确确实实有觉得被冒犯到。

唉。

好难。

网络社交已经那么难了，她根本不敢想，如果和“八－六”见面——

满月一滞，几秒后被自己突如其来的想法涨红了脸。

也不知道为什么会脸红，但就是控制不住地面颊升温。

甚至眼睛也被逼得有点湿红。

她抿着嘴唇，手指不小心滑动屏幕，页面上出现之前“八－六”发的猫的图片，她不可避免地再次把视线焦点放在角落里的手上，恍恍惚惚间盯了好久，才终于肯下定决心给“八－六”回复。

心满月足：不客气吧。

这样说……可以吧？

“八－六”能察觉到她是在抖机灵吗？

满月还在思考要不要撤回，没想到对方居然秒回了。

八－六：你太客气了。

心满月足：是你太客气了。

八－六：确实，我已经在思考别的方案了。

满月没忍住笑出了声音，她趴在方向盘上，像上学的时候趴在桌子上偷偷玩手机那样。

心满月足：医生都那么严谨吗？

八－六：也许这方面只有我如此。

心满月足：好自恋。

八－六：保证实物与表述一致。

满月轻轻地咬住了唇瓣，几乎出于本能地问——

心满月足：你在哪个城市啊？

“八－六”没回复。

很突然地没回复。

最开始，满月还在紧张，心跳呼吸都不受控制，她想了无数个“八－六”会回答的答案，可她唯独没想到“八－六”会不回复。

就好像，她在潜意识里已经默认，“八－六”一定是有求必应的。

可他这次没有。

他也要保护隐私。

是她逾越了。

如果说等消息的时候，一颗心缓缓升至高空，那现在，就是瞬间落回最低点。

巨大的落差让整个人很难适应。

满月拿着手机，敲敲打打键盘很久，最后一个字也没说，默默地关上了手机。

猫洗澡一般耗时都比较久，再加上叮当是长毛猫，在烘干箱里待个三四个小时基本属于常规操作。

满弈一觉睡醒都六点半了，他迷迷糊糊地扭头问：“天都黑了啊。”

满月一直没睡，也没看剧，就发呆，闻声回神说：“嗯，冬天天黑得早。”

“我知道啊，我的意思是还没洗好吗？”满弈问。

“应该还没有，好了该喊我们了。”

满弈疲累地伸个懒腰：“不行，我得下去蹦跶两下。”

满月点头。

满弈刚醒，脑子不够清醒，实在没注意到满月的情绪有哪里不对，他蹦蹦跳跳地进到店里，跟老板打招呼。

“姐，我们家叮当好了吗？”

南舒闻声抬头，看到是跟满月一起来的那个小帅哥，登记的时候她就问了关系，是姐弟。

“快了，还有肚子下面的没干，刚刚抱出来用吹风机吹着呢。”

满弈闻声伸头凑去看，看到叮当正被工作人员控制得像头待宰的猪，靠在旁边笑得不行。

南舒心里挂念着晏清辉的人生大事，于是跟他闲聊：“之前没见过你啊，你不是她亲弟啊？”

满弈说：“亲的，之前上学。”

“哦，现在腿断了。”南舒笑。

“姐，看人乐子不地道吧？”满弈说。

南舒笑：“不看，主要是看你帅。”

满弈毫不谦虚：“那确实。”

南舒又笑：“你跟你姐性格差别挺大嘛。”

满弈明显不想聊这些，南舒也假装有事忙，默默地把这个话题揭过去了。

很快，叮当被抱出来了。

满弈看到它“哟”了一声，叮当闻声立刻挣扎着要满弈抱，满弈嘴上嫌弃：“您看我一个人走路都费劲，还抱你。”

但还是接过了它。

南舒笑：“我来吧。”

无奈叮当此时不让陌生人碰，爪子恨不得抓到满弈的衣服里。

南舒一看这情况，问满弈：“要不，喊你姐进来？”

满弈正犹豫着，门忽然被推开了，居然是满月。

“姐？”满弈有些意外。

满月说：“我猜快好了。”

她一出声，叮当立刻不要满弈了，满弈“啧”了一声：“没良心的货。”

他边说边满脸嫌弃地把叮当塞给满月，此时店里人少，工作人员都在各忙各的，满月怀里抱着叮当，人也没有那么紧张不安了。

她跟南舒说：“谢谢，麻烦了。”

“客气，应该的。”南舒笑。

满月看了一眼旁边的货架：“我再拿两袋猫粮吧。”

“可以啊。”南舒问，“还是以前的牌子吗？还是换一下试试？”

满月摸了摸叮当，看了一眼排得很满的货架，犹豫了下说：“我先自己看看吧。”

南舒立刻说好，没有跟随。

店里的猫粮什么都有，以前满月给叮当吃的都是国外的牌子，这两年进出口麻烦，商品也很难保证，所以满月渐渐地给叮当换了国产粮。

她挑选了一个没见过的牌子，拿下来看了一眼配料表，看到脂肪高又放了回去，顺手拿了旁边的。

无奈怀里的叮当忽然挣扎，满月一时不察，第一反应是护猫，她松开了猫粮，猫粮一下子掉回货架上，导致另一袋猫粮被撞击掉落。

满月下意识地后退躲闪，却不想撞到了人。

头顶隐隐地有呼吸声传来，空气里除了叮当身上刚洗完澡的清香，莫名地多了几分消毒水的味道。

与此同时，一只手从她的头顶伸过来，抓住了那袋即将掉落到满月头上的猫粮。

满月一怔，全身僵硬，她甚至不敢抬头，蒙在原地。

叮当似乎察觉到陌生人的逼近，它窝在满月的怀里，轻轻地“喵”了一声。

身后传来低声：“抱歉。”

低音入耳，满月轻轻地眨了下眼睛。

她感到周身的肌肉在缓缓地松弛，慢慢地，她转身，看到了熟悉的眉眼。

他似乎也认出了她。

满月意外：“是你？”

晏清辉点头：“是我。”

满月觉得好巧，也觉得有些窘迫，她有些不淡定地对他说：“谢谢。”

晏清辉垂眸看了一眼她怀里的猫，眼睛微微泛起笑意，他问得随意：“带它洗澡？”

“嗯。”满月礼尚往来，询问，“你……”

晏清辉没说话，只是目光从叮当身上移到满月脸上。

这时满弈走过来，看到他俩微微地蹙眉，立刻上前一步，颇有几分戒备晏清辉的意思。

满月忙低声说：“我没事。”

满弈“哦”了一声：“那走吧。”

满月看了一眼晏清辉手里的猫粮，她犹豫着要不要直接就拿这袋猫粮，她只是看了一眼，晏清辉就伸手递过来。

满月心底微微地有涟漪泛出，这个人，好像每次都把所有事情所有行为处理得恰到好处，让她忍不住多注意两眼。

她没忍住弯了弯眼睛，朝他笑笑，正要伸手去接，低头目光落在他的手上。

只是看了一眼，满月忽然笑意僵住。

她直接愣在原地，盯着他的手看了不知道多久。

她的行为实在算不上礼貌，可晏清辉没有阻止，也没有觉得冒犯，甚至没有收回自己的手，而是就那么放任她看。

就好像，他知道她在确认什么信息一样。

可满弈不知道，他只看到满月愣住了，然后有些不对劲的样子，他唤了一声："姐？"

满月回过神来，匆匆地收回目光，她为自己的想法感到不可思议，她忍不住再次抬头，对上晏清辉的目光。

对方也在看她，他的脸上戴着口罩，眉眼看不出任何变化，可不知怎么的，满月好像看到他有露出一点点淡笑。

在眼里，或者在唇边。

她愣愣的，仍觉得不可思议，甚至不敢反问。

是晏清辉主动点头，跟她说："是我。"

八－六：很抱歉，我实施了一些资源利用。

满月到家以后仍然觉得不可思议，她不敢相信她和"八－六"居然就那么见面了，而且，"八－六"居然就是……晏清辉。

她一直没有觉出两位很优秀的人居然是同一个人。

她登录微博时看到"八－六"发来的私信，蓦地想起刚刚宠物店里的场景。

由于太过震惊，满月不小心抓痛了叮当，叮当挣扎着跳出她的怀抱，其间还挠伤了晏清辉的手背。

不幸中的万幸是叮当洗澡刚剪的指甲，所以并没有把晏清辉的手背挠破。

满月尴尬得不行，磕磕绊绊地道歉。

晏清辉说没事。

他的声音比昨晚的状态要好很多，看上去是休息得很好。他看着被满弈抓起来的叮当，眼里没有半分责怪之意。

“先把它带回家，免得应激。”他把视线转移到她脸上，又补了三个字，“不着急。”

不着急。

好像是在安抚她。

好像在说：先不着急，所有的事情，我都可以在微博私信里告诉你。

就是在这一瞬间，满月感觉自己的双脚又落了地，她不再是飘着的，也不再觉得不可思议。

“八－六”和晏清辉也在这一瞬间融为一个人，就好像在她的潜意识里，他们本来就该是同一个人。

回去的路上，满月还是蒙蒙的，满弈心里挺不自在，他并不觉得满月的生活里会突然出现一个他不认识的人，可事实证明确实有那么一个人。

还挺帅。

满弈越想心里越不是滋味，频频扭头盯看满月，每一次盯看满月都不是什么完全清醒的状态，他心里更难受了。

怎么碰一面还失魂了呢？

满弈忍不住了，语气不算好地问：“这人谁啊？”

满月顿了一下，再次陷入另一层迷茫。

是啊，于她而言，晏清辉算谁呢？

“呃……”满月犹豫了下，“认识的人。”

算……认识吧？

“认识的人？”满弈追问，“哪儿认识的啊？”

满月答不出来，她也不想答是在网上认识，感觉一旦和网络社交挂上钩，不仅是他们这段关系不正经，连晏清辉这个人都连带着变得不正经了。

恰好此时满父和满母给满弈打电话，满弈不情不愿地接通，满月这才逃过了一劫。

回到家里，为了避免满弈的继续追问，满月头都不回地钻进自己的房间，匆匆丢下一句："我工作去了。"

情绪如此凌乱，工作是不可能工作了。

满月看着"八－六"发来的内容，还没弄明白什么意思，但还是被他幽默的说法逗笑。

心满月足：什么意思啊？

八－六：宠物店老板是我朋友。

心满月足：啊？

八－六：我见过她发……大漂亮？

呃。

心满月足：它叫叮当。

哦，所以凭借叮当就认出了她吗？

那今天居然就那么在宠物店相遇了……

心满月足：那今天好巧。

满月想起在车上时，她询问"八－六"……哦，晏清辉，她询问他在哪个城市，他消失了。

他是觉得她冒犯了。

可没想到又在宠物店里相遇。

这对他来说，其实算是很麻烦的事情吧？

一瞬间，满月感觉自己心底某些不停冒泡的因子瞬间平静如初，而这其中变化的落差让她陷入一种莫名的失落中。

她不懂自己为什么会失落。

是因为被拒绝吧。

是因为，打扰了对方吧。

满月垂下眸子，眼睫毛轻轻地遮盖了头顶照落的光，她感觉自己闷得有点难受，正要起身开窗，“八－六”忽然发来消息。

八－六：实话说，不太巧。

满月一怔。

下一秒，又一条消息。

八－六：我是去找你的。

满月完全愣住了。

过了好久，她才反应过来。

而“八－六”似乎能理解她的情绪变化一样，并没有催促她，而是在她刚好反应过来的时候，又发过来一条。

八－六：信息接收完毕了吗？

满月感觉自己现在整个人都是蒙蒙的，好像完全被晏清辉带着走。

心满月足：啊？什么意思啊？

八－六：下午临时有事，没有回复你的消息，很抱歉。

八－六：我和你在同一座城市。

心满月足：嗯……我好像已经知道了。

八－六：嗯，亡羊补牢一下下午没来得及回答的错。

心满月足：你说，你来找我？

八－六：晚上才看到你发的消息，怕你多想。

八－六：误会这种事情，还是不要再发生第二次的好。

短短两句话，满月感觉自己心底的扑通因子又活了起来，她控制不住怦怦怦的心跳。

心满月足：那你怎么知道我就在宠物店啊？

八－六：南舒发朋友圈了。

南舒？

应该是宠物店的老板吧。

心满月足：你还挺……厉害的，通过朋友圈也能捕捉出那么多信息。

“八－六”忽然发来一串字母。

满月还没看懂是什么，“八－六”又发——

八－六：给你一个厉害的机会？

心满月足：什么啊……

八－六：我的微信，看看能不能从我的朋友圈捕捉到什么信息。

心满月足：呃……

这个人，是在套路她吧？

是吧是吧？

迷迷糊糊的，满月主动加了晏清辉的微信。

他的微信头像和微博头像一样，都是湖中映月，清辉浅浅，昵称是简洁的一个晏字。

不知是不是听了晏清辉的话，满月加上晏清辉微信后的第一反应真的是去看他的朋友圈。

晏清辉的朋友圈并没有设置三天可见或一个月可见，而是全部可见，满月先是简单地翻了一下，看到最早的足以抵达 2016 年。

但是他不经常发原创内容，大多是转发分享，有关日常的基本都是简简单单的一张图片，很少搭配文案。

话很少的样子。

很像第一眼见到他的感觉，疏离、清冷，有淡淡的漠然。

这其实是有一点点区别于“八－六”给她的感觉的，但不知道是不是今天见了面的缘故，她总觉得其实真实的晏清辉应该是“八－六”的样子。

是有一点点温暖在的。

晏：看上去，你前段时间没有好好作息。

晏：真是抱歉。

满月看到弹窗，退出了晏清辉的朋友圈，她点开晏清辉的聊天窗口，看到他又发了一个愧疚的表情包。

满月：现在已经恢复正常了。

晏：嗯，那有厉害地看出什么了吗？

满月：打扰了。

晏：那开卷吧。

满月：啊？

晏：我92年生人，目前在省立医院上班。

满月：这些怎么可能通过朋友圈看出来？

晏：这样啊。

晏：那是考题超纲了。

满月：是老师不够专业吧。

晏：确实，第一次出题，经验不足。

啊，是在说他是第一次加女生微信吗？

满月握着手机好半天，回了一条——

满月：嗯，我也是第一次考试，麻烦简单一点。

回完她忍不住面颊升温，手指发麻，恰好这时外面传来敲门声，满月吓了一跳，犹如站军姿一般瞬间站了起来。

满弈没进来，只是问：“姐？”

满月的脸瞬间更烫了，嗓子也好像在冒烟，她“哎”了一声：“怎、怎么了？”

满弈的声音传来：“我饿了，什么时候做饭啊？”

“这、这就来。”满月说着转身去靠在窗口，冷风吹进房间，满弈推开门，满月猛地转身，微微瞠目地看着满弈，满弈一脸茫然：“怎么了？脸怎么那么红？”

“啊？啊，有点热……”满月随手一捋头发，拍了拍自己的脸，眼神飘忽不定，“出、出去吧？想吃什么？我给你买，啊，不是，我给你做。”

满弈狐疑地看着她：“你不舒服啊？”

“没有啊？”满月立刻答道。

满弈又看了她两眼，才“哦”了一声。

正好叮当在叫，满月边走边自言自语："叮当是不是饿了啊，我去给它弄点东西吃。"

说着径直路过满弈身边。

满弈眼睁睁地看着她的耳朵面颊都是红的，只可惜他长那么大还没有情窦初开，所以真以为是屋里太热了。

满月去厨房冰箱里给叮当拿罐头，拌罐头的时候她像防小偷一样先瞄了客厅一眼，确定满弈在玩手机才打开微信。

晏清辉果然又回复了消息。

晏：好的，选择听取建议。

满月没忍住抿唇露出了笑容，她随手拍了一张罐头图片。

满月：我要做饭了，我弟饿了。

晏：叮当是你弟弟？

满月：不是，罐头是给猫的，但我弟弟确实也饿了，要我给他做饭。

晏：原来是你弟弟啊。

满月：嗯？什么啊？

晏：之前你微博发的图片，我看到有一只手，不像你的。

满月：是我弟弟。

她不知为什么又补了一句——

满月：亲弟弟。

晏：嗯。

满月：你怎么知道不是我的？你又没见过我的。

晏：嗯……

晏：男女基本骨骼我还是能分清的。

满月：……

满月：哇，你好厉害。

晏：禁止捧杀。

满月：实话实说。

晏：不要觉得我年龄大就以为我听不懂你在说什么。

满月没忍住，“扑哧”笑出声来。

满月：没有，禁止诬陷。

满月：我真的要去做饭了。

晏：嗯，去吧。

满月这才收了手机，她把罐头交给满弈去喂叮当，考虑到晚上不宜吃得太多，但满弈又需要营养，满月就用真空包装的汤料底做了一个汤，又炒了两个菜。

菜品简单，没有花费太长时间，端上桌时，满弈早就撑不住了。

他先去喝汤，喝完又满足地叹一声：“爽！”

满弈每次吃饭的反应都让满月很有成就感，满月笑笑，心情很好地拍了照片。

她本来只是拍了存下来，今天却停顿了一下，转而点进微信发给了晏清辉。

晏清辉回得很快，也是一张图片，图片上是外卖和亮着的电脑。

满月：你在加班啊？

晏：嗯，晚上临时出去了，现在要补一些信息。

啊。

他为了找她都耽误了工作吗？

满月感觉那股奇怪的温度又升了起来。

满弈本来还在欢乐地吃饭，途中抬头看到自家姐姐又脸红起来，茫然地愣了一下，然后扭头看向半开的窗户。

他更茫然了：“姐，要把窗户再开大一点吗？”

满月“啊”了一声，迅速地低下头，含糊不清道：“不用，吃饭。”

第七录——报警

加上微信以后，聊天要比在微博方便很多。满月平日里没什么事，除了做饭、工作，就是看书、玩手机。晏清辉要比她忙一些，偶尔还会有大夜班，夜班第二天也很少休息。

满月实在好奇他的精力，就问——

满月：你昨天不是大夜班吗？怎么今天醒那么早？

晏：想了想，还是要向年轻人的精力靠近。

满月：你是在说我吗？

晏：还有其他人吗？

满月故意发了一张打叮当脸的动态表情包过去。

晏：动粗。

晏：报警了。

满月：震惊！

晏：也可以私了。

满月：怎么私？

晏：别撇嘴了。

晏：笑一个就私了。

满月：嗯……

几秒后，她默不作声地发了一个笑脸表情包过去，然后迅速起身开窗，通风。

十一月，偶尔还可以开窗通风，十二月冷空气袭来，已经不能随便开窗了。

满月当初装修房子的时候考虑到自己冬天码字冻手，就装了地暖，以至于小区暖气一通，屋里除了阳台，到处都是暖洋洋的。

而她，也几乎二十四小时都在脸热。

满弈之前一直以为满月是热得脸红，毕竟满月从小就皮肤白，有时候太阳随便晒一晒她就是满脸通红，可……她为什么会看着手机脸越来越红？

满弈盯着沙发上的人看了很久，默默地走过去，站在她身后，轻轻叫了一声：“姐。”

满月吓了一跳，猛地回头看到满弈站在她的身后，眼睛微瞠：“你在这干什么？”

满弈开门见山：“姐，你谈恋爱了啊？”

“没、没有啊，我、我谈什么恋爱？”满月眼睛乱飘，手里也抓着抱枕，显得很不自在。

满弈：“呃……”

你如果表现得淡定点，我说不定真信了你的鬼话。

他不说话，继续盯着满月。

满月果然心虚，通常心虚的第一步就是反问：“我谈什么恋爱啊？我都不出门每天，跟手机谈啊？”

满弈点头：“是啊，网恋不都是跟手机谈吗？”

“我……”满月和满弈对视，几秒后被满弈的一席话涨红了脸，她匆匆地起身，一边走去卫生间一边说，“没有，真的没有，什么网恋，别乱说。”

满弈看着被他两句话问得几乎要同手同脚的满月，简直没眼看地捂着脸坐回沙发。

满月也没眼看自己。

她站在镜子前，看着镜子里自己通红的脸，忍不住也捂着脸，捂住脸几秒后又觉得掌心热得不行，只好捧水洗脸。

她好不容易才把脸上的温度褪去一点，洗手台上的手机屏幕又亮了。

晏：今天晚上要跟领导一起吃饭，估计不方便碰手机。

什么啊。

为什么要跟她报备行程啊……

满月这么想，却不自觉地翘起唇角。她湿着手去拿手机，半天没点开屏幕才发现手是湿的。

第一反应是幸好她在卫生间，如果满弈看到估计又该胡说八道了。

第二反应是去拿洗脸巾擦手，擦干净以后给晏清辉回复——

满月：应该的。

晏：主要是饭间要讨论一个手术方案，实在推不掉。

怎么还解释那么多。

满月明明抿着嘴唇，两腮却忍不住扬起。

满月：嗯嗯，知道啦。

满月：我晚上也有工作要忙。

晏：好，工作顺利。

满月站在卫生间里，看似一直低着头，嘴角却抑制不住地往上翘。

满月：嗯，你也是。

回完好一会儿才放松表情，她扭头看了一眼镜子里的自己，几秒后又凑近了看，两只手捧着脸，左看右看。

啊……眼角怎么好像有纹了啊，法令纹好像也莫名其妙地有了欸。

“照什么呢？”门外又传来满弈的声音，“好看死了，别照了。”

满月瞪圆了眼睛，扭头看他：“你怎么老跟着我啊！”

满弈合掌：“我可求求你了，真不是我跟着你，是我饿了啊。”

满月这才注意到已经到晚饭时间了，她和满弈对视，嘴巴张张合合几秒，最终心虚地闭上，匆匆地丢下一句“我这就去”，然后和他擦肩而过。

两秒后，她又折返回来，迅速拿走落在洗手台上的手机。

两只手抱得很紧，还要侧着身躲着满弈，生怕被抢走一样。

“天……”满弈无语凝噎，翻了个大大的白眼。

饭后满弈刷碗，满月在客厅里看综艺，满弈刷完以后回到客厅，本想也跟着看会儿综艺，却不想满月看得心不在焉，没一会儿就要看一下手机。

满弈看了满月好几眼，最后默默地拿走了遥控器，然后在手机里找出一个法制节目，投屏到电视机上播放。

此时满月的心思还在手机上，她并不是在等晏清辉的信息，毕竟他已经报备了行程，她便没有必要再等信息了。

她等的是时间，哑叭叭晚上九点要发一条微博，想让她帮忙转发一下。她怕耽误时间，结果等着等着，忽然听到电视机里传出“杀猪盘”“又骗感情又骗财”“谨慎网恋”等字眼。

她蒙了一下，缓缓地抬头，看到电视机里不知什么开始播起了法制节目。

愣了愣神，满月扭头看向满弈，满弈表现得像没注意到满月的目光一样，正在全神贯注地看电视，必要时还要评价两句：“确实，唉，这太过分了，唉，这是当局者迷吧。”

“满弈。”满月唤他。

满弈“啊”了一声，扭头，满脸无辜：“怎么啦？”

满月很认真：“我没网恋。”

满弈和她对视几秒，然后点点头：“啊，好好好。”

满月：“爱信不信。”

她起身走了。

她进屋以后，满弈才敢扭头看她房间的方向，然后嘀嘀咕咕地把电视关了：“没有就没有，怎么还急眼了呢？”

他刚把电视关了，手机就响了，是满母。

“喂，妈。”

“吃过饭了吗？”满母问，“我和你爸下高速了，没多久就到家了，你回来吧。”

满弈看了一眼窗外：“那么晚了谁还往家跑，明天再回。”

“什么明天？晚上怎么了，又不让你走着。”满母说，“一会儿我让你爸绕一下，你直接下来。”

“哎哟！”满弈抓了几下抱枕，“我回去干吗啊？回去整天挨骂。”

“你多干点好事看我还骂不骂你了。”满母问，“你姐呢？”

“回屋了，不知道干吗去了。”满弈说。

“什么不知道干吗，你姐肯定工作呢。”满母说，“都跟你似的，一天到晚什么也不干，就会吃。”

满弈翻了个白眼：“我去喊我姐？你要跟她说话吗？”

满母犹豫了一下：“算了，别打扰她了，等一会儿我给你发微信你下来，你现在别躺着了，赶紧收拾东西去。”

“哦。”满弈不情不愿地挂断了电话。

半个月过去了，满弈已经勉强可以拖拉着腿走路了，他慢吞吞地往房间里走，路过满月的房间时，踌躇了好一会儿，最终还是什么都没说地回了屋。

满月转发完微博就退出了，她顺手点进微信，最新聊天是晏清辉，在最上面，像被置顶了一样。

她没有给晏清辉备注名字，就那么直接显示的是晏清辉自己的昵称，单独一个“晏”字。

她也不知道为什么没有设置备注，可能也知道，只是不想承认，不想承认，在她心里，晏清辉和微信列表里其他人不一样。

他，是一个可以不正儿八经备注大名的存在。

看着看着，满月不由自主地点进聊天窗口，她总是忍不住回看二人的聊天内容，回看的时候好像重新经历了一遍。

即便已经知道彼此会回答什么，还是会为某些内容感到欢愉，和一点点……羞耻。

唉。

幸亏晏清辉没有骗她钱的打算，不然她说不定真的会……当局者迷。

看了一眼时间，已经九点多了。

还没吃完吗？

满月抿抿嘴唇，犹豫着要不要主动发消息。

毕竟真要计较起来，加微信那么久，她还没有主动给晏清辉发过一条消息，每次都是他主动的。

可是，万一他真的还没吃完呢？

吃完也要回家吧？

万一餐厅离家有点远呢？

况且，和领导吃饭肯定要喝酒吧？喝了酒会犯困吧？

已经上了一天班了，晚上吃个饭还要陪同领导讨论工作，再喝点酒，肯定很累了。

还是……不要打扰他了。

满月垂下眸子，退出了微信。

可她点左上角返回键时不小心点到了晏清辉的头像，直接点成了拍一拍。

我拍了拍“晏”

满月："我天……救命！"

几乎是一瞬间，满月立刻拿起了手机，满脑子都是"怎么办？怎么办？"

万幸的是，过去快一分钟了，晏清辉那边还没有任何反应。

满月悄无声息地松了口气，没那么紧张了。

这是不是说明，他还在忙啊？

满月犹豫了几秒，还是主动发了一句。

满月：不好意思，点错了。

几乎是一瞬间，名字那栏就变成了"对方正在输入……"

满月浑身一个激灵，不敢动弹了。

没一会儿，聊天窗口收到新消息。

满月一愣。

晏清辉……居然发了一条语音过来。

她停顿几秒，才点开。

"嗯，没关系，本来我也正要找你。"

大概是喝了酒的缘故，再加上手机传送，显得他的声音沙沙哑哑的，他好像站在风里，满月能听到风的声音，也能听到一些别的杂音，嗡嗡的。

可满月还是把晏清辉的每一个字都听得清清楚楚的，好像一瞬间她也被拽进了风里。

屋里的暖气，外面的冬风，巨大的温差让满月陷入一个朦胧的、不真实的世界。

她的脑子晕晕乎乎的，也不知道究竟是谁喝了酒。

鬼使神差地，她也给晏清辉回了一条语音。

"找我干什么呀？"

她不是有意撒娇，就很莫名的，带了一点点语气词。

回放的时候，满月觉得有点做作，她正想撤回，晏清辉又发来一条语音。

满月点开，声音传出。

他好像在笑，声音更低。

他说："不干什么呀，跟你说一声我这边结束了。"

语音播放完毕好久，满月还蒙蒙的，直到门外传来响动，满月才回过神来。

回过神以后，满月还是很吃惊，她看着手机屏幕，盯着晏清辉发来的最新语音消息，好久好久才确定，晏清辉刚刚……是在模仿她吗?

唰，满月整个人都要熟了。

她实在控制不住了，直接趴在了桌子上，手臂没能遮住的耳朵越来越红，越来越热……

满月觉得自己说不出话了，声音可能会抖，只能打字。

满月：哦，你们刚刚结束吗?

晏清辉并没有因为她发文字就也发文字，他还是发了语音："嗯，刚把大家送走。"

满月：你还没回去呀?

"还没有。"晏清辉的语气里似乎含带了一丝无奈，他唤她，"满月。"

满月的心上一颤。

她好庆幸自己一直在和晏清辉用文字聊天，如果是打电话……想必不知道会暴露多少情绪波动。

满月：怎么啦?

晏：能请你帮个忙吗？

满月：什么呀？

晏：我手机快没电了，打车的话怕不能撑到家，能不能劳烦你帮我打辆车？

他刚说完就把自己现在所在的位置和家庭地址发给了满月，好像笃定满月不会拒绝一样。

满月忽然想开玩笑——

满月：干吗发那么快？万一我拒绝你呢？

“啊，”晏清辉的声音还是低低的，他好像不是故意在拖长音，又好像是故意的，那种喝了酒以后的故意，故意慢吞吞的，有点慵懒缓慢的，“那你要拒绝我吗？”

满月听得心一直在怦怦地跳，她不由自主地幻想，原来喝了酒以后的晏清辉是这样吗？有点黏人的样子。

和他清醒时一身淡漠疏离的气质，反差好大。

“别拒绝我了吧。”晏清辉没等满月回复，又发了一条，“很晚了，现在男性醉酒后也很危险的。”

“救人一命胜造七级浮屠啊，满月。”

他又说了一句，还用那种像在无意识撒娇的语气喊她的名字。

满月其实早在他发来地址的下一秒就叫了车，这时司机接单，距离晏清辉此时待的地址很近，她把行程记录分享给晏清辉。

晏清辉没回复消息。

直到订单提示司机已接到乘客，满月才发去一个问号。

满月：上车了吗？

对方还是没回复消息。

满月蹙了蹙眉头，打算再发一条，门外忽然传来车轮滚地的声音，满月一怔，匆匆地给晏清辉发了一条语音，她说："你到家跟我说一声哦。"

发完，她把手机放在桌子上，起身开门出去。

出去才看到在客厅整装待发的满弈，她愣了一下："大晚上去哪儿？"

满弈穿着卫衣，随便套一件外套，往行李箱上一坐，单腿支在地上，挺不高兴的样子，他说："爸妈一会儿来接我。"

"他们回来了？"满月问。

"嗯哼。"满弈闷闷的，"回了，快到了，刚才给我发消息了。"

满月"哦"了一声，一下子也有点低落。

半个月来，她已经适应和满弈同吃同住的生活了，以前总觉得一个人安全、自在，最近才发现，合适的关系，是可以让情绪获得满足感的。

那是另一种区别于独处的安全感。

满弈的手机又响了一下，是微信，估计是满母发来的消息，满弈有气无力地回复："知道了，马上就下去。"

满母又回了一条语音，满弈没有顾忌地直接点开，满母的声音瞬间传出："别磨磨叽叽的，多大人了还老赖人家家里，你不嫌烦人家还怕麻烦呢！以后你姐嫁人了我看你也跟着！"

满弈翻了个白眼，故意回复："我就跟着。"

回复完把手机往口袋里一塞，抬头看到满月的表情有点不好看，他蓦地想起刚刚满母的话，一下子结巴了："姐……"

要说刚刚还一身热烈，眼下就是宛若坠入冰窖，满月费力地扯了下唇角，冲满弈露出一个僵硬的笑："没事，我送你下去。"

满弈张了张嘴，下意识就想像小时候那样拉一下姐姐的手，可手伸到一半又想到什么，动作直接停住了。

满月扫了一眼满弈停在半空中的手，随后轻飘飘地挪开，假装没看到，她转身去玄关处换鞋，拿钥匙，开门。

二人乘坐电梯下楼，满父和满母就在电梯口处，两个人手里拎了好多东西。

满母看到满月，立刻笑起来："月月，哎呀，冷不冷呀？快，把这些拎着，都是特产，咱这边可吃不到正宗的。"

满月接过来，满母嫌弃地看了一眼满弈的腿："都好了还麻烦你姐送你！"

满弈不想接茬，扭头看向别处。

满母翻他一个白眼，然后又换了个笑脸催满月赶紧上去，别送了。

满父也说："是挺冷，赶紧上去吧，别感冒了。"

满月不擅长拉扯，就点头说好。

满母和满父带着满弈离开了。

满父帮满弈拎行李箱，满母一直在唠叨满弈，时不时地还拍一下他的背打一下他的头。出了大厅，冷风吹来，满弈拢了拢外套，满母一边骂他卖俏，一边主动帮他拉外套的拉链。

三个人越走越远，影子拉得长长的，在地面上几乎重叠在一起。

小区算是中高档小区，大厅的大门不会咣当一声关上，而是会缓缓地合上。

满月就那么透过门缝看着他们越走越远，直到房门关上，屋内外的温差模糊了玻璃门，也模糊了满月的视线。

一家三口逐渐变得朦胧，像从未踏足过她的世界一样。

"叮"一声，电梯门打开，满月回过神来，她有点疲惫地打开门，钥匙放回玄关处，然后换鞋。

客厅地面上只有两道浅浅的行李轱辘印记，除此之外，好像看不出什么别的痕迹。

叮当这时从客房里出来，满月这才走去客房，屋里很整洁，和满弈当时住进来之前别无大差。

满月想起自己回家帮满弈整理衣物时，他那不算整洁的房间，终于肯承认，也许满弈在这住得并不自在。

悄无声息地，满月关上了门，回到自己屋里。

她本想钻进被窝里睡觉，躺到床上才看到手机还在桌子上，想起还在回家路上的晏清辉，满月又起来拿手机。

她一拿，手机屏幕亮起来，消息栏有好几条微信消息提示，还有未接的语音通话。

全都来自一个人。

满月一怔，滑开手机，还没来得及看清晏清辉发了什么，语音通话又打了过来。

自打有手机以来，满月几乎没和除了自家人以外的人打过电话，平时有事也基本都是发文字，她也不爱打电话接电话，因为会心慌。

眼下她盯着屏幕上的通话邀请，也很心慌，可隐隐的，这种心慌好像和过往的不太一样。

她不由自主地咬起唇瓣，犹豫之间，电话已经挂断了。

满月这才看到晏清辉发来的消息，有语音，有文字。

晏：刚上车。

“车里有充电器，怎么办啊，满月，你好像吃亏了。”

大概是她没回消息，他以为她有事，就没再发消息。过了五分钟之后，他才又发了一个试探性的探头表情包。

这次之后仍没收到回复，他好像有些急了，直接拨了第一通语音电话。

之后就是每隔两分钟一通，完全不担心会打扰到她。

前后大概过去了十分钟，没有几条文字消息，也没有满屏的反复询问怎么了，只有一通又一通有规律的电话，满月就算反应再迟钝，也能捕捉到晏清辉的心理变化。

他应该是真的担心她吧。

刚刚在外面被风吹低的体温渐渐回升，满月的头脑也清醒了一些，不像刚刚回来时那样浑浊无力。

满月：不好意思，刚刚下去送弟弟了。

她点击发送，却不想与此同时晏清辉又拨来一通电话，而她恰好点在了接通键上。

她一怔，晏清辉的声音传来：“喂？”

满月下意识地“嗯”了一声，“嗯”完才陷入巨大的僵硬和不自在里，她忽然有些坐立难安，莫名其妙地站起来又坐下，又站起来，又坐回床沿边。

对面也没了声音，可满月能听到对方车厢里正在播放的《电梯》，以及过往车辆的鸣笛声。

车厢里要比外面安静许多，仔细听还能听到呼吸声，轻轻地，像风一样掠过满月的耳畔。

满月开始浑身不自在起来，连拿手机的手都有点发麻，她的喉咙发紧，另一只手不自觉地开始抓被子。

过了很久，晏清辉才出声，他似乎清醒了很多，问她：“刚刚有事了？”

满月低声：“嗯，送弟弟下楼了。”

“怎么不带手机啊？”他的口吻里没有埋怨，只是询问。

或许是他的声音很低，语气也不急不躁，有一种莫名的安抚意味，满月紧绷的情绪缓和了很多，她说：“事发突然，忘记了。”

晏清辉顺着问：“怎么弟弟那么突然地要走？”

满月低着头，视线落在自己的膝盖上，她抠弄着裤子，语气里有自己没察觉的委屈和难过。

“我爸妈回来了，来接他。”

“弟弟的腿伤该好一点了吧？”晏清辉问。

“嗯，可以沾地了。”满月不像在聊天，更像在做问答题。

晏清辉也“嗯”了一声：“那差不多也该回学校了，下个月要期末了。”

一句话，像突然劝慰了满月，她愣着眨了下眼睛，很快便反应过来，自言自语道：“哦，对，他也该回学校了。”

他确实不该一直住在她这里，他要回学校的。

满月很难形容自己此刻的心情，就好像找到了可以泄洪的闸口，尽管她知道她也许是在自欺欺人，尽管她明知道解决洪水的根本办法不只是找闸口，可她仍然为之松了一口气。

稍许轻松以后，满月顺口询问晏清辉："你到家了吗？"

晏清辉没立刻回答。

而是过了一小会儿，满月听到他似是无奈又别无他法地叹了口气。

"满月，你知道我刚刚都已经想好报警措辞了吗？"

满月一下子说不出来话了。

"以后你真的要随身带手机。"他的口吻没有任何责怪之意，反而温柔得让人忍不住眼眶酸胀，他又说，"你要有有人会担心你的认知啊，满月。"

满月在第一次听到这种话时，内心深处滋生的不是自卑，而是另一种隐隐好像在沸腾的情绪。

她抿抿嘴唇，小声道："对不起嘛。"

晏清辉似乎轻笑了一声："把路费结清就原谅你了。"

满月有些不解，等挂了电话她点进订单，看到行驶地图，才发现其中有一段路程是折返的。

她一愣，点开历史地点，发现订单改过两次地址。

一次是她没回消息的时候，订单地址改成了她小区的所在地，等她再次和晏清辉联系上以后，地址才又改到了晏清辉住的小区。

他真的不只是在口头上担心，报警措辞可能也不是在开玩笑。

刚接通电话那会儿，他沉默着，没跟她说话，是不是因为当时在跟司机交涉新行程。

忽然之间，满月感觉自己的情绪有点奇怪，有点控制不住一样。

她开始有所期待，期待晏清辉挂电话前口中那句："明天见。"

第八录——见谅

满月没想到满弈真的回学校了，还发了一个十分凄惨的朋友圈。满月原本想在评论区直接问问他，忽然想到那天晚上满母给他打电话说的话，迟疑了片刻，转去找他私聊。

满月：怎么那么快就回学校了？

满弈：还快？我教练问我怎么不死在你家。

满月：你教练怎么知道你在我家啊。

满弈：我说的啊，他知道咱爸妈不在家，那我不去我姐家去哪儿啊。

满月笑笑，挺放松地发去一条语音："那你平时注意点，别再伤着腿了。"

满弈说知道了，还说她什么时候跟妈妈一样啰唆。满月愣了一下，发给他一个打叮当脸的表情包。

满弈：真的可以给叮当减肥了。

满月看了一眼时间，下午五六点，晏清辉该下班了吧？主动发消息会打扰到他吗？

可如果现在不发，过会儿再发截图，晏清辉看到并不同步的时间会不会觉得她的话题找得很刻意啊？

满月不由自主地噘了噘嘴，有点委屈。

可……她真的很想找他聊天啊。

前几天晏清辉一直很忙，晚上也在过大夜，他们都没怎么好好地聊天。

“喵”，叮当凑上来，还不清楚自己已经成了工具猫。

满月伸手摸了摸叮当的脑袋，掌心的柔软给足了她安全感。

她忽然有种破罐子破摔的冲动，发就发吧，如果他真的在工作，就不回复她呗，这样至少等他闲了，他第一时间看到的是她发的消息。

说服自己以后，满月立刻把截图发给晏清辉，并假意吐槽。

满月：他说叮当胖！

然后从相册里翻出一张叮当的图片发过去。

她本来想发的是叮当的怼脸美照，可看到相册里一张她和叮当的合照时，没忍住，把合照发了过去。

发之前当然有故意把自己的脸打上马赛克。

一边发一边羞耻得要死，不明白自己为什么要做出这种行为。

其间满月无数次在考虑要不要撤回，可她又有点期待晏清辉看到这张图片后的反应，等过去了几分钟，真的没有等来晏清辉的回信时，满月又抱着手机倒回床上，滚来滚去，后悔没有在两分钟之内撤回。

晚饭后，满月还是没有等来晏清辉的消息。

她有点埋怨自己太沉不住气了，好像渐渐地对晏清辉产生了依赖感，又有点懊恼自己为什么要发这种奇奇怪怪的图片，万一晏清辉误会了怎么办？万一，他真的只是把它当成一张普通的图片，又该怎么办？……

忽然之间，满月陷入一种不上不下的焦虑中，她有所期待，又有所畏惧和担忧。

近十年的独处平静生活，莫名开始起风，荡起涟漪。

而她的心，也摇摇晃晃的，不再受自我控制。

她的心，在手机上。

这个想法让满月突然一怔，她茫然地想，手机里的感情，是真实存在的吗？

如果她和晏清辉其中任何一方，某天手机丢了，是不是这段相处也将毁于一旦，然后在逐渐东流的时间里变得毫无意义。

“这个手术在我看来，实在没有任何意义。”病人家属不停地摇头叹气，他说完看到面前护士的脸色不对，瞬间闭上了嘴巴，脸上的表情也很尴尬，他局促地抱紧怀里的包，有几分唯诺地朝护士笑笑，转身走了。

这人刚走，鹿晓就生气地说：“什么人啊！什么叫没有意义？没有意义我们医护人员是干什么的？开出的药和运行的机器是干什么的？难道要他就那么三天五天地疼着吗？这就有意义了！”

晏清辉的脸上没什么表情，只是垂眸时轻轻地抿了下嘴唇。

等鹿晓发泄完，他才问了一句：“手术费用一共多少钱？”

鹿晓还在生气，平时张口就来的数字这会儿愣是算不出来，好长时间才说：“十几二十万吧，差不多的不都这样吗？”

晏清辉点点头，从椅子上站起来。

鹿晓疑惑了。

晏清辉示意她坐过去，鹿晓有点蒙：“怎、怎么了？”

晏清辉说：“去看看病人的信息。”

鹿晓不知所以地去看。她没坐在晏清辉的椅子上，而是弯腰点鼠标，看了几眼病人信息以后，询问：“怎么了？”

晏清辉：“看现居住地址。”

鹿晓的目光落到那栏文字上，愣了神。

是大家都熟知的贫苦区，在那里居住的都是外来务工人员，从事的都是高倍体力付出、低额回报的工作。

十几二十万元的手术费，可能在病人亲属眼里，他一辈子创造的价值都不值那么多钱吧。

“再看看病人亲属。”

只有母亲，没有父亲，有一个还在上小学的女儿和一个刚满三岁的儿子。

鹿晓忽然眼眶一酸，松了鼠标，转过身去。

晏清辉没再多说什么，只说一句：“下班了，好好休息。”

鹿晓走了以后，晏清辉坐回椅子上，他稍稍放松地往后一靠，两肩微垮，短暂地卸下一身的疲累。

头发顺势根根往后仰，轻微的拉扯感让他有恍若正在被按摩的舒适感。他忍不住伸手抓了两把，等差不多缓过来后才打开抽屉看手机。

微信消息无数，置顶独一无二。

头像右下角一个红色的阿拉伯数字，他无意识地敛眸弯唇笑笑，点开看到消息，唇边的笑意更浓了。

点开图片，晏清辉只扫了一眼猫，就放大看旁边的马赛克。

马赛克是一个卡通猫图，并没有完全地遮住满月的脸，还露了一点额头。晏清辉这才发现满月额头的一角有一颗小小的痣，他脑海里浮现出满月那张恬静干净的脸，意外地发现这颗痣并不会影响她面庞的干净，反而使整张脸显得灵动一些。

像神像沾染了烟火气。

拍这张照片时，想必就是很平常的一个下午，她可能是刚从午睡中醒来，也可能是打算拍完图片去午睡，穿的是很随便的短袖 T 恤，长发随意地垂在两肩、前胸。大概衣服是比较宽松的款式，领口有些大，因为姿势需要前倾，领口露出一小截锁骨。

太瘦了。

晏清辉想起最近见过几次的满月，每一次看上去都又瘦又薄，让人担心。

他蹙了蹙眉头，发过去一条消息。

桌子上的手机屏幕亮起的一瞬，满月没忍住拿起来看。

她一直没等到晏清辉的消息，最后觉得自己总那么等着好像很无所事事，最重要的是，长久的等待会给她一种，好像她全部的时间都是为了等待而生的感觉。

于是她开始假装看书，假装码字，假装有很多事情要做。

可当手机每每亮起时，她还是忍不住第一时间就去看。

真心诚意，是连自欺欺人都瞒不过去的。

她拿起手机，不得不承认，晏清辉就是有本事扰乱她的思绪。

晏：刚下班。

满月：好晚哦。

晏：这么晚是不是还有解压小猫咪看？

满月本来没觉得有什么，往上一看发现自己给自己打的码刚好就是猫，于是立刻涨红了脸。

他什么意思啊？

满月不由自主地咬了下手指，几秒后，发过去一条：那再给你一张。

然后真的又发了一张叮当的图片。

晏：好像少了一只。

满月的脸瞬间爆红，忽然不知道该怎么办了。

幸好，晏清辉又发来一条消息。

也是图片，也有猫，但是还有一只手，他的手，正在和一只猫的爪子互贴假意击掌。

这是第一次，以那么正向的角度看到晏清辉的手。

而他的手也果然如同她无数次幻想的那样，手指修长，指骨线条干净流畅。

晏：回礼。

满月：嗯……

她实在难忍，仗着有屏幕遮挡，反正对方也看不到她的表情，就直接问——

满月：你上次是不是看到我撤回的消息了啊？

晏：哪条啊？

他故意的吧？！

骗她再说一遍吗？

满月心想我就不。

满月：就微博上那条啊。

晏：哪个啊？

这个人好烦……

满月发了一个蹲墙角自闭的表情包。

晏清辉这次发来一条语音。

不知道为什么，满月直觉这条语音来得有点突然，好像不太正常。

她犹豫了一下，小心翼翼地点开了播放。

明明家里就她一个人，明明晏清辉也看不见她，可她还是微微地睁大了眼睛，很警惕的样子。

真的很像一只被试探了的小猫咪。

“哦。”他的声音明明就带着笑意，还要假装刚刚想起来一样，说，“是夸我手好看的那条吗？满月？”

满月：“什么啊……”

她默默地放下了手机，双手捂住了脸。

指缝间露出的肌肤比手腕上的红绳还要红。

很快，晏清辉又发来一条语音。

“好了，没关系，满月，称赞人的话是可以脱口而出的。”

满月：那你别笑。

晏清辉发来一张笑容戛然而止的表情包。

满月实在没忍住，笑出了声音。

满月：你是不是要下班回家了啊？

晏：嗯，刚上车。

满月：那还玩手机？

晏清辉又发来一条语音：“这不是想跟你说一声再开车么。”

他的声音听上去有点无奈，还带着一点点似有若无的委屈。

满月好像在手机屏幕上看到了晏清辉因为委屈而轻轻皱起的眉眼，清冷自持的医生脱掉白大褂变成了小狗狗。

而这份不同，似乎只有她能看到。

她忍不住有些羞赧，又有一点点特殊的满足。

满月：好吧，我错了。

满月：安全驾驶。

晏：收到。

结束聊天很久以后，满月的眼睛里还藏着笑意，她想起晚上刷微博时看到的那条关于网恋的文案：他们说我好爱玩手机，我多次张口，却很难反驳我爱的不是手机。

当时她觉得心里很酸，可现在，她觉得……

远方也许有裂痕，但她仍然会为当下的温柔臣服。

晏清辉在半路上接到疗养院的电话，对方话里话外表示快过年了，护工大多开始排班准备放假了，年关想要留人也不是不行，但是要加钱。

太晚了，路上没什么行人，虽说车水马龙，但车辆行驶匆匆，所以即便红灯绿光，也显得冷漠。

车厢里开着暖气，气体宛若罩子，将人保护得很好。

晏清辉始终目视前方，脸上没有任何表情变化。对方说要加钱，他说可以，按照往年流程安排就行；对方询问他是不是刚下班，他就礼貌地如实答是，刚下班。

本来也不是特别熟的关系，仅仅靠着金钱利益维系，能说的话只有三两句。

挂了电话，晏清辉抬手把暖气关了，同时打开车窗。

没了阻碍的冷风肆无忌惮起来，可他依然没有任何表情变化，只是把油门踩到底，一路加速直抵目的地。

回到家里，半个身子都僵了，晏清辉随手把车钥匙丢在玄关处，一边抬手摁脖子一边往浴室里走。

再出来时，已经快十点多了。

晚饭没吃，现在看来也没有吃的必要了。但还是去了一趟厨房，主要是他能感觉到自己的喉咙有些发痒，可能要感冒了。

他要经常出入手术室，接触各种免疫力系统差的病人，实在不能感冒。

随便找了一袋感冒冲剂喝下后，晏清辉才回屋里看手机。

满月在十分钟前发了消息过来，说已经要睡觉了，然后发了一个叮当睡觉的表情包。

晏清辉感觉他在这一瞬间整个人才放松下来，好像再多的热水和暖气都不如满月的一句话有用。

明知她已经睡了，晏清辉还是给她回复——

晏：嗯，做个好梦。

满月在梦里整个人像是被保护起来，周围全是白色的床单，天地一体，她被好多手强行摁在中间的椅子上，椅子旁边立了一圈警示牌，上面写着“安全区”三个字。

满月觉得很闷，她试图起身离开，不承想刚迈出去一步，周围的白色床单就收紧一下。

空气瞬间也少了一大半。窒息，茫然。

满月回头，她不停地找出口，她开始听到外面有声音传来，有汽车鸣笛的声音，有商场新年音乐的声音，还有邻居们坐在一起聊天大笑的声音。

她也想去看看。

满月突然觉得烦躁，她不想待在安全区，她把周围的警示牌拔出，扔掉，可这些警示牌好像从地里长出来的一样，无止境地出现，怎么拔也拔不完。而那些床单也越收越紧，越收越紧。

满月几乎要喘不过气来，她在濒临崩溃之时，猛然睁开了眼睛。

天都没亮。

满月的额头出了好多汗，她不停地喘气，等思绪渐渐缓过来时，才发现叮当不知什么时候卧在了她的胸口处。

“你要把我压死了。”满月费力地坐起来，一边开灯一边把叮当推到旁边，她很无语地看它，忍不住吐槽一句，“大胖子。”

大胖子很无辜地舔自己的尾巴毛。

满月看它呆愣的样子觉得好笑，拿手机录了一个视频，录完后下意识地就要打开微信。

等打开和晏清辉的聊天窗口，她才为自己这几乎算得上本能反应的行为感到羞耻。

但是羞耻归羞耻，视频还是要发的。

满月：根本没有好梦。

满月：叮当不知道什么时候睡在我身上了，给我压了一夜噩梦。

然后把刚刚录制的视频发了过去。

出乎满月意料的，晏清辉居然回复得很快。

晏：看来孩子是不能惯的。

满月：是的，要打！生气。

晏：打归打，你生气不是吃亏了？咱不生气。

晏清辉还附上了一个“摸摸头”的表情，图里是一个小女孩在被摸头，不知为什么，满月看着，好像真的把自己代入到小女孩身上了。

大早上好不容易清醒的脑子又迷糊起来，她咬了咬嘴唇，重新靠回床头，发了一个点头的表情包。

满月：你今天怎么也醒那么早？

现在还不到六点。

晏：可能有点感冒，没睡好。

满月：啊……好可怜。

晏清辉发来语音，他的声音有点故意拖着，带着一点刚醒的黏糊感。

“是啊，我好可怜啊，满月。”

明明没有拿到耳边听，满月却还是听得耳朵麻麻的。

她抿着嘴唇，试图把忍不住往上扬的唇角压下去。

满月：那你没有喝药吗？

“喝了，可能剂量不够。”

说完，晏清辉还咳了两声，然后传来一阵窸窣的声音。

可能是起床了。

满月：那你再多喝一点啊。

她刚发过去，晏清辉忽然发来一条文字——

晏：方便接电话吗？

满月以为对方有什么事情，于是主动把电话打了过去。

对方很快接通了，好像很轻地笑了一声。

干吗要笑？

满月忍不住往被窝里缩，她捞了一个抱枕塞在怀里，问：“怎么了？”

“没事，打算起床，打字不方便。”

哦。

满月小声地嘀咕：“也没见你打多少字啊。”

“是啊，太少聊天，打字速度不行。”

对面传来水龙头的声音，几秒后，忽然好像有短暂的几秒静音。

满月先低声反驳他：“你不要在这内涵我，我打字快是因为我的工作需要。”

然后又问：“刚刚好像静音了几秒，手机出 bug 了吗？”

晏清辉很淡定地说：“没有，我在漱口。”

满月：“啊？”

晏清辉又说：“还没正式见过面，我现在的一举一动都影响我在你心中的形象，所以要维护一下。”

然后很一本正经地补了一句：“见谅。”

满月却只想笑，她本来还想忍一下。后面大概是晏清辉在刷牙，手机又安静了一会儿，不知道怎么回事，满月当时可能真的没睡醒，脑子卡壳了，以为对方静音，自己的声音对方也听不到，于是就直接笑出了声音。

边笑边薅了两把叮当，模仿晏清辉的口吻说：“见谅，要见谅吗？叮当。”

几秒后，静音取消，晏清辉的声音传来：“要吧，怎么说我也给它选过口粮啊。”

满月一愣，脱口而出一句：“你怎么听到了？”

晏清辉笑了。

满月觉得自己都能想象到晏清辉此时此刻的样子，他刚洗漱结束，可能正准备去厨房烧水，听到她愚蠢的问题先是一愣，随后忍不住笑起来了。

一边笑一边低头扶额，然后用哄小朋友的口吻唤她的名字，说：“满月，我现在确定你不经常和人电话聊天了。”

满月忍受不了被人这样羞辱，狠狠地挂了电话。

挂完不解气，还要再说一句——

满月：什么叫我不经常和人电话聊天，文字我也不常聊！

“那我为此感到荣幸，满月。”他的声音还含着笑意。

满月觉得自己太丢人了，她忍不住“哼”一声，扔了手机，翻身埋进叮当的腹毛里。

叮当迷茫：“喵？”

满月摸索着捂它的嘴，闷闷的一声：“闭嘴。”

“我就不闭嘴。”视频里，满弈装得泫然泣下，“姐，我只有你了，我真的只有你了。”

满月这次真的有点无语了：“你为什么要骗爸妈啊？没痊愈就不要去学校啊。”

“我就是不想在家里待着啊，爸妈有多烦你又不是不知道。”满弈前半句还理直气壮的，后面突然就蔫了，小声地叹气，“我们学校出了点状况，暂时出不去了，我也是无语，这下药都换不了了。”

满月假意生气地瞪他一眼，然后一边打开衣柜找衣服一边问：“那我需要去你最初的那个医院吗？”

“不用，就去你上次带我去的那个医院就行，你就说我和他儿子一个学校，他知道我。”

“去一趟都和人家搭上亲戚了。”满月说。

“嘿嘿，这不是巧了吗。”满弈说，“而且他儿子已经跟他说好了，你直接去结个账，把药拿了就行。”

满月犹豫了一下问：“那你这个事……”

他还没说完，满弈立刻说：“不要！不要告诉爸妈！”

满月无声地看着他，满弈直接合掌：“求求了，要不我给您跪下磕一个？”

满月让他不要胡说八道，然后换衣服去医院。

车子抵达医院，满月才想起来，这医院，不就是晏清辉所在的医院？

猝不及防想起来的真相让满月愣在了那儿，她的第一想法是：她和晏清辉应该算有点熟的关系了吧？她来他的医院是不是要跟他说一声？

可很快，她又自我反驳了。

说一声，然后呢？

不能一起闲逛，不能一起去商场吃饭，甚至不能面对面坐在一起好好聊天，因为她总不能把人邀请到车里，那样未免也太奇怪了。

可，她不就是一个奇怪的人吗？

一瞬间，满月感觉自己好像从朦胧的世界里突然挣脱出来，所有隐藏在手机和互联网下的真相全部暴露在光底下。而她像一个从未见过光的人，不敢睁眼，也不敢出现。

晏清辉呢？阳光下的晏清辉是什么样的？

他应该是游刃有余的，是坦诚大方的。他可能会震惊于她的懦弱和僵硬，却不会表露出来。他会给她保留成年人的体面，然后在相顾无言的默契里转身离开。

满月忽然觉得好难过，不是难过于自己的破碎现状，那么多年了，她比谁都清楚自己的状态，她早已接受了这个事实。

她难过的是，她舍不得这段感情。

她已经二十三岁了，晏清辉也已经二十八岁了，他们都是成年人，虽然他们从未向对方表露过任何有关于情感的态度，可他们都知道，没有成年人会在明知对方是异性的前提下，还别无他求地日夜聊天。

他们都是有所求的。可是这世间，日夜都有人虔诚祈祷，有所求，就一定有所得吗？

芸芸众生，苦难重重，天神哪里管得了那么多。

满月不知道自己愣了多久的神，只知道反应过来的时候，已经落了满脸的泪痕。

他们的关系还没有断裂，她只是预知一下，便已经难过得顾不得体面和尊严了。

原来，人们总形容要命的爱情，不是在夸张，是真的。

“我不是在夸张，不要仗着年轻就为所欲为，以后有后悔的时候。”骨科医生在谆谆地教导。

满月诚心地应下。

拿了药，满月直奔停车场。

临近医院下班点，有人着急把车开出去。远远的，满月看到自己的车前站了几个人，像是在等腾位置。

满月心上一紧，手心几乎立刻就出了汗。

她小跑着过去，其中一个人看到她问：“是你的车吗？”

满月点头，她有些着急地想赶紧开车：“不好意思不好意思，我这就开走。”

对方倒是好脾气：“没事没事，不急。”

她刚说完，另一个人忽然转身高喊一声：“晏医生，送你啊。”

满月听到称谓一愣，她几乎瞬间就大脑空白，手也停在打开车门的瞬间。

她僵在原地，直到那人走来，礼貌地拒绝说：“不用，我一会儿——”

声音戛然而止。

他看到了她。

之后的一小段时间里，满月都处于迷迷糊糊的状态，她发现自从认识晏清辉以后，她就总是在蒙。大概是潜意识里很难相信，她的世界里会走进晏清辉这样一个人。

和满月多次想象的一样，晏清辉果然事事都处理得恰到好处。

送走几位同事以后，他才宛若换了一副面孔般，看向满月，声音略低，唤她：“满月，我要生气了。”

第九录——听话

满月突然就变成了一个哑巴。

可能这就是手机和现实的唯一区别，在手机里，她被晏清辉有意或无意的举动撩拨得节节后退，大多时候的第一反应都是大脑空白，但好在并不是面对面，可以给她缓和情绪的余地。

而现在，她只能手足无措地站在原地，连眼睛都忘记了该怎么眨。

但是一直到很多年之后，满月还是记得眼前的这个画面：刚刚下沉到建筑物半腰的夕阳，金闪闪的，蔓延出的光黄澄澄的，像连绵的山，晏清辉站在山前，眉眼有笑。

他穿的是浅色系外套，内搭有点偏天蓝，大概是身后的光景太过浓郁，所以他这身偏冷系的重装在此刻也显得不那么冷漠，不仅不冷漠，还有几分相得益彰的反差碰撞感。

就像，冬天的暮色里，吹来了一阵夏天的晚风。

吹得满月脸上凉凉的，耳根却热热的。

但脑子里依然全是糨糊，她“啊”了一声，磕磕绊绊道：“那、那怎么办啊？”

话音刚落，满月看到晏清辉眼里的笑意更甚，他上前一步，没有走得很近，恰好在她的心理安全范围内。

她想起上次在医院偶遇，他也是如此，明明并没有很了解她，却总是把她在乎的分寸拿捏得刚刚好。

他们的距离不远不近，他的声音不高不低：“是不是不想让我生气？”

他看着她，满月感觉自己像被催眠了，顺着他的话，竟愣愣地点头。

然后……然后她就从一个开车的变成了一个坐车的，还坐在后座上，而驾驶座上的晏清辉好像真的是她的司机一样，声音平淡如常地问：“直接去学校？”

满月还在迷茫中，下意识地低声“啊”了一声。

晏清辉低笑一声，扶着方向盘，抬起头从后视镜里与她对视，他重复一遍：“我们直接去弟弟的学校吗？”

他这一笑，满月才彻底清醒过来，清醒过来的同时耳朵红得像快要滴血了，怕晏清辉看到，她只能往盲区躲躲，声音含糊不清地“嗯”了一声。

好在晏清辉并没有继续追问什么，只是提醒：“安全带。”

满月“哦”了一声，手忙脚乱地系安全带。

听见动静，晏清辉没忍住，往后视镜里看了一眼，虽然没看到什么，却能把满月的状态猜个七七八八。

车子缓慢地驶入大道，晏清辉收回目光，看似目视前方，唇边却渐起笑意。

恰逢下班高峰期，路上有些堵车，本来一个小时的路程硬是开了快两个小时。

好在晏清辉一直有事，不停地在接电话，否则满月都想中途跳车了。

她也很懊恼，不解为什么明明在手机上聊得很好，现在却不敢主动说一句话。

快到目的地的时候，晏清辉终于挂了电话，车子停在学校门卫处，晏清辉靠边停车，扭头唤：“满月。”

满月忙不迭地抬头：“哎？”

晏清辉笑了。

不知道为什么，他一笑，满月就想脸红，她忍不住小声地嘀咕：“老笑什么啊……”

晏清辉没回答，只伸手说：“把药给我。”

满月不明所以地看向他。

晏清辉说：“你别下车了，我去给。”

满月连忙说：“不用不用。”

她边说边解安全带，耳边却传来一声轻轻的“咔嗒”，车门锁了。

满月茫然地抬起头来，对上晏清辉胜券在握的表情。

满月：“嗯？”

“我常年在医院，免疫力比你好。”晏清辉再次伸手，“快，听话。”

满月的脑袋腾一下就宕机了，一片空白。

她不知道自己是怎么把东西递给晏清辉的，也不知道晏清辉是什么时候下车的，她坐在车里，透过车窗看晏清辉几步走到门卫室旁边，二人不知道在交涉什么，很快晏清辉便把手里的东西递给门卫，折返回来。

再次上车，晏清辉一边系安全带一边说：“你弟弟还挺出名。”

满月低低地“啊”了一声，说：“他的腿是翻墙摔的。”

晏清辉闻声一笑：“那是挺出名的。”

满月抠了抠裤子，不知道该说什么了。

之前晏清辉一直在打电话，车厢里并不安静，也并不尴尬，现在忽然沉默下来，气氛一下子僵硬起来。

满月难受得坐立不安，却又找不到一个合适的话题。

她原本以为晏清辉也像她一样难受，不承想晏清辉系上安全带以后，立刻掉头，边驶离学校边说：“我们现在去哪儿？”

正常步骤，应该是去吃饭吧。

可去哪里吃饭才可以让她不那么狼狈呢？

满月做不出决定，便把主动权交给晏清辉：“你决定吧。”

这样，就算结果不行，她也认了。

可……晏清辉似乎太厉害了点。

车子稳稳地停在店铺门口的停车位上，因为是饭点，店里没什么人，周边的生活店铺也没什么人，可是满月并不觉得冷清，因为这是一家猫咖。

只是在车里，满月就能看到店里的猫，有几只还妄想扒开门逃跑。

满月趴在车窗前，眼睛发亮。

她设想了无数种可能，唯独没想到晏清辉会带她来猫咖店。

晏清辉从后视镜里注意到这画面，笑了笑说：“下去吧？”

满月跟着晏清辉一起下车，晏清辉走在前面，满月跟在他的身后。她看着他挺阔的背影，目光落在他地面上的影子上。

因为距离差，她刚好每一步都踩在晏清辉影子的边缘处，就好像，他在牵引着她。

满月想，她可能真的要完蛋了。晏清辉，她躲不过去的。

“躲什么？”晏清辉一进去就抓了一只猫，是一只美短，很小，本来在门口打滚，看见晏清辉推门进来，拔腿就跑。

但是很显然，晏清辉的动作更快一些。

他抓到猫以后随手塞进口袋里，满月觉得这行为好可爱，忍不住“呀”了一声。

晏清辉闻声回头，看到她欣喜的表情，也笑了。

满月抬头看向晏清辉，眼睛里有点眼巴巴的意思：“我可以拍一下吗？”

晏清辉点头。

满月立刻掏出手机拍照。

照片里，小猫就在晏清辉的口袋里，它两只前爪扒着口袋边缘，脑袋露出来。

满月忍不住感慨：“好可爱。”

她说话时微微弯腰，店里虽然没人，但是灯火通明，明亮的光从头顶落下照在她的身上，也在她半垂的睫毛上覆了薄薄的一层，她眨了两下眼睛，光影像碎掉一样，簌簌地往下落，像落了一地星辰。

晏清辉不由自主地看失了神。

直到楼梯传来响动，二人才齐齐地看过去。

晏清辉看到来人的第一反应就是跟满月说："店里员工，小乐。"

小乐是个男孩子，看上去和满弈差不多大小，长得白白净净的，一双眼睛又大又圆，乍一看也像猫一样。

他先是朝满月笑笑，然后唤晏清辉一声："哥。"

晏清辉点头："出去？"

小乐笑嘻嘻地说："嘿嘿，朋友在等我吃饭，今晚没什么人，你帮我看一会儿呗。"

晏清辉点头让他去吧。

小乐走之前还用那种意味深长的目光看了他们一眼，然后意有所指地说："你们好好玩哦。"

他明显是误会了。满月有些紧张尴尬地看向晏清辉，却不想晏清辉并没有多做解释。

满月见状默默地收回了目光，佯装好奇地看向别处。

小乐走后，满月还在装模作样地打量店内的装潢，其实脑子里乱得不行。

忽然，晏清辉唤："满月。"

满月心头一跳，回过头来。

晏清辉倒是很自然，问她："想喝什么。"

他边说边往吧台走，满月这才看到里面还有一个吧台，墙上挂有菜单，不但有饮品，居然还有简易西餐。

"这是你的店吗？"满月问。

晏清辉说："算是吧。"

满月："哇。"

晏清辉笑笑："想吃什么？"

店里没有其他人，只有一群猫，满月不由自主地放松了身心。她随手抱了一只胖胖的英短猫，然后坐到吧台前的高脚椅上，盯看墙上的单子。

晏清辉在吧台里面，伸手碰了碰满月怀里那只英短猫的爪子，英短猫翻了个身搂住满月的脖子，晏清辉挑眉，忍不住轻轻一声："啧。"

满月笑出了声音："它不理你。"

"嗯。"晏清辉很无奈，"那你要不要理理我，告诉我想喝什么？"

满月眨眨眼睛："老板有什么推荐吗？"

"抱歉，我比较少关注店内的经营情况。"话是这么说，但晏清辉还是推荐了一款热饮，"听说还不错，女孩子可以尝试。"

满月点点头，抓着英短猫的两只爪子，假意向晏清辉拜谢："谢谢老板。"

晏清辉失笑了。

他很快忙起来，店里开着空调，他很早就把外套脱了，里面一件毛衣，柔软的细针织衬得他很温柔，偶尔摆弄机器时，又有几分矜贵在。

量液杯是银色的，看上去像有点重量的铁制品，但在晏清辉手里显得很轻巧。

他的动作很娴熟，但是没有任何刻意显摆的意思，手指偶尔绕弄，引得满月频频地往他手上看。

大概是她的目光太过专注，晏清辉有所察觉，微微地偏头看过来。

他手上的动作有所迟缓，满月反应过来，目光聚焦，不偏不倚地与他对视。

满月先是一愣，随后看到晏清辉好像很淡地笑了一下，然后收回目光，继续摆弄机器。

只是他明显换了角度，看上去就好像……为了方便她盯着他的手。

满月本来挺不解的，但看到晏清辉越发明显的笑意和这非常明显变化的角度，忽然福至心灵地懂了。

满月憋红了脸，无数次想开口解释，又不知从何解释。

什么嘛！她刚刚真的不是在犯花痴啊！

满月感觉自己要冤死了，偏偏晏清辉还故意那样笑，她实在待不下去了，索性抱着猫走了。

不和他玩了，找猫咪玩去。

然而她刚转身，身后传来一声虽然短促却很明显的轻笑。

满月步伐一顿，听到晏清辉说："哪儿去？"

满月慢慢地扭头："找猫玩啊……"

晏清辉把热饮推到桌子上："一会儿再玩。"

"哦……"满月重新坐回去。

她顺手就想捧杯子喝，晏清辉屈指敲了敲桌面，示意她把猫放下，用免洗洗手液洗手。

满月又低低地"哦"了一声，照做。

挤洗手液的时候，满月有点手滑，晏清辉看到后直接拿起洗手液，示意她双手手心朝上，他帮她挤。

满月还是低低地"哦"了一声，照做。

晏清辉顺手给自己也挤了点，两个人都在那儿搓手。搓着搓着，满月就又瞄向了晏清辉的手。

他的手指确实好看，洗手液亮亮的，再加上店内灯光和他的衣服颜色，显得他的手几乎没有任何瑕疵。

以前见到好看的手，满月只会客观地欣赏几眼，这会儿她却莫名其妙地和自己的手对比起来。

她看向自己的手，手指挺长的，也挺细的，也算匀称吧，而且她一直很白的，所以指腹是有一点偏粉的。

在女孩子里，这……应该算好看的吧？

由里到外把自己评价完以后，满月又瞄向了晏清辉的手，她刚看过去一眼，晏清辉就轻轻地"咳"了一声。

满月吓了一跳，心虚又警惕地抬起头来，果不其然对上晏清辉含笑的眼睛。

笑笑笑，到底有什么好笑的！

她故作镇定："怎么了？"

晏清辉轻轻地抬起下巴，示意她："尝尝。"

哦哦。

满月手捧杯子，微微前倾，含住吸管。好喝！

"好看吗？"身旁有声音。

满月顺着脱口而出："好看。"

几秒后，满月才反应过来，涨红着脸抬头看向晏清辉。

然后换来对方一句："没事，看吧，不收费。"

满月："什么啊……"

满月觉得自己还是和猫玩比较好，她跑到沙发旁边坐着，一只大猫在她身后卧着，可能其他几只小猫是它的孩子，就跟着跳到满月身上，满月实在忍不住了，一边在心里默念对不起叮当，一边拿手机拍拍拍。

身后的晏清辉还在吧台里忙，他刚刚看到冰箱里有意大利面的材料，心血来潮要做意大利面。

满月和猫玩了一会儿就不好意思再看着晏清辉一人忙了，她主动走过去询问："有什么我能帮得上忙的吗？"

晏清辉没客套地让她继续玩，反而笑着看她一眼，问："你会什么？"

"我会很多的。"满月怕晏清辉不信，开始"报菜名"。

报着报着，满月发现自己会的还挺多，有点得意，不知不觉就沉浸在报菜名里了，而后又忽然意识到什么，蓦地抬起头来，就看到晏清辉正笑着在看她……就像看幼儿园大班生表演节目一样……

满月立马面红耳赤，不说话了。

晏清辉的笑意更明显了，他像故意一样，说了一句："真厉害。"

满月："什么啊……"

好想回家……

"这儿有炸锅，还有烤箱，你看你想玩什么？"晏清辉说。

满月无意识地抿了抿嘴，什么叫玩什么，她是正经会做饭的好吧。

但是满月没有反驳，因为她觉得她可能说不过晏清辉，于是闷闷地选了一个："炸锅吧，是空气炸锅吗？"

"空气炸锅也有。"晏清辉弯腰从置物柜里把炸锅拿出来，然后说，"冰箱里的炸物，薯条、鸡翅什么的应该都有。"

满月"哦"了一声，犹豫着该怎么进去。

她不知道自己的不安和犹豫表现得明不明显，但是晏清辉好像没看出来，他微微侧身，让出一点位置，跟她说："进来吗？"

满月点点头，和他擦身而过。

虽然是吧台，但也算半个后厨，晏清辉在里面待了那么久，身上却依然有一股淡淡的消毒水味道，夹杂着一点点青柠淡香，惹得人不由自主地想往他身边靠。

她小心翼翼地挪了一小步，假意看他在做什么，晏清辉这会儿倒是很敏锐，察觉后往旁边移了一步，大大方方地让她看。

都这样了，满月也只能问："你做到哪一步了啊。"

"一会儿熬个酱就好了。"晏清辉动作麻利地处理好桌子上的东西，扭头看她，"想好做什么了吗？"

满月被他看得有点不自在，无意识地挠了挠鼻尖："都行吧。"

晏清辉点点头，转身从冰箱里拿东西时，随口说："你鼻子上有根猫毛。"

满月愣了一下，有点窘，她一边"哦"一边手忙脚乱地弄猫毛，也不知道弄掉没有。

"我看看。"旁边的晏清辉忽然说。

满月瞬间浑身僵硬，梗着脖子站在那儿，眼睛都不敢眨一下，也不敢乱看。

好在晏清辉并没有凑近来看，只是微微地弯下了腰，他的视力应该很好，隔着一些距离，只看了一眼就说："没了。"

说完他也没再多看她，好像全身心投入了手中的事情。

满月悄无声息地松了口气，她说不上来自己有什么感受，一边觉得庆幸，一边又有一点点失望。

为了防止更多情绪上涌，满月决定像晏清辉一样，把心思用在做饭上。

不然他们今天要饿着了。

要做的东西满月之前在家里也弄过，她前面弄得都很顺利，唯独头发有点碍事。

因为是临时出来，再加上戴了口罩，她其实今天并没有怎么打扮，头发也没有整理，就随便散着。

之前不觉得碍事，这会儿时不时地需要弯腰，头发总会从侧脸处掉下来。

三番五次，满月有点烦了，她正想着要不要去洗个手把头发扎起来，旁边的晏清辉开了口："满月。"

满月抬起头看他，只见他手里不知从哪儿拿了一根头绳。

满月眨了眨眼睛，心脏开始怦怦地跳。

她的心底隐隐地有某种期待……

"要扎起来吗？"晏清辉问。

满月忽然结巴起来："扎、扎吧。"

晏清辉点点头，把头绳放在了他们二人中间的桌面上。

哦……

作乱的心跳忽然归于平稳，满月很难形容自己此刻的心情，只是默默地垂下眸子。

大概是脑子混乱了，她都忘了自己手上还沾着油，只记得赶紧伸手拿头绳。

她的手刚伸过去，另一只手比她的动作更快。

二人交错时肌肤稍稍有摩擦，满月仿佛被电流击过，她慌忙收回手，像有些惊到一样睁圆了眼睛。也因此，满月好像捕捉到晏清辉匆匆一秒的蹙眉。

扑通，心像掉进了一口井里。

她是不是打扰到他了……

满月眼眸微敛，脸有些不自控地发白，她抿抿嘴唇，说："不好意思，是不是把油弄到你手上了？"

她重复："不好意思啊，我不是故意的，你要不先——"

"满月。"晏清辉唤了一声。

满月感觉自己忽然乱了起来，她收起声音，看向晏清辉。

晏清辉也看着她："我没事。"

"就算碰到也没关系。"他说着晃了晃头绳，"要我帮你吗？"

大概是为了迎合温馨的路线，猫咖店里的灯光是偏暖的，光线照在晏清辉的脸上，给他有些清冷的面孔覆了一层柔和的轮廓。

可能是冬天吧，人总是下意识地想靠近暖和的地方。所以满月没有拒绝晏清辉，她轻轻地点头，然后看着晏清辉走近她。

这是进店里那么久以来，晏清辉离她最近的一次，还是在她允许以后。

他并没有像网上传言的网恋奔现一样，借着他们在网络世界的熟稔，不分轻重地动手动脚。

她好像，是有点幸运的。

满月半低着头，长发被身后的人拢起，他的动作很轻，没有因为不小心触碰到她耳后或者颈后的肌肤。他真的只是在扎头发。

扎完，他很自然地站到侧旁询问她："做到哪一步了？"

"收尾了。"满月这会儿全凭本能在回答。虽然晏清辉并没有碰到她哪里，但发丝好像也会传达酥麻感，她感觉整个后背都麻了。

晏清辉点点头："厉害。"

满月的脸一热，低下头看锅，小声地嘀咕："这有什么厉害的……"

晏清辉笑笑，转身去忙自己的。

两边几乎同时出锅，晏清辉找了处角落的位置，满月刚坐下，身边立刻围上来一堆贪吃猫。

满月哭笑不得："这怎么办啊。"

"它们不吃。"晏清辉说。

话是这样说，但拦不住它们往桌子上跳啊。

满月感觉自己这辈子还是第一次吃这样的饭，气氛也没有像她想象的那样僵硬尴尬，反而轻松愉快了很多。

她总是忍不住笑，晏清辉偶尔露出无奈又装凶的表情，偏偏这些猫没一只真的怕他的，想必平时晏清辉待它们很好。

饭后没多久小乐就回来了，回来得刚刚好，晏清辉说送满月回去，满月问："你怎么送我？"

晏清辉："开车。"

"然后呢？"满月问。

"然后我打车回去。"晏清辉边说边拿车钥匙，推门出去时说，"别想着拒绝，我不可能让你一个人回去的。"

他说完径直往车上走，满月跟在他的身后，忍不住想笑：怎么还突然霸总起来了呢？

二人上车，依然是老位置，满月坐在后排。途中满月怕晏清辉无聊，问他要不要听点音乐，他却说了一句："你不想跟我聊聊天吗？"

满月一噎，感觉自己又回到了和晏清辉在网上聊天的时候，她总是被他撩得说不出话来。

偏偏他看上去好像不是在撩她。

"聊啊。"在车里也比面对面好一些，满月可以装得镇定自若，甚至可以主动问，"你明天上班吗？"

"上。"晏清辉很自然地询问，"你倒是好像不用上班？"

"嗯，是不用朝九晚五。"满月想了想，如实回答，"我写书。"

晏清辉似乎有点意外："写书？"

"嗯……也不算书吧，是小说。"满月说。

晏清辉笑："这两年好像不少影视剧都是小说改编的。"

满月心里有点惊讶，晏清辉居然往影视改编上聊了，她之前也跟别人聊过，大多是亲戚，每个人的第一反应都有点鄙夷不屑，有些人甚至会用不太好的语气说："哦，言情小说吗？小孩子爱看的那些玩意儿是吧？"

别人称之为"玩意儿"的东西，在晏清辉眼里，是正儿八经且发展前景很好的工作。

满月不由自主地往旁边挪了挪，她忽然想看一看晏清辉，看一看这个处处得体、懂得分寸，还很尊重人的男人。

"对。"她放松下来后，多聊了两句，"市场好一些了。"

晏清辉笑了一下，似乎还要说什么，只是这时他的手机响了，他只能先接电话。电话里是一个女生的声音，语速很快，听上去也有些急迫，满月没有听清，下一秒就见晏清辉挂了电话。

他的语气有些严肃："满月。"

"嗯？"满月看向他。

"坐好了。"晏清辉说，"安全带。"

满月突然有点紧张："系好了。"

几乎是同时，车子立刻奔驰起来，满月瞬间绷直身体，大概能猜到原因。

途中晏清辉又打了一个电话，好像是给交警部门的，他言简意赅地表达诉求，希望对方能在下一个路口帮他带路闯红灯。

很快，他们在一个路口和两位骑着摩托车的交警相遇，然后一路通畅无阻地抵达医院。

车子直接停在医院大厅入口处，晏清辉迅速下车，大厅入口处有几个人，满脸焦急，看到晏清辉下车后连忙迎上去，喊着："晏医生，救命，救命啊。"

晏清辉非常冷静地阻止对方抱他，和陪同等待的医护人员径直往电梯口走去。

满月也跟着下了车，她看着他边走边换上衣服，晚风掀起他的头发和衣服，满月感觉自己好像看到了风的形状。

正在这时，忽然一个小朋友凑到了满月身边，他一边哭一边抱住了满月的腿，抽噎着问："姐姐，你男朋友能把我奶奶救回来吗？"

满月一怔，低下头，看到小朋友满脸泪痕。

她有些无措地站在原地："我……"

"不好意思不好意思。"一个中年家属过来拉扯孩子，"小孩子太害怕了。"

小朋友被拉走了，却还盯着满月看，像是固执地要一个答案。

满月知道自己不能妄下论断，可看着他直勾勾的眼神，满月忽然觉得自己并没有那么想离开，也没有觉得可怕。

她犹豫了一会儿，上前一步，蹲在小朋友面前，帮他擦眼泪，然后轻声说："其实我也不知道，但你可以在心里给奶奶加油。"

小朋友抽抽搭搭地点头，家属朝满月露出抱歉的笑。

满月摇头说没事，还夸小朋友懂事。

大概正是脆弱时期，听不得安抚，家属也瞬间红了眼睛，她对满月说："谢谢。"然后就拉着小朋友，打算往楼上去。

满月朝小朋友笑笑，正要转身离开，小朋友忽然唤了一声："姐姐。"

满月停下来："怎么了？"

小朋友擦了一下眼睛："你可不可以也上去啊？"

满月不明所以。

小朋友接着说："我给奶奶加油，你给你男朋友加油，可以吗？"

第十录——猜的

满月后知后觉地有点尴尬，她和病人家属坐在一起，却没人认识她。家属们都沉浸在悲伤和焦虑中，没人询问她的身份，只有小朋友时不时低声地问她：“姐姐，你男朋友平时厉害吗？”

满月觉得自己应该解释一下她和晏清辉的关系并非他口中所言的那样，可她又私心地告诉自己，解释了他也未必能听懂吧。

于是满月只回答了重点，说：“很厉害。”

小朋友看上去放心了一点，他抹了一把眼泪，开始哽咽着说他和奶奶之间相处的日常。

满月得知他叫向温羡，称赞道：“名字很好听。”

“我奶奶取的。”他似乎是出于礼貌，问，“姐姐，你叫什么啊？”

满月说：“我叫满月。”

向温羡问：“八月十五的满月吗？”

满月笑笑摇头说：“不是，十五的月亮十六圆，我是八月十六生的，所以叫满月。”

“你的名字也好好听。”向温羡说，“你的名字跟我妈妈的有点像，我妈妈叫思月。”

“好听哦。”满月笑。

“嗯，我妈妈说她的名字取自一首诗。”向温羡说，“是思君如满月那首。”

满月一愣，笑了笑说：“好巧。”

向温羡点点头：“我也觉得。”

手术室外，一群人等候着，实在不方便一直聊天，满月逐渐把话题绕到对向温羡的安抚上，向温羡虽然才上小学一年级，却有着超越同龄人的成熟和稳重，满月看着他，不由自主地就想起满弈来。

小时候的满弈比向温羡调皮一些，从外表就能看出来，他不爱坐着，不爱学习，不爱在家，见天儿地往外跑，时常错过饭点，导致一直很瘦。

他还爱收小弟，专挑比他年龄大的下手，大概是男孩子天生的胜负欲和征服欲在作祟，好像总觉得给比自己大的人当老大是件很了不起的事情。

好在他收小弟也不会干坏事，最过分的事情也不过是一群人帮保安围攻恶犬。

满弈最爱做的事情是给小弟们安排工作，工作内容是保护她，帮她拎书包，给她送糖果。

满月想起自己小时候不管走到哪儿，身后都跟一群小屁孩，觉得好笑，以前有时候还觉得是累赘，后来长大了想想觉得好幸福呀。

都说有弟弟的姐姐都会变成母夜叉，满月却没有，因为满弈待她很好，很少拿她当姐姐对待，更多拿她当妹妹宠，给她跑腿，攒钱给她买各种节日礼物。

上高中的时候，他自己明明是初中生，却要带着小弟们去给她撑场子，生怕她被欺负了。

后来……

满月垂下眸子，目光落在向温羡的手上，视线渐渐变得模糊。

眼前小男孩的小胖手变成了她自己的手，她本来就瘦，那段时间更是一度降到七十斤，手上好像只剩下皮包骨。

她不愿意出门，每天听着满弈的敲门声，她不出门，满弈也不去上学，就坐在她的门口，小声地跟她说话，说一大堆乱七八糟的东西，她从来不回应，满弈也从来不走。

直到满弈爆发，在家里拿着拳击手套大喊大闹要去揍人，满母和满父都拦不住，只能喊邻居们来拦着，一大堆人拦着一个刚刚步入青春期、正在长个儿的男生。他的力气大得惊人，推伤了好几个长辈，最后哭着跪在满父面前抽自己的脸。

他把所有事情都怪在自己的头上，因为他每天放学都会去满月的学校找满月，唯独那天因为贪玩找朋友去打球了。

他如果没去打球就好了，他如果像往常一样在学校等姐姐就好了，他如果……

他如果那天在，就好了。

满月听着门外的叫嚷声，头疼得要命，她本来打算睡觉，听到满弈崩溃压抑的哭声，她也突然开始落泪，大颗大颗的，好像一瞬间回到那委屈害怕的场景里。

不可否认的是，在那些个当下，满月确实有想过：满弈怎么还不来？满弈，你快点啊，有人在欺负姐姐啊。

可能血缘关系最神奇的地方就在这里吧，你听着对方的痛苦，能深切感受到对方的挣扎与煎熬，那些心疼和难过是不由自主的，是难以抑制的。

两个人，都企图将对方的痛苦转移到自己身上，所以便在无声中承担了四倍的痛苦。

亲人，是心甘情愿与你感同身受的。

于是满月开门走了出去，把满弈抱在怀里，跟他说“姐姐不怪你，跟你没关系，不要把别人的过错揽在自己身上，这不公平”。

后来，满弈就退学了，并主动提出进武校，满母和满父也没有拦着。

满月知道，不管是从前还是现在，读武校，今后找工作会很受限制。

尽管当时满弈的成绩不好，可谁能保证他以后会怎样呢？多的是男孩子初中成绩不好，高中却名列前茅，最终步入高校的例子。

满月一直为此觉得愧疚。

如果她当时理智懂事一点就好了，如果她当时能回应满弈一两句话就好了，如果她在知道满弈选择去武校的时候能选择正面和他聊聊真实想法，那就好了。

“姐姐，姐姐？”耳边的小男生呼唤。

满月一怔，回过神后才发现叫她的是向温羡。

她眨眨眼睛才完全回过神来：“怎么了？”

“你的手机在响。”向温羡指了指她的包。

满月这才发现手机响了，她拿着手机站起来，对向温羡的家属点点头，然后转身去安全通道口接电话。

打电话的是满母，日常闲聊，问她在做什么。

满月说在外面，满母明显愣了一下，还以为自己听错了：“你在哪儿？”

满月没敢说在医院，怕满母担心，就说在外面吃饭，很快就回家了。

满母犹豫了一下：“你自己吗？”

满月想了想，还是没有隐瞒：“和，一个朋友。”

“朋友？”满母小心地问，“我们认识吗？”

“还不认识。”满月小声地说，“以后有机会带你们认识。”

她说这话时忍不住心跳加快，也有点心虚。

幸亏满母没再多问什么，只说让她注意安全，早点回家。

满月说好，挂了电话之后，她忽然很想满弈，在原地站了很久，给满弈发了一条微信。

满月：拿到药了吗？

满弈倒是回复得很快，回复的语音：“拿到了。”

他说完停顿了一下，似乎有别的话想说，但又犹豫着收回了。

满月主动开口。

满月：怎么了？

聊天窗口上方“对方正在输入”显示了一遍又一遍，最后却归于安静。

满月：到底怎么了？

满月：快说。

满弈在桌子前坐着，握着手机满脸纠结，室友进来见他满脸便秘状，幸灾乐祸地弹他脑瓜崩：“怎么？想蹲坑啊？求求哥，哥给你扶着。”

满弈一脚踹过去，烦得不行：“滚。”

“这么暴躁？”室友好奇地凑上来，看了一眼他的手机屏幕，被聊天背景所吸引，“我天，这哪位明星？”

另一个室友早已见怪不怪：“什么明星，他姐，你见过咱小满哥追星吗？”

“我天！他姐？他姐长这样？”室友大喊着，“还叫什么小满哥！叫小舅子啊！”

满弈闻声一撩眼皮：“滚。”

另一个室友适时地补充：“嘿嘿，忘了说，咱小满哥是姐控，叫小舅子他能扒了你的皮。”

满弈听着更烦了，恰好满月打来电话，满弈接通后，闷闷的一声：“喂。”

满月听他这有点委屈的声音还以为他怎么了，忙问：“发生什么事情了？”

满弈憋了半天，憋出来一句：“姐，你网恋奔现啦？”

满月一噎，明明满弈不在身边，她也心虚得眼神乱飘：“瞎说什么呢。”

没否认。

满弈撇嘴："连个车都没有，也好意思跟你谈恋爱。"

"什么没有车？你瞎说什么呢？"满月不高兴了。

满弈反驳："不是吗？还是开你的车来的，他自己没车吗？干吗要开你的车？"

"他今天没开车。"满月有点生气地皱起眉头，"你这什么思想，跟谁学的？他就算没有车怎么了？他就算有车又能怎么样？"

满弈被凶得说不出话来，好一会儿才耷拉着眼皮，不情不愿地说："对不起嘛。"

满月敷衍地"嗯"了一声："你药换了没？"

"马上换。"声音还闷闷不乐的。

满月脑补出满弈的表情，有点想笑，她知道满弈在担心什么："好了，我们没谈恋爱，真的没有，他也不是什么不正经的人，我不会被骗的。"

满弈这才"哼"了一声："那你答应他之前记得喊我去看看他。"

"人家也没说要追我啊。"满月的声音很低。

"还没说追你？那还约你出去？这是渣男吧！"满弈大吼。

满月："你冷静点。"

"我冷静个屁！"满弈说，"你别理他了，这人肯定是个渣男。"

满月扶额："你好夸张。"

"夸张什么啊，你不知道现在男的套路多多，防不胜防啊！哎呀，要不你之后别跟他见面了，等我们方便了你再跟他见面，到时候我离你远点，不让他发现，怎么样？"

满月实在忍不住了，笑出了声音。

满弈听她老笑不说话，忍不住骂："恋爱脑！"

满月还是笑了。

满弈要被气死了。

最后还是满月连保证带发誓，绝不倒贴，绝不恋爱脑，满弈才满意地挂了电话。

挂了电话之后，满月回想起电话内容，还是觉得想笑。

她也没打算瞒着家里人，更没打算把自己的情况瞒着晏清辉。今天可能不太合适，但在下次见面前，她想，她会找个机会跟晏清辉说清楚。

回到手术室前，满月发现病人家属大部分已经出现麻木的表情，向温羡也不再掉眼泪或抠手指，而是就那么低着头，眼神涣散。

满月作为旁观者是很难感受到他们的真实心境的，但她仍然被拽进这低沉的氛围里，为之感到难过。

等了不知道多久，冬天的医院很冷，再加上手术室外的走廊很空，冷风毫无阻碍地席卷人的全身，渐渐地，满月感觉自己的手脚都是冰冷的。

直到手术室的红灯转绿，刹那间，所有人站起来拥上去。

门打开后，率先出来的就是晏清辉。

家属一拥而上，将人团团围住。

晏清辉没摘口罩，声音明显疲惫了许多，也很沙哑，他说："病情基本已经稳住了，后续还需要观察。"

一句话，定了所有人的心。

有家属忍不住再次哭起来，向温羡也终于肯放声大哭了，好像刚刚如果哭得太大声有点不吉利，现在则是释放。

晏清辉被哭声所吸引，抬头看过来，满月一直在看他，虽然她没拥上去，但隔着人潮，她的目光一直没有移走。于是不偏不倚地，晏清辉对上了她的目光。

他明显有些意外，要说刚刚他还满眼疲倦，这会儿眼睛却瞬间明亮起来，他似乎有点感到不可置信。

有家属看到他的表情，说："真是不好意思，晏医生，我家小孩太难过了，拉着你女朋友一起等你了。"

满月闻声眼眸顷刻睁大，她张了张嘴巴，想解释，不承想晏清辉移开了目光，满月无从开口，只能看着晏清辉对病人家属叮嘱术后注意事项。她撇撇嘴，站到一旁。

想走……但这会儿走好像不太礼貌了，而且都等了那么久了，现在走，好像在躲晏清辉一样。一躲，就显得她更理亏心虚了。

于是满月自我安慰，她就是被向温羡留下的，她就是……单纯来加油的。

安慰着安慰着，眼前走过来一个人，满月抬起头来，对上晏清辉似笑非笑的眼睛。

“罚站呢？”他说。

他可真有噎死她的本事。

“恭喜啊。”她故作轻松地说。

晏清辉“嗯”了一声，目光微垂，落在她垂在一侧的手上。

满月皮肤白，稍微有点红就显得很明显，他蹙眉：“冷？”

满月搓了搓手：“有点，不过还好——”

“满月。”晏清辉叫了她一声，满月有些怔愣地抬头看他，然后听到他淡淡地叹口气，“傻不傻啊你。”

满月知道他担心自己穿得少，但她觉得和这一刻比，冻一会儿真的不算什么。于是开玩笑一般：“不傻啊，可聪明了。”

晏清辉催她下楼，满月想到他还要跟病人家属交代什么，自己留在这儿好像不太方便，就说：“要不我先走吧。”

晏清辉闻声停下来，满月跟着也停下来：“怎么了？”

晏清辉问：“你现在要走？”

满月想了想：“我好像……留在这儿也没什么用吧？”

“有。”晏清辉说。

“啊？”满月发愣。

“不打算送我回去吗？”晏清辉忽然说，“这么晚了，让我打车啊？”

满月想了下，犹豫着问：“不、不行吗？”

晏清辉忽然很正经地唤她一声："满月。"

满月也不由自主地有些严肃，然后听到他说："不行，我挺帅的，不安全。"

满月："啊……"

为了防止大帅哥被人夜间劫色，满月只好等晏清辉下班，她本来想着在外面等就好了，但是晏清辉不同意，不仅把她安排到办公室里，还从柜子里拿出了一条围巾。

"上次送去干洗店洗的，算是新的。"他说着又打开了空调，"等我一小会儿就可以了。"

满月点点头。

其实屋里开着暖气，已经不需要戴围巾了，可满月看着那抹柔软，不自觉地就伸手拿了起来。

掌心果然一片细腻绵软，她心里忍不住塌了一个小角。

没等很久，晏清辉就回来了。

他不可能让满月送他，也不可能这么晚了让满月一个人回去，可满月也心疼他，不想让他忙了那么久还要开车。

"叫代驾？"晏清辉说。

满月说好。

医院离满月的家很近，半夜车子一路疾驰，很快就到家门口了。满月下车，她不想让晏清辉再叫车，就跟代驾说："麻烦你再把他送回去。"

晏清辉了解她的意图，笑笑说："那我明天就要开你的车上班了啊，满月。"

车子这种东西其实是不方便外借的，感觉好像一旦可以随意借车，关系就亲密了很多。

满月感谢漆黑的夜，让她脸上的绯红有了藏匿之地。

"嗯，开吧。"她说。

她转身要走，晏清辉再次叫住她："满月。"

满月停下来，回头。

晏清辉下车，他手里拿着围巾，走到满月跟前，两人对视几秒，满月没有主动开口说自己戴，晏清辉就抬手帮她戴上。

围巾很长，围了两三圈还有很长垂着，看着有点可爱，像小朋友偷戴了大人的围巾。

晏清辉忍不住想摸她的头，或者捏她的脸，但最后也只是拉了拉围巾，轻声说："回去早点休息，不要等我，我到家会给你发消息的。"

围巾是刚洗的，有淡淡的洗涤剂味道，但满月好像在每一针毛线夹缝中都嗅到了晏清辉的味道。

她忍不住把下巴往围巾里面缩，遮住微热的脸，只露出了一双眼睛。

夜色下，她瞳仁里闪着细碎的月光，细看，像误入人间的小鹿。

睫毛像森林，扑扇的时候，像风吹了树叶。

隔着围巾，她闷闷地开口："嗯，你注意安全。"

晏清辉笑："我保证。"

干吗要跟她保证？

满月心里哼哼两声："那我走了？"

晏清辉点头："去吧。"

一路目送满月进电梯，晏清辉才上车，他没着急让代驾开车，而是等了一会儿，其中一户亮灯，他似有预料地掏出手机，果然看到满月发来消息。

满月：我到了。

"嗯，晚安。"晏清辉的声音很轻，"满月。"

满月站在窗前俯视，车子亮着灯，在她收到消息的同时才缓缓地驶离。

他们好像都清楚，彼此会为对方做什么。

虽然笨拙，但是深刻。

回去的路上，晏清辉以为自己会睡过去，却发现自己意外的清醒。

他半仰着头，后颈被座椅靠背抻起来的时候有一种被拉扯的爽感，短暂解压后，他拿出手机，拍了一张车上的挂坠照片。

挂坠应该是按照叮当定做的玩偶，悬挂在半空中，栩栩如生。

他把照片发到微博上，顺手点进满月的微博，满月最近没有更新，只有一条点赞，他昨天就看到了。

他们都说我沉迷于手机，我张了张嘴，却发现很难反驳。

这条微博是一个大 V 发的，热度不低，评论也多，大多都在聊网恋。

晏清辉不傻，他能猜到满月在点赞这条微博时的心情是怎样的，所以他很快便和南舒说好了去猫咖的事情。

只是，他本来以为还要过一段时间，没想到那么意外地和满月在医院碰面了。

时间很晚了，手机微信有一些没来得及查看的消息，晏清辉一一回复了有关工作的消息，随后看到南舒发来的消息。

南舒：小乐跟我说你带人去了，厉害。

南舒：你是真厉害，我是真佩服，小乐也是真机智。

南舒：笑死了，小乐跟我说天太冷，他哪儿也去不了，又怕回去打扰你们，就去网吧待了三个小时。

南舒：晏老板，记得给小乐报销一下费用，哈哈哈。

晏清辉倒是不知道这茬，他原本以为小乐至少会找个餐厅去吃饭。

不过想到小乐当时的反应，晏清辉也失笑了，而后搜出小乐的微信给他转了六百六十六块钱。

第二天晏清辉出门时原本拿着满月的车钥匙，临关门时又把满月的车钥匙放下，拿了自己的车钥匙。

到医院后，满月的消息发来了，她发了一个小白猫打哈欠的表情包。

晏清辉笑笑，发语音过去："醒了？早啊，满月。"

一大早就接收到男低音暴击，满月情不自禁地在被窝里打了个滚，然后才回复消息。

满月：你好早。

满月：你这才睡了多久啊，不会困吗？

"还好，路上买了杯咖啡。"晏清辉说，"你醒得也不晚啊，怎么样，要来杯咖啡吗？"

满月随口说："可以啊。"

下一秒，满月就收到了一个外卖订单截图。

她看到精准无误的地址，震惊了——

满月：你怎么知道我家门牌号？

"猜的。"

满月：什么？

满月：怎么猜的？

“你猜啊。”他的声音在笑。

满月发去一个小蓝表哥流汗的表情包，然后发现订单截图上的收件人名字和电话都不是她的。

满月：这个电话不是我的啊。

“我的。”

满月：啊？

“满月，你独居，能不能有点防范安全意识？”

哦……

满月：所以……毛国平同志是？

晏清辉发了一个小蓝闭嘴表情包。

满月没忍住，哈哈笑了两声，然后正经地回复。

满月：你不是在上班吗？方便接电话吗？

“所以希望一会儿就诊的病患能够理解一下我这位大龄单身男青年为之付出的努力。”

为之……“之”代指什么？

满月没敢问，只默默地红了脸。

咖啡到的时候，满月在洗漱，她出来后拿起手机，看到晏清辉发来消息，告知她咖啡在门外。

满月护肤品都没涂，小跑着去开门。

门口放着一个咖啡袋，袋子一侧还放着一枝向日葵。

小区是一梯两户的格局，门口寂静，窗户在电梯那边，很难照到门口这边，所以即便是清晨，门口也有一点幽暗。

可今天天气好像特别好，满月猜想外面的阳光一定很热烈，所以才会照到门口这边来。

向日葵凑巧朝着光的方向，乍一看，像光在森林里孕育出的唯一一朵花。

满月安静地看了很久，叮当也跑过来凑热闹，它走到咖啡袋旁边嗅，又好奇地去碰向日葵。在花和咖啡的衬托下，布偶猫显得特别巨大，光照进它的眼睛里，像大海在苏醒。

森林和大海的碰撞让满月爱不释手地拍了很多照片。她挑挑选选，修修滤镜，发到了微博上。

也是这一发，她才看到晏清辉昨晚发了微博，图片上是她的车挂件。而她发的，是他点的咖啡和花。

一种很奇怪的感觉涌上心尖，不是热烈汹涌的，而是绵密缓慢的，像水，像雾，像云，像光。她不由自主地沉溺其中。

中午，满月接到满母的电话，电话里，满母气得够呛，说满弈翅膀硬了，以为上几年武校都能瞒天过海了。她这是知道满弈在学校的事情了。

满月不好袒护满弈，毕竟撒谎是大事，而且她也算帮凶，就含糊其词地说："啊，你怎么知道的啊？"

她一边问一边点了录音，打算结束后发给满弈，让他趁早认错，别等着满母找上门来。

"我还不知道？全天下的人都知道了，就我不知道！今儿出门买饺子，超市前台都知道问一嘴我儿子怎么样，结果呢？我儿子到底啥情况我都不知道！我还以为她问的是满弈腿好了没，搞了半天是学校的事情，人家信息都刷新到最新了，我还腿腿腿呢！早晚我要把他的腿打断！"

看来等不到挂电话了，为了救下满弈的命，满月立刻把录音发给满弈。

这边满母还在抱怨，那边满弈已经试图打电话了。

满月把满母的电话切出去，给满弈发消息——

满月：别打了，还在继续。

满弈：救命！

满月：好像无能为力。

满弈：别啊！你再努努力啊！世上无难事，只怕有心人！

满月：现在好像都是“只要肯放弃”。

满弈：要哭了。

不知道为什么，满月忽然就想起小时候满弈每次考差了，找家长签名都会先找她，然后两人一起回家面对暴风雨。

他们姐弟俩并不像大多数姐弟那样从小打到大，在面对父母时更是姐弟同心。

于是满月叹了口气，还是主动为满弈求情：“妈，其实……他就是怕说了你担心，他有提前跟我说来着。”

满母一愣：“什么？”

满月挠挠鼻尖，难得心虚起来，她感觉自己好像回到了几年前，有时候也难免撒谎，被抓包时又心虚，然后试图用撒娇蒙混过关。

大多时候，满母都是先骂她几句，然后就算了。

有几年没撒娇了，满月正犹豫着该怎么开口，满母忽然磕磕绊绊地开了口：“他、他跟你说了啊？”

满月应了一声，说是。

满母忽然改变了态度，不再絮絮叨叨地骂，而是“哎呀”一声：“这臭小子又麻烦你，唉，行了行了，我知道他什么心，那么大个人了，自己心里也有数，总不能我老盯着，以后他也是要娶媳妇的人，我又不可能管他一辈子。”

“算了，咱们不管他。”满母随口问，“你呢？中午吃什么啊？”

满月愣了好久才说自己可能就随便吃点，满母一听随便，犹豫着说：“中午还是不要太随便了吧？不过你一个人住，也是，那你自己看着吃吧，照顾好自己就好。”

满月“哦”了一声。

满母挂了电话好久，满弈还在不停地发消息打探消息，直到他发来一张截图。

截图是他和满母的聊天记录。

满母：等你回来再说！

满弈连发了好几个打滚的表情包，满母让他滚蛋，然后又问他吃什么，满弈也是莽撞，直接发了泡面的图片，满母发了一条语音，满弈把语音转换成文字，好几行教训斥责。

满月盯着截图看了很久，最后随便发了一个表情包结束话题。

结束以后，满月没起身弄午饭，也没回屋，她就那么两眼出神地坐在懒人沙发上。

客厅里的窗帘一早就拉开了，咖啡已经喝完。咖啡杯还没扔，茶几上放着花瓶，里面就插了一支向日葵，花瓶挺大的，向日葵只有一枝，瓶口空出很大的缝隙，以至于向日葵有点动静就东倒西歪的。

叮当好奇花好奇了一上午了，这会儿也累了，它无聊地趴在桌子上。尾巴扫来扫去，不小心扫到了花瓶。

花瓶摇摇晃晃的，最终还是立稳了，但是花瓶里的向日葵绕了一个圈，倒在了另一个方向。

花瓣碰到了满月的手。

满月怔了怔，从漫长的失神中收回思绪，她缓慢地扭头，视线落在向日葵上。

满月当初装修房子走的简约风格，屋里大多装潢都是白色，偶尔才有一点点别的颜色，但是像明黄色这种鲜亮的颜色还是没有的。有时候随便拍几张照片，看起来像样板房一样，以至于，这枝向日葵，像这房子里唯一一个活物。

思绪所至，她伸手去碰，花中央的葵籽有点扎手，指腹酥酥麻麻的，有点发痒，但是不疼，像无数次，晏清辉给她带来的感触。

她又想起那些年，偶尔会听到亲戚劝告满母放宽心，想开点，这些都是命里注定的，躲不过就是躲不过，怪不得谁。

如果真的是命中注定，那晏清辉的出现，是不是也算命中注定？

晏清辉带给她一次又一次想要伸手的冲动，是不是也算命中注定？

躲不过，就不要躲了。

一瞬间，满月不受控制地松了口气，这一口气，好像攒了很多年，她叹了好久，起身的时候有一种身轻如燕的错觉。

她先去给自己弄了午饭，然后拍了照片发给晏清辉。

晏清辉大概也在午休。

晏：看上去很不错。

满月：事实上确实很不错。

晏：不知道未来我有没有机会见证这个事实。

满月：你去问问未来的你啊。

晏：未来的事情可以未来再知道。

满月：那晚上的事情你想现在知道吗？

几秒后，满月收到晏清辉发来的语音。

他淡笑：“如果是指你需要用车，并决定来找我这件事的话，我是很乐意现在知道的。”

满月也笑了，她拿起手机，也发了一条语音。

"可是我不需要用车啊。"

下一秒，晏清辉打来语音通话。

满月愣了下才接通，晏清辉的声音缓缓地传来："那你还决定来找我吗，满月？"

第十一录——对不起

“可以啊。”满月笑着说，“不过我要先去办点小事。”

“好，我等你。”晏清辉说。

之后满月又和晏清辉随便聊了几句，临到晏清辉下午上班时，满月先停止了对话。

她的车在晏清辉那儿，出门只能打车。

目的地是商场。快元旦了，她年年都会给父母还有满弈送新年礼物，今年也不例外。

到商场后，满月直达三楼运动品牌专柜，给满父买了一双鞋。她一早在网上挑好了款式，到专柜买了就走。

给满父挑礼物一直很简单，不是裤子就是鞋，但是给满母的就稍微有点难。满月回想前几年的礼物，打算换个东西，想着想着，再回神时，就到了扶梯口。

扶梯口旁边有一个很小的柜台，里面有两个服务人员，她们趴在柜台上无所事事，看到满月忽然眼睛一亮，招手唤她来看看。

满月大概能看出柜台里的是什么，一些金镶玉饰品，她确实没给满母送过这些东西。她今年本不打算送这一类的，但是服务人员满目热切，她不好意思拒绝，就走了过去。

原本打算看两眼就走的，不承想对方直接递给满月一张卡片。

“美女，我们今儿有活动，可以抽奖来着。”

满月兴趣不大，应了一声：“是吗？”

“对啊，跟刮刮乐形式差不多，你得刮开才行。”服务人员说。

满月心不在焉地刮开了，下一秒，她愣住了。

中奖了，金额两千。

“哎哟喂！美女你也太幸运了吧！今儿一天就你一个中奖的，天爷，这也太幸运了。”其中一个年轻的服务人员跟另一个年长的服务人员感叹。

年长的服务人员点头说：“对啊，太幸运了。”

满月也没想到会中奖，她想既然中奖了那干脆就买这个吧，也算把一份好运传递给满母。

“这个，怎么兑奖啊？”满月问。

“这个是可以直接抵消的，你看我们这些，你看中哪一个，直接在原有价格上减两千。”

这么划算？

满月有点吃惊：“直接减吗？”

“对啊，哎呀，所以我说你幸运嘛，这真的是大奖了。”年长的那位说。

满月不好意思地笑笑，她低头去细看，这才发现柜台里每一个产品的价格都在两千以上，最便宜的也是两千四百多。

减掉中奖金额，只需要四百多就可以买一块金镶玉了吗？

满月想了想，问：“这些金子是什么类型的？”

“全是足金，这点你尽管放心。”

“那玉呢？”满月又问。

年轻的服务人员笑着说：“玉这个东西很难说啊，懂行的都知道，玉无价的，我们也可以给你保证，我们的玉绝对不是什么品质差的玉。”

“这样啊。”满月点点头，脑海里忽然闪过一个信息，她原本想问，年长的那位忽然从柜台里拿出一块做工精致的金镶玉，说：“美女，你看这个，你是打算送人啊，还是自己戴啊？”

满月接过来，说：“送人。”

“送朋友呢？还是送长辈呢？”

“长辈。”满月挺不好意思地笑笑，“送我妈妈。”

对方立刻“哎哟”一声：“好巧哦，我们这款，真的好多人买了送妈妈，你看这玉，这是珊瑚玉，这金子也是足金，绝对划算又拿得出手。”

满月这才想起来自己刚刚要问什么：“哦，对了，这金子多少克啊？”

“这个，我还真不知道，我看看啊。”对方查看了一下标牌，“哎哟，这十几克呢。”

“不是，我是问这个金子多少克？”

“这好像没标呢，不过你肯定不用担心的，我们这都是足金的，绝对不掺一点假，而且你想啊，送妈妈，送珊瑚玉，又养人又漂亮，回头戴活了，还能替你妈妈挡灾呢。”

她话说得太漂亮，满月最终还是买了一个，原价三千多，扣去奖金，补了一千多现金。

买完以后，满月直接打车去了家属院。

她没想到的是，家里居然有客人在，是舅妈。

满母和满父显然也没想到她会在这个时候来，忙不迭地起身询问：“怎么了？发生什么事了吗？”

舅妈也跟着问：“哎哟，满月来了，你瞧瞧，刚刚还跟你爸妈说你呢，真有出息，年纪轻轻又买车又买房的，赶紧再给你爸妈找个女婿，你爸妈就等着享清福啦。”

满月瞬间连家门都不想进了，她把鞋和饰品递给父母：“给你们买的元旦礼物。”

舅妈“哎哟”一声：“满月真懂事，元旦还有礼物呢。唉，这孩子在身边就是好哈，你那表妹就是不乐意在家里待着，这不，她从国外刚回来没多久就去海市了，真是一天也不在家闲着。”

满月笑笑。

满母把满月的表情都看在眼里，她心疼满月，就说："好了，妈妈知道了，你要是忙就先走，改天我喊你来吃饭。"

"怎么？这就走啦？"舅妈说，"唉，也是，现在的小孩儿都不乐意跟爸妈在一起待着，行了，你去找朋友玩吧。"

满月的脸色不太好看，有点发白，她敷衍地点点头，正要转身离开，舅妈忽然"哎"了一声："满月啊，你这是在哪儿买的啊？"

满月说了商场的名字。

"是不是扶梯口那个柜台啊？卖金镶玉的？"舅妈问。

满月点头说是。

她原本以为是舅妈之前也在那里买过东西，谁知道下一秒舅妈就高喊："哎呀！满月，你上当受骗啦！这都是假的！他们是不是说你中奖了？你补了多少钱？"

满月一怔，脱口而出："一千多。"

"哎呀！傻孩子！这哪里值一千多哦！这金子就薄薄的一片，一克都没有，这玉又能是什么好玉？"舅妈叹了口气，"唉，之前你表妹跟我也去那里逛过，那人说的时候你表妹一眼就看出来这是骗局了，你还不能去找人家，这买卖生意一个愿打一个愿挨的。唉，满月就是太单纯了，成天在家里待着，你看你表妹，见的人多了，就知道天上没什么掉馅饼的好事！"

满月其实已经听不见舅妈到底在絮絮叨叨什么了，她有点蒙，还有点不太相信。

她开始回忆自己当时的状态。她本来也是犹豫怀疑的，是对方说这款很适合送给妈妈，后来她也有问金子多少克，对方说这东西养人，还可以挡灾。

她还记得最后买单的时候，她们刻意强调了一句："我们这边是不给退的哦，可以换，但是只能换价格比现在高的。"

满月当时没想着退，她给父母买东西一向大方，不喜欢也不会退，顶多是换。可现在，换也只能往高了换。那意思就是，被骗得更多。

想清楚事情之后，满月的脸色更白了，她的耳边反反复复地循环着舅妈的话，脑子里也开始出现表妹的样子。

她和表妹很多年没联系过了，表妹比她小三岁，很优秀，从小就优秀，高中在实验班，大学考进了中国传媒大学，据说男朋友是导演。她在中传上了三年，考研考去了国外，一年学费加生活费小一百万。

这些她都知道，也早听舅妈说了几百遍了。

有段时间，满母挺担心她这个表妹的，总觉得国外不安稳，几个月前表妹才回来，回来没多久又如舅妈所言去海市上班了。

可能确实是见识不同，所以表妹一眼就能识破骗局，而她只能自吃闷亏。

“没事，那就戴着玩吧。”满月牵强地笑笑，她跟满母说，“对不起啊，妈，改天我再给你选个别的。”

满母担心满月，不敢放她走。

舅妈更是雷厉风行，开着车要带母女俩去商场退货。

满月其实一点也不想去，而且她觉得舅妈一开始说得挺对的，买卖生意本来就是自愿的，可她已经不想说任何话了。

到了商场，舅妈非常生气，质问对方为什么要钻空子骗人，还喊着要报警。

柜台人员似乎一点也不意外，她笑吟吟地问满月：“小姑娘，我们当时说好的，不退货的对不对？”

满月说不出话来。

舅妈开始解释：“她一个小孩子，哪懂这些，你们这不是摆明了欺负人吗？”

柜台人员笑了，她又问满月：“你多大了？成年了对不对？成年人要买点东西，自己要负责啊。”

满月逃了，她匆匆地跟满母说了句先回家，然后直接打车回家了。

到家以后，满月没哭，也没觉得有多难过，只是感觉整个人空荡荡的，脑子也蒙蒙的，她甚至都没换衣服，倒头就睡觉了。

一觉醒来，天都黑了。

满月缓慢地坐起来，头疼欲裂，她摁着太阳穴揉了好久才渐渐地想起来今天一整天发生的事情。

咖啡、向日葵、元旦礼物、舅妈和骗局，以及，约好的晚饭。

满月恍惚一愣，起身翻找手机。

她在客厅沙发上找到的手机，手机里有不少满父和满母发来的安慰信息，还有满弈的。

她一概忽略，点开了晏清辉的聊天窗口。

他只发了三条消息，一条在五点多——

晏：快下班了。

第二条在六点半——

晏：下班了。

第三条在八点，他只发了两个字——

晏：满月？

满月盯着那两个字，慢慢地就红了眼睛。

她知道自己该礼貌地回一通电话，解释一下自己爽约的原因，可她又觉得自己状态太差了，而且她怎么能那么蠢呢？她见识那样浅薄，晏清辉这样总是处处周全的人会觉得她很愚蠢吗？

她的眼圈渐渐泛红。

满月硬生生地忍下逼上心头的情绪，她给晏清辉回了四个字——

满月：不好意思。

她犹豫着该怎么解释更多，晏清辉的电话直接打来了。

满月愣了愣，她甚至还没反应过来，就已经下意识地接通了电话。

“满月？”晏清辉的声音缓缓地传来。

满月忽然觉得忍下的情绪去而复返，她低下头，视线一下子模糊起来。

“怎么了？”晏清辉的声音里没有任何急躁，反而是缓慢的、平稳的。

满月闭上了眼睛，沉默了好久，她才闷闷地“嗯”了一声。

很浓的鼻音。

晏清辉那边有明显的停顿。

满月知道他听出来了，干脆不再努力抑制情绪，她轻轻地吸了吸鼻子，开口，哽咽难掩。

“对不起啊，晏清辉。”

晏清辉轻轻地说：“没关系，满月。”

他这样温柔，满月终于忍不住了，带着哭腔问：“你一直在等我吗？”

晏清辉还是很轻的口吻：“对呀。”

“对不起……”满月发出了泣音，她叫他的名字，“晏清辉，真的对不起。”

“没关系，满月。”晏清辉没有催她，也没有着急地问她难过伤心的原因，只是问，“你吃晚饭了吗？”

满月说没有。

“那你要不要吃一点？”

满月听到他说：“我和你的车都在你家楼下。”

满月其实是没脸见晏清辉的，因为她很清楚，一旦见面，晏清辉自然会询问她发生了什么事情。

她怎么说呢？她说她被骗了？一个成年人，被那么低劣的手段骗了，太蠢了。

她只好在没有开灯的家里坐着，茶几上的向日葵不知什么时候弯了腰，花瓣微微地向下垂着。客厅的窗帘没拉，能够清楚地看见高挂的星月。

遥远，却又让人忍不住想去触摸。

可能世间美好的事物都如此，让人在心生向往的同时又忍不住敬畏远离。

“喵”，叮当不知什么时候凑过来。

它一出声，满月才意识到自己还在和晏清辉打电话，她停顿了几秒，正犹豫着该怎么开口，晏清辉忽然出声：“喵？”

像在回应叮当，更像借着回应叮当的机会哄满月。

满月笑了一下，眼圈反而更红了，敛眸时，眼睫毛溢出湿痕，她轻轻地吸了下鼻子，自然而然地接着刚刚的话题问：“那你想吃什么啊？”

“我都行。”晏清辉问，“你想吃什么？”

满月想了想，一边起身往房间走一边说：“我家附近有一家老北京羊肉火锅店，你吃羊肉吗？”

“可以。”晏清辉又叫她的名字，“满月，不着急，我在楼下等你。”

满月的眼眶更热了，忍不住重重地点头，点完才想起来晏清辉不在眼前，又出声：“嗯，好。”

十二月中，冷空气已经袭来，单穿一件外套已经不能挡寒，尤其现在还是晚上。

满月最终翻出一件灰粉色大衣，里面穿了一件灰色连帽卫衣，普通的牛仔裤，板鞋虽然是白的，但鞋底有一点彩边。

本来只是吃饭，应该用不到包吧，但满月瞥了一眼，看到衣柜角落挂着的围巾，最终还是背了一个帆布包。

路过客厅时，叮当黏人地要跟着，满月把它抱起来，头抵着头蹭了它两下说：“乖，下次再带你见他。”

说完把猫放下，准备出门。

门一打开，叮当忽然反常地跑了出去，满月甚至都没反应过来，她“哎”了一声，手忙脚乱地去追猫，却在踏出房门的下一刻愣住了。

不远处的电梯口，叮当蹲在那儿，仰着头，微微歪着脑袋，好奇地盯着眼前的人。

眼前的人穿着水灰色的大衣、高领毛衣，他蹲下身子，和叮当对视，因为低头，下巴微微地缩进毛衣领口里。

他们的一侧尽头是窗户，窗户外零星几点，夜色都被装点得好看了。

满月还愣在门口，直到那人偏头，淡笑着看她：“满月，你家猫随你啊，长得好看。”

满月这才眨了眨眼睛：“你……怎么在这儿？”

“我看你小区没亮几盏灯，楼下的门不知被谁拦着没关上，怕有陌生人进来，就想着上来等你。”

满月忽然不知所措起来，她看了看叮当，又看了看晏清辉，磕磕绊绊道：“那、那你要……要进来坐坐吗？”

晏清辉抱起叮当站起来：“不了，太晚了。”

“哦……”满月说不上来是什么心情，但是突然就觉得很安心了。

“那……”她不知道该说什么了。

反倒是晏清辉笑笑说：“还不过来把叮当抱回去？准备让它和我们一起吃饭啊？”

满月这才小跑过去，她伸手把叮当抱回来，看着晏清辉说：“那我先把它抱回去了。”

晏清辉站在原地，没有跟着她过去，只点点头说：“去吧。”

把叮当放回去之后，满月看着叮当，不知道该说什么，最后揉了一把它的脑袋，迅速关门出去。

晏清辉还在原地，他偏头看向窗外，满月慢慢地走过去，晏清辉似有察觉，回头看到她，笑笑问：“冷吗？”

他一边问一边按了电梯键，电梯打开，满月进去，回答说：“还好。”

电梯很快抵达一楼，晏清辉让满月先出电梯，随口问：“你们小区的门还可以人工阻拦吗？”

“一般不行吧。”满月说，“可能对方当时有事，后来忘记了？”

晏清辉点点头，没说什么。

因为火锅店就在小区门口，两个人没再开车，走出去路过门卫室的时候，晏清辉让满月等一下，然后去了门卫室，不知道跟门卫说了什么，很快又回来跟她说：“走吧。”

满月问：“你和他认识吗？”

晏清辉点点头。

满月好奇：“什么时候认识的啊？”

“刚刚。”

满月：“呃……”

晏清辉轻笑一声。

满月无意识地嘟了嘟嘴巴。

进火锅店的时候，服务员上前迎接，晏清辉走在满月前面一点，说：“刚刚订的，姓晏。”

服务员立刻了然，随即带他们往里面走。

这家店是新开的，因为开在小区门口，所以来消费的多是小区附近的人，但是附近的人一般都在家里吃，很少会在餐厅吃饭，所以店里的人很少。

满月一路往里面走，最后坐在角落里。

晏清辉朝服务员点点头，对方笑着离开，晏清辉随手把菜单递给满月："吃什么？自己点。"

满月坐下来以后才觉得饥肠辘辘的，她忍不住说了一句："好饿。"

晏清辉笑："那就多吃点。"

满月一边点菜一边问："你有什么忌口的吗？"

本以为晏清辉会说没有，没想到对方说："我不爱吃内脏。"

"毛肚是吗？"满月看了一眼菜单。

晏清辉点点头："黄喉也不吃。"

满月点头："那我们就不点。"

晏清辉一笑，用半开玩笑的口吻："感谢牺牲。"

"没有。"满月说，"其实我也不爱吃这些。"

最后两个人还是点的青菜居多。上菜的时候，满月本来想跟服务员说一声今天不用全程服务，不承想她还没开口，服务员直接转身走了。

她愣了一下，转而看到晏清辉很自然地在整理菜盘，正巧这时有人去调料区调料，满月听到有人问服务员他们怎么可以坐在这个位置，服务员笑着说这是先生提前订好的，满月顺着服务员的目光，最终视线落在晏清辉的身上。

一瞬间，满月明白了一切。

虽然是她选的火锅店，可他还是提前订好了位置，或许也提前跟服务员说了些别的要求。可在这种前提下，他并没有隐瞒自己的饮食忌讳，就好像……

就好像已经料定，他们这次并不是唯一一次坐在一起吃火锅，所以一早便交代清楚所有，以免今日隐瞒，未来她得知真相而愧疚难过。

可他为什么能清楚这些呢？

一些显而易见的原因呼之欲出。

满月拿筷子搅了搅碗里的调料，几次欲言又止。

晏清辉察觉到了，询问："怎么了？"

满月抿了抿嘴唇，最终还是什么都没说，笑着摇了摇头说："没事。"

既然他没有挑明，像对正常人一样对她，那她也不扫兴了。

吃完饭后，两个人离开火锅店。满月正想还晏清辉围巾，一低头发现自己的包忘在店里了。

她小声地"呀"了一声，晏清辉问："怎么了？"

满月挠挠头，有点不好意思："包忘拿了。"

晏清辉说："我回去拿。"

满月说："不用不用，我自己回去。"

晏清辉问："可以吗？"

满月笑："可以啊，拿个包而已，况且咱们还没走多远呢。"

俩人正说着，火锅店的服务员出来了，她手里拿着包，往他们这边走来。

满月连忙迎上去："谢谢你啊。"

服务员笑笑说："不客气，男朋友的围巾可不能落下了。"

满月一怔，下意识地看了一眼晏清辉。

晏清辉却没有反驳，只说："谢谢。"

满月也抿唇咽下解释的话，晚风拂过，吹得她的脸和耳朵都有些红，她轻轻地咳了一声，转身和晏清辉一起离开。

晏清辉送她回小区，回去的路上满月才意识到，今晚相处了那么长一段时间，晏清辉并没有询问她今天哭的原因。

他们没有聊什么和自身相关的经历和过往，也没有聊工作，就只是顺着火锅的话题聊了彼此喜欢吃什么味道、喜欢吃什么菜品，轻松日常得让她忘了很多事情，只记得当下的饱腹之欲。

满月忍不住偏头看向晏清辉，晏清辉双手插在口袋里，步伐不紧不慢的，满月怕自己的目光太过于直接，只看了两眼就匆匆地收回。

一路走到小区门口楼下，满月把包里的围巾拿出来，还给晏清辉。

晏清辉接过来，跟她说："快上去吧。"

满月问："你怎么回去啊？"

"打车。"

"哦。"满月不知道该说什么了，也觉得站着挺尴尬的，只能说，"那我上去了？"

"去吧。"

满月点点头，脸上却有些犹豫。

晏清辉忽然笑了，他说："先上去吧，好好洗个澡，睡一觉，有什么事情明天再说。"

满月顿时不再犹豫了，她重重地点头："好，那你注意安全哦。"

"放心吧。"

满月转身前忽然想起什么："你带口罩了吗？"

晏清辉笑了笑："带了，一会儿戴。"

满月蓦地想起他之前开自己颜值的玩笑，忙说："我不是那个意思……"

"嗯嗯。"晏清辉说，"我知道，你不是，你没有担心我被人觊觎。"

满月有些无语了。

晏清辉笑出了声："好了，不逗你了，我错了。"

他这么道歉，满月反倒不好意思了。怎么像男朋友跟女朋友认错啊……

满月微微地低头，却忍不住轻轻"哼"了一声。

"快上去吧，天冷。"

满月这才"哦"了一声，转身上楼。

目送满月上楼到家灯亮，晏清辉才掏出手机给满月发了一条语音。

"满月，我走了。"

满月也回复语音："好，你注意安全啊。"

晏清辉笑着掏出口罩戴上，走之前忽然有一个想法涌上心头，他忍不住先笑出声音，然后拿手机自拍一张发给满月。

满月先回了一串省略号，然后回了一个蹲墙角自闭的表情包。

如愿以偿逗到人，晏清辉满意地开始打车，输入目的地时，他没有任何犹豫地填了一所武校的地址。

第十二录——太久了

满月收拾好躺在床上，却没有睡觉，她一闭上眼睛，脑海里浮现的层层画面全是今天发生的一切。尤其是商场那部分和火锅店那部分，来回切换，偶尔重叠，晃得她只能睁开眼睛。

她没开灯，叮当躺在她的枕头旁边。她翻个身，叮当就睁开眼睛看看她，两秒后又把头埋进肚子里。

满月伸手摸它的头，想起晚上晏清辉也这么摸过它的头，不由得一怔，指尖收回。

几秒后，她又小心翼翼地摸上去，就好像，不是在摸叮当，而是在摸晏清辉的手。

晏、清、辉。

满月在叮当头上一笔一画轻轻地写出来，写的时候横竖点撇好像都在她的心上，寥寥几笔勾勒出晏清辉的身影。

他气质很好，表情不多，但是看她的时候眼睛里总有淡笑，他明明身处应该对外尖锐的过渡年龄，却总是云淡风轻的，像一场冬天落下的漫天大雪。

他还很聪明。

认真算起来，他们也不过才见过一次面，他就能捕捉到她性格上的缺陷，且他没有敬而远之。那是不是代表，他对她其实是有点……好感的？

满月觉得是这样，可她又忍不住替晏清辉找别的理由，比如……他就是这样一个善良的人？

可是，一个成年的适婚男人，真的会因为善良而频繁地和一个同样成年的适婚女人聊天、见面吗？

满月觉得自己就像一根陡然被扔进大海里的浮木，不知是该靠岸，还是该继续前行。

不知道胡思乱想了多久，满月越来越没有睡意，干脆拿起手机。

晏清辉该到家了吧？

她试探性地给晏清辉发了一个表情包。

晏清辉回复得很快，还是语音，他应该还没到家，满月能清晰地听到他那边传来的风声。

他说："上帝为了补偿人间诸般烦恼事，给了我们希望和睡眠。满月，这可是伏尔泰说的道理。"

满月：你别做医生了，改行投身教育部门吧。

晏：那你要来旁听吗？

满月：允许睡觉吗？

晏：教导主任查课的时候可能不行。

满月：那就是其他时候都可以咯？

满月：老师你这样纵容学生可不好。

晏：没纵容学生。

满月先是愣了一下，随后反应过来，是，她不是学生，她是旁听者。

那她算什么呢？他纵容的是什么呢？

满月忍不住翘唇，她正经地问——

满月：你怎么还没到家啊？

晏：一会儿。

满月：哦……

晏：不困？

满月：有点，下午好像睡多了。

下一秒，晏清辉打来语音通话。

满月接通后，翻了个身面朝墙，小声地："喂。"

晏清辉好像在外面，风声非常明显，满月疑惑地问："你在外面吗？"

"嗯。"

满月好奇："怎么这个时候在外面啊？有事情吗？"

晏清辉沉默了一下，而后才轻轻地唤她一声："满月。"

满月"嗯"了一声："怎么了？"

晏清辉又沉默了，几秒后他像自嘲地笑了一声。

满月更奇怪了："怎么啦？"

她以为晏清辉遇到了什么难题，还不了解是什么事情就忍不住替他担心，她想了想，挺认真地说："我可能没你大，也没你经历的多，但我的想法也许是另一种角度的可能性，你……要不要跟我说说呀？"

"嗯……"晏清辉拖长声音，故意表现得像在考虑，"还遇到了一点难处。"

满月一下子紧张起来，她都直接坐起来了，挺严肃地问："我可以帮忙吗？"

"不好说。"

他说话像挤牙膏一样，问一句答半句，满月都要急死了，她平时对自己的事情总是慢吞吞的，遇到晏清辉反倒急性子起来："哎呀，你快说呀。"

她忍不住催促起来。

晏清辉那边忽然传来两声低笑，卷着风声，吹得满月耳根子酥酥麻麻的。

她知道自己不该在这个关头犯花痴，可她就是……忍不住嘛！

满月有点愤愤自己这种德行，而后忽然反应过来自己刚刚居然用那种口吻催促晏清辉，就好像在埋怨他一样。

满月心里一震，震惊她居然会用这种态度对待晏清辉，一般她只会对满弈这样。

满月懊恼又自责地捶了下脑袋，气场弱下来，小声地说："对不起，我没有要催你的意思，我就是有点……"她张不开嘴说。

"有点担心我，是吗？"晏清辉问。

满月低低地"嗯"了一声。

她庆幸晏清辉不在她身边，否则她脸上、耳朵上，甚至脖子上的红晕都无处可藏。

"其实是我有点担心你。"晏清辉说。

满月一怔。她愣愣地眨了下眼睛，有些没反应过来。

晏清辉好像猜得到她的反应，他总是如此，即便不在她的跟前，却能判断出她的所有行为举止。

他没等她问什么，继续说："我现在在满弈的学校门口。"

满月更愣住了，忍不住问："你去那儿做什么？"

晏清辉答："本来是想问他一些事情，可后来想想，如果是你的事情，我是不是从你这里知道，会相对来说，要好一些呢？"

满月觉得自己好像反应过来了一点，她顺着问："你想知道什么啊？"

"什么都可以啊。"他的声音好像在风里，"你愿意告诉我什么？"

风吹万里，抵达耳畔。

满月忍不住扭头看向窗外，明月玉盘，正是圆满时。她盯着看了好一会儿，又低头看叮当，几秒后，掌心覆在叮当的头上，熟悉的气味和柔软给她开口的勇气。

她甚至出声笑了笑："其实也不是什么特别严重的事情，"她说着，声音变小了，"只是有点丢人。"

“怎么啦？”晏清辉的口吻像哄小孩子。

满月一下一下揉叮当的脑袋，开始说自己被骗的经历。

说的时候她又觉得万分委屈，忍不住抱怨：“明明就是骗人嘛，当时我问她多少克了，她都不回答我。”

“是，这是骗人。”晏清辉应道。

满月瞬间像个有人撑腰的小孩儿，语气更重了：“对啊，就是骗人！烦人！”

“那我们明天去讨回公道？”晏清辉说。

“好啊！去讨回公道——”满月顺嘴说完，又反应过来，“啊？”

“嗯，说好了，明天上午就去。”晏清辉说。

满月：“啊？”

“很晚了，睡觉吧，明天我去接你。”

满月：“你明天不上班吗？”

“上午调班了。”晏清辉说。

“哦。”

一直到再次躺回被窝里，满月都不懂事情怎么就发展到这一步了。

第二天一大早，满月先后接到了满母和满父的电话。满弈倒是没打电话，但是微信消息发了一大堆，从最初的安慰到同仇敌忾，最后暴躁地决定出去之后和室友一起去砸店！

这都是什么乱七八糟的啊。

满月忍不住给他回语音：“你们学校到底教了你什么啊？遇到事情怎么总想着暴力解决呢？你就不能换一种平缓的方式吗？况且这件事我本来是占理的那一方，你反施暴力，我们不就有理说不清了吗？”

满弈回复得很快，也是回复的语音，只有言简意赅的一句话：“谁替你平缓地解决？”

他这是什么雷达？

不知道该怎么说，满月干脆不回复。

满弈：那个来我学校送药的？

满弈：我一会儿就去保安室那儿调监控，我倒要看看他是哪里的英雄好汉！

满月：你看看你，又暴力。

满弈：你管我！

满弈：我好心帮你解决，你一直在教育我！你就是觉得我做得不好！

满弈：你就是觉得我没有那个男人做得好！

满月：什么啊……

满月很无语地拨过去电话，满弈接得倒是挺快，就是张嘴一股子不爽："干吗！"

满月哭笑不得，她反问："你干吗？"

"什么我干吗？我干吗了？"满弈又要奋起。

满月连忙说道："好好好，我们不在这绕口令了。"

满弈"哼"了一声："那个男人要帮你解决了？"

满月说："暂时这么打算的。"

满弈又"哼"了一声，阴阳怪气道："平缓的方式？"

满月叹气，纠正道："是合法的方式。"

"哼。"

满月笑："好啦，处理好告诉你结果。"

"哼。"

"别哼了，也不要随便去调监控，不礼貌。"

"哼。"

满月故作严肃："满弈。"

满弈憋了半天，委屈吧啦地应："知道了。"

"嗯，那我挂了？"

"挂吧挂吧，赶紧挂。"

满月一边挂一边心想，幸亏晏清辉习惯尊重她的想法，没有联系满弈，否则……真的很难想象他俩在一块儿的场景是什么样的。

正想着，晏清辉的电话打过来，满月接通后，一改刚才严肃的教育模样，她就在客厅里坐着，头发随便绑起来，侧脸有几根碎发掉落，阳光照过来，脸上有若隐若现的痕迹，她微微地抿唇，一点浅笑，她说："你到啦？"

"嗯，在楼下。"

"好。"

本来说完是该挂电话的，但是满月有点舍不得，就想着等晏清辉挂，结果晏清辉也没挂，于是二人就很默契地都没有挂，也没有反问对方为什么不挂，就好像，他们都心知肚明。

到一楼后，看到晏清辉的车子，满月才挂了电话。她小跑着过去，打开后车门坐在后排。

晏清辉把副驾驶座上的面包和牛奶递给她，满月看到他是从副驾驶座上拿过来的，有点后悔自己坐在后排，但现在下去好像更不合适了。于是满月默默地接过面包和牛奶，没说什么。

路上不堵，很快到达门口商场。

满月面包没吃，牛奶喝了一半，晏清辉看她没吃完，就说："不急，先把早饭吃了。"

满月其实也不想那么快就结束今天的行程，于是没反驳，就坐在那儿安安静静地吃。

她吃的过程中晏清辉也没闲着，他好像挺忙，一会儿聊微信一会儿接电话。满月看他那么忙，也不忍心慢吞吞的了，想着早处理早结束。

吃完，她和晏清辉去柜台，有点巧，今天值班的柜台人员还是那两位，他们正在唬另一对母女，满月看到皱起眉头，想上前去，晏清辉却抬手拦下来。

满月看向他，晏清辉没说话，但满月没理由地完全信任他，便没再贸然行动。

晏清辉没表现出来讨公道的样子，反倒像过路人一样，站过去旁听。

满月今天穿的小棉袄，还戴了口罩，打扮和昨天的有点出入，她抱着她们认不出来她的侥幸心理，也默默地站了过去，但还是有点心虚，便站在了晏清辉的身后。

晏清辉似乎有所察觉，真的把她揽在了身后。

满月看着他挺阔的后背，口罩下，弯了弯唇角。

很快，那对母女动摇了，她们似乎已经沉浸在中奖的愉悦中，完全不记得询问其他。

就在她们快要定下来的时候，晏清辉开了口："这是多少克的。"

"帅哥，这后面标的都有，绝对不缺克。"

晏清辉轻轻一声："是吗？"他抬起眼睛，看向柜台人员，"我问金子。"

或许是因为晏清辉气场强，柜台人员一下子噎住了，她一噎住，就显得心虚，那位母亲察觉了，立刻追问："这金子多少克的？"

柜台人员磕磕绊绊没答出来，那位母亲立刻丢了饰品："什么啊！搞了半天是骗子啊！"

晏清辉没附和，反倒是柜台人员急了："什么骗子？我们这都是正规产品！你看，我们这还有监控呢。"

晏清辉这时开口了："监控在商场总监控室吗？"

柜台人员一愣："是、是啊，怎么了？"

"没什么，想确认一下监控录像。"晏清辉微微侧身，露出刚才躲在他背后的满月，他说，"昨天我们购买了一个，询问你们克数的时候你们好像有意隐瞒，这种行为存在欺骗消费者的可能。不过也有可能是我们的记忆有偏差，所以还是查看监控吧。”

柜台人员直接愣住了，她试图挣扎：“你没有在这消费过吧？”

满月这时从包里把东西拿出来放在了柜台上。

柜台人员立刻了然。

那对母女还没走，甚至有意扩大影响，吆喝道：“哎哟！骗人啊！举报啊！投诉他！有监控多好办事啊！现在就举报！乖乖，快查举报电话，打电话举报！”

根本不用晏清辉再说别的，柜台人员立刻处理了退款，退款后还希望晏清辉和满月不要把这件事闹大了。

晏清辉没应声，让满月收好钱。

没过一会儿，相关机构的检察人员便来了。

那位母亲还以为是自己闺女打了电话，正要夸奖，她闺女一脸茫然：“啊？我还没搜到电话呢。”

那位母亲扭头看向晏清辉，晏清辉表情淡淡的，那位母亲不停地称赞：“年轻人，好样的。”称赞完还不忘跟满月说，“你男朋友处理事情很得当哦，不错，要互相珍惜啊。”

她说完就走了，留下满月有点尴尬，她不好意思地笑笑说：“阿姨好像误会了。”

“确实。”晏清辉应了一声。

他主动应下来，满月反而有点失望，这一刻，讨回公道的欣喜都显得微不足道了。

他这样算暗示吗？暗示她不要多想，也不要因为他的善举就自作多情？

满月忽然觉得胸口好闷好堵，她不敢再和晏清辉对视，假意观望别处，移开视线。

可下一秒，晏清辉说：“阿姨好像是嫌我进度太慢了，提醒我该走下一步了。”

满月刚巧路过一面镜子，镜子反射顶头的灯光，她忍不住眯起眼睛躲开，脑子也好像跟着蒙了一瞬。反应过来以后，她才愣愣地看向晏清辉："什么？"

他们在人来人往的商场里，周围是此起彼伏的脚步声，高高低低的说话声。

晏清辉停下来，看向她。

他脸上还戴着口罩，但眼睛里是很认真的诚恳。

他说："怪我做得不够明显。但是满月，我确实是在追求你。"

满月发现自己经常在晏清辉面前失语，她愣愣地站在原地，有点蒙。

她的大脑有一瞬间宕机，像突然断掉信号的电视机，满屏的雪花，像星星。

可她又能清晰地看到自己，看到晏清辉眼睛里的自己。

大概是因为他的目光总是温柔的，所以当她映照在他的眼睛里，也显得她好温柔。

"你……"满月差点发不出声音来。

晏清辉笑笑："不着急，你慢慢考虑。"

他刚说完，手机就响了，他看了一眼屏幕，很抱歉地跟满月说："说实话，我不想在这个时候接电话，但这是患者打来的，我们在尊重爱情之前，也体谅一下生命好不好？"

满月点头说好。

况且，她本来喜欢的就是这样的晏清辉，虽然待她温柔又妥帖，但也懂得清高自持，虽然有时候看上去好像很冷漠，却时时刻刻做着拯救生命的事情。

他会爱人，也不是只会爱人。

电话里，有人好像希望晏清辉去医院。挂了电话，晏清辉还没开口，满月率先说："没关系。"

晏清辉笑了下，他说："如果真的觉得没关系，就跟我一起回医院？"

“啊？”

晏清辉边走边说：“到医院后你开我的车回家。”

满月看向晏清辉。

原来，他连她出行只想开车这一点都观察出来了吗？

满月没说好，也没说不好，她跟着晏清辉上车，二人很快抵达医院，晏清辉把车钥匙递给满月，满月小声地跟他说：“加油。”

晏清辉闻声看向她。

满月被他盯着看得有点不好意思，又担心是不是医生有什么忌讳，于是小声地问：“不能说加油吗？”

车厢里有些暗，她在角落里，眼睛微睁，像一只试探的猫，很容易勾起人的心疼。

怎么不能呢？就算不能，被她这么看一眼，好像也能了。

意识到自己这个想法后，晏清辉忍不住在心里感慨：真是没救了。

“那我撤回吧……”满月更心虚了。

晏清辉忍不住笑出声说：“怎么那么可爱啊？”

满月慢半拍：“啊？”

“可以说的。”晏清辉说，“谢谢你的加油。”

他看着她，说得好认真。

满月感觉自己在控制不住地脸红，为了防止丢人，满月忍不住催促：“你还不走吗？”

“走了。”晏清辉下车前叮嘱，“路上小心。”

晏清辉走后，满月并没有着急离开，她一直坐在车上，脑子里全是刚刚晏清辉向她表白的画面。

人来人往的商场，她没有化妆，也没有盛装打扮，甚至也许晏清辉的这个念头也起得猝然，可她并没有觉得仓促，甚至有一种从忙碌日常里捕捉到美好的浪漫。

谁说告白一定需要严谨的流程呢？

吹皱春水的，明明是乍起的风。

“不下车干吗呢？”车窗被人敲响。

满月吓了一跳，回过神后看到车窗外站着的是一个陌生男人，他微微弯腰，往车窗里看。大概是车窗反光，他眯着眼睛也没看清，只看到人的轮廓，便继续敲：“晏医生？晏清辉？”

大有一种不把人叫出来不罢休的架势。

满月怕他真的一直叫，只能把车窗打开。

车窗开了一半，满月看到男人脸上的不耐烦变成了震惊，震惊中应该还带着一点不可思议。

满月扯出不太自然的笑：“不好意思，晏清辉他……去忙了。”

“哦哦哦，好的好的好的。”男人表现得比她还不好意思，“行行行，那你先忙，我先走了啊，哦，那个，我是他朋友，鹿袁。”

满月也忙说：“哦哦哦，好的好的，那个，我也是他朋友，我叫满月。”

鹿袁“嗯嗯嗯”了几声，说自己还有事，便转身走了。

鹿袁走后，满月关上车窗，回忆刚刚二人的寒暄，尴尬得不行，她给晏清辉发消息。

满月：我刚刚见你朋友了，他说他叫鹿袁。

晏清辉没回复消息，大概在忙吧。

满月攥着手机在车上坐了好久，最后在手机上给自己挂了个号。

下车前，满月收到晏清辉的消息。

晏：你怎么知道他叫鹿袁？

满月：他自己说了啊。

晏：告诉你字了？

满月一怔，猛地回想起刚刚鹿袁的话，他说他叫鹿袁，但他没有说具体哪个字，那为什么她会下意识地知道这两个字呢？

脑海里似乎有画面一闪而过，可闪得太快，满月没捕捉到，她在车里又坐了一会儿，才给晏清辉回消息。

满月：猜的吧……

之后晏清辉可能又在忙，没有回消息，满月也没继续发，关了手机下车。

医院里时时刻刻人都很多，满月穿过人群，去了一栋很冷清的楼区。

咨询室在三楼，满月没有搭电梯，从安全通道口出来时，一位穿着白大褂的医生从洗手间的方向出来，他戴着银丝边框眼镜，脸上戴着口罩，手上还沾着水，袖口挽了一截，腕间扣着一块表。

这表满月认识，之前写书时查找与名表相关的知识时见过，总价好像是七位数。

现在医生都这么有钱了吗？

满月有些震惊，她看着对方从自己面前走过去，不知道为何，她觉得这人的身影有点眼熟，正要细看时，这人拐进了旁边的办公室。

满月一路走过去，也停在了门口。

咨询室。他居然是心理医生？

这会儿等候区没人，很快就叫到满月的号，满月有点紧张地抿抿嘴唇，她站在门口，想逃跑，可眼前一闪而过晏清辉的脸，她顿了顿，主动推开了门。

进入诊室，坐在办公桌前，医生坐在电脑前，正在查看病人信息。

满月一抬头，看到医生胸前的铭牌。

鹿袁。

满月一怔，抬头看向鹿袁的脸。

鹿袁也刚巧打开病人信息，看到名字栏“满月”二字，明显一愣，而后又察觉到满月投来的目光，抬头。

对视间，仅一眼，双方就确认了彼此并没有认错人。

满月完全没想到自己对“鹿袁”二字的熟稔来自挂号时对医生姓名的匆匆一瞥，她愣住了，反应过来以后第一反应是丢人，然后想跑。

可是逃避更可耻，于是成了僵局。

她坐在那儿，浑身写满了抗拒和僵硬。

直到鹿袁先收回目光，他继续看电脑，口吻如同对待其他病人一样：“今年多大啦？”

满月哽了哽喉咙，还是选择回答：“二十三。”

“周岁吗？”鹿袁问。

满月点头。

“有过往看病史吗？”

满月说：“有。”

“大概什么时间？”

满月陷入回忆中，轻声说：“很久了。”

鹿袁抬眼看她，大概示意：多久？

其实满月一直没有向前走过，她也没有停在过去，只是永远活在当下，她不会展望未来，这说明她没有期待，她不会沉浸过往，意味着她不会自省。

过一天算一天，这叫敷衍了事。

她敷衍得太久了，猛地回到过去，有一种被拖拽的疼痛感，一顿一顿的。

眼前的视线渐渐模糊，画面逐渐变得陌生，又慢慢熟悉。

人的情绪是可以根据熟稔度调整的，见到经历过的熟悉场景，即便过去了很多年，情绪还是会一下子回到当时。

她记得那天是个好天，她有一道数学大题一直没解出来，好朋友在等她，她不想让对方一直等，就让对方先走，因为她觉得满弈会来找她。

不知不觉就很晚了，也不知道什么时候开始下起了雨，冷空气随着夜幕一起降临，满月原本想出去看看雨到底下了多大，结果出门就撞上一群男生揪着另一个男生。

那群男生头发染得五颜六色，衣服也很奇异，显然不是在校学生，倒是他们揪着的那位穿着校服，看起来是学生。

满月不认识那个男生，可能是别的班的。

她看对方鼻青脸肿的，皱了皱眉头，想说点什么，又害怕那些满身烟味的男生。

她想着要不就先假装没看见，然后再去找门卫或者别的老师，不承想她刚要回班，就被其中一个人叫住。

“喂。”

满月的脚步一顿，后背僵住。

冷风和雨一起扑向她的后背，马尾被吹起，后颈一片凉意。

她慢吞吞地转身。

大概是从小在家受宠，即便遇到这种情况，她也不算特别害怕，总觉得世界上还是好人多。于是她就问对方：“有事吗？”

那人笑了，丢了手里男生的衣领，几步走到她跟前问：“写作业啊？”

他的口吻似闲聊。

满月因为他的逼近有些后退，她点头说是：“怎么了？”

“没事啊，聊聊。”对方从上到下地打量她，问她，“有手机吗？”

满月说没有。

对方不信，开始拉扯她的校服外套，掏她的衣兜。

满月气上心头，很冲动地甩了对方一巴掌。脆响的同时，满月和所有人一起怔住了。

反应过来后，满月转身就要跑，只可惜她不够高，速度也不够快，几乎刚跑两步就被其他人抓住了。

他们怕在外面太张扬，就把满月拉去了男厕所。

满月尖叫，挣扎。

但是对方都是男生，随便一个人拦腰就把她拽了进去。

满月害怕得不敢睁开眼睛，一直尖叫，她像发了疯一样张牙舞爪挠人踢人，可她还是被控制着摁在了墙上。

她不敢睁开眼睛，只记得他们翻她的口袋，拍她的脸，揪她的头发强迫她抬头，她感受到有人离她很近，呼吸声就在耳边，很臭，哪里都很臭。

后来来了几个男生，好像是高三的，刚下晚自习，见到这种情况半威胁半对峙地救下了满月。但是满月之后很长一段时间都能闻到臭味，她开始不去厕所。

后来学校里起了谣言，各种谣言，她每次上课下课路上都能听到别人的议论，甚至有人还指指点点的。

他们不敢大声说，也不敢在满月跟前说，但偏要在满月背后说，好像这样才能证明自己说的是真的。

于是满月开始不去学校，邻居们像意识到了什么，也开始议论纷纷，他们借着好奇关心的理由来家里打探。

十五岁，别人因为学习压力大整日犯困的时候，满月开始失眠，脱发，掉体重。她本来就不高，后来一度只有七十斤。

七十斤的人，心能有多大，能撑得住溃败的情绪吗？很难。

所以满月开始看医生。

为了躲避邻居，满母带她偷偷地看医生，偷偷地转学。

表面上好像看不出什么，但经历过的事情不会随着时间流逝而消失，见过的冷眼听过的议论也会随着时间越来越深刻，所以满月的注意力很难集中。

高考自然没考好，她考进高中时名列前茅，大学却连二本线都够得勉强。

大家很爱说她可惜了。

大学是集体宿舍，满月适应不了，便搬出宿舍开始走读。整整四年大学，她一个朋友也没有。

其间也没有看过医生，好像已经习惯了这样的生活。

人是可以适应孤独的，也可以从孤独中创造新世界，捕捉新成就，她一边悲观地生活，一边写浪漫的文字。

她告诉自己：独立的自我可以摒弃于温暖之外，可以满足于荒凉的寂寞。孤独，能保持永远澄澈。

可晏清辉出现了，他的每一次出现，都好像在告诉她，过去那些浪漫都是虚无的，是很缥缈的。而他，是真实的，是可以走进她的生活里的。

只是，她的生活太久没有打扫了。

“太久了，”满月低低地说，“六七年了吧。”

“还行。”鹿袁笑，“你少说还能再活六七十年呢。”

或许是鹿袁和晏清辉有关系，满月对他有种莫名的信任感，她笑笑，说：“也是。”

“嗯，那要详细聊聊吗？”

满月说好。

其实也不算聊，只能算陈述，过去了太久，满月时常用旁观者的角度去看从前，她说完后也没有很大的情绪起伏。

倒是鹿袁有点生气了：“一个个可真行，这种行为都能判刑了！”

他这样说，满月反而觉得很轻松，如果太冷静，她会想起那些高高挂起的议论者。

“严重吗？”她是问自己的情况。

“当然不。”鹿袁说。

满月没把这话往心里去，她知道不管是身体上的病还是精神上的病，不论大小，对生活都是有影响的。

没有人会愿意在自己原本平静的生活里埋一颗炸弹。

“不过今天聊得有点多了，我们可以预约下一次。”鹿袁说。

他并不着急，满月也舒心。

她说：“可以。”

匆匆之间，太阳已经坠落，霞光透过窗户照在满月的脚下。

她身上热热的，起身说：“谢谢。”

鹿袁笑着说没事。

离开前，满月很平静，她看向鹿袁，问了医患关系以外的问题。

“你和晏清辉是好朋友吗？”

“是不是都行吧。”鹿袁开玩笑。

那就是了。

满月弯弯唇角，说：“我的信息你可以不保密。”

鹿袁一顿。

这意思就是可以告诉晏清辉了。或者说，是请告诉晏清辉。

请告诉晏清辉，我并不是一个平凡普通的姑娘，我的后背沾着泥，心上有链条，未来荆棘丛生，并不坦荡。

你的前程似锦，遇到我，也许会日暮途穷，也许，会万劫不复。

所以，你真的愿意进入我的世界吗？

第十三录——要抱吗

满月回去没开晏清辉的车，她不想一边要他想清楚，一边又跟他有拉扯。

车钥匙她就放在鹿袁那里了。

回家后，满月居然在家门口遇到了满父。他也不知道等了多久，见到满月连忙迎上来："去哪里啦？"

"出去了一趟。"满月反问他，"你怎么来啦？"

满月一边说一边打开家门："先进来，外面那么冷。"

"还好还好，穿得多。"满父笑着进屋，叮当迎上来，他笑着把叮当抱起来，"哎哟，我的小叮当。"

满月换了鞋，进屋给满父倒水，满父让她别忙活，然后从兜里掏出现金说："你妈刚刚去了趟商场，跟人家讲道理，对方把钱退给我们了，但你妈想着这项链怎么也是你买给她的，就让对方少收了几百块钱，把项链留下来了。这钱是你的，还给你。"

他说着，把钱递给满月。

满月看着钱，沉默了。

满父以为她委屈，挺心疼地说："没关系，不管多大的人都有失误的可能，被骗和年龄无关，是那些骗子的问题，我们是受害者，我们没有任何问题。"

满月感觉眼睛开始酸胀。

父母为自己讨回公道和异性朋友为自己出头的感觉是不一样的，后者带来的是感动和爽感，前者带来的却是委屈和心疼。

她把目光渐渐地从钱币上转移到手上，这才忽然发现，满父都老了。

其实满父一辈子没做过什么重活儿，一直在单位上班，这两年基本没什么事情了，一天也就去单位几个小时。

可衰老是挡不住的。

满月突然难以忍耐地哽了哽，她别开脸去，强忍着泪水。

满父忙问："怎么啦？不愿意吗？那我一会儿再去问问能不能把项链也退掉。"

满月开始摇头，她想说她没有不愿意，却哽咽得开不了口，最终眼泪掉下来，她才轻轻呼吸说："项链已经退掉了。"

满父一怔。

莫名的情绪像倒灌的海水一样吞噬着满月，她慢慢地坐到沙发上，捂住了脸，指缝间渐渐溢出眼泪，她哭得几乎抽噎。

满父不懂她怎么突然哭起来，手足无措地站在那儿，他只会不停地说："怎么啦？满月？怎么哭啦？哪里不高兴吗？项链退了不是很好吗？"

不是的，一点也不好。

她胡乱地拿手背抹眼泪，一抽一抽地说："我上午就退掉了。"

满父沉默了。

善意的谎言被揭穿后，剩下的只有善意，是父母小心翼翼维护孩子尊严的善意。

"我……你妈妈她……"满父解释不出来。

满月一会儿摇头一会儿点头："我知道，我知道你们是不想让我不开心，我都知道的。"

满父长长地叹气，有些费劲地蹲在满月面前，他想为满月抹眼泪，却又忌讳她的病症，最终，也只是递给满月纸巾，说："既然知道，就不要不开心了，好不好，乖乖？"

一声乖乖，让满月再次泪流满面。

这是好久之前的称谓了，真的好久好久了，以前邻居总爱说她那么大了家长还喊她乖乖，后来才知道那个时候的她还是太小。

现在才是真的长大了。

长大以后，他们的爱里藏满了小心翼翼，连句宠溺的称谓都嫌不够尊重。

“爸爸……”满月哭得上气不接下气，她主动握住满父的手，跟他说，“对不起，对不起，真的好对不起。”

“是我们对不起你。”满父说。

满月摇头，她说：“不是的，和你们没关系，你们真的很好很好，是我没能照顾好你们。”

她哭得越发严重，句句都在反省，在自责：“我都那么大了，还让你们操心，这么多年了，我都没有让你们省心过，我很麻烦对不对？”

她第一次主动把心声说出来，第一次把看似早已痊愈的伤口揭开，完好的皮肤下，伤口溃烂，每过一天，都烂得更深。

它从来没有好过，她也没有。

自责从来都不是一种情绪，它是一个过程，一个剖开自我、展现脆弱的过程。

她终于愿意把最脆弱的地方袒露出来。

不知道是不是要把这些年的委屈全部哭出来才算了结，满月哭得眼睛肿了脸也肿了，最后嗓子都快要哑掉了，她才慢慢地平复情绪。

满父一个大男人也被逼出了眼泪。都说女儿是父亲的宝，女儿大了，掉几滴泪，他的心都像被刀剜一样。

他抖着手给满月擦眼泪，边擦边说：“我们从来都没有觉得你麻烦，你忘了吗？你是我们的《人间》啊。”

满月没忘。

王菲的《人间》。

以前满母总爱说，满月出生的第十天，她带满月出院，那天《人间》发行，出租车里都在放这首歌。满母听着这首歌，看着怀里的女儿，觉得人间这个好地方，也是因为她女儿的存在，才变成好地方的。

她那个时候就想，我的女儿，来到人间，要见见太阳，月亮也要见，还要见满月，如果没法日日见满月，那就取名叫满月。

满月啊，要健健康康地长大，要永远活在阳光下，要和喜欢的人长长久久地在一起。

可是她没有健康，也没有在阳光里。

满母的祈愿，她一个也没有完成。

但是幸好，她现在有喜欢的人了，她也开始出去见阳光了，很快，她应该就可以健健康康的了。

“爸爸，我今天去看医生了。”满月忽然说。

满父一怔：“看医生？”

满月“嗯”了一声，低着头，很小声地说：“我想好起来。”

满父的眼眶再次红起来，他摸了摸满月的头：“会好起来的。”

我们满月啊，一定会好起来的。

满月又“嗯”了一声，浓浓的鼻音像在撒娇，好像回到了小时候。

她吸吸鼻子，说：“项链的事情，不要告诉妈妈了。”

就假装谎言没有被揭穿，善意也被接收。

“项链我会重新给她买一个，”满月笑了笑说，“买一个好的。”

满父也笑：“行，那她赚了啊。”

满父没在家里留太久，离开时，他忽然想起了什么，问：“你去退项链是自己去的吗？”

满月抿了抿嘴唇，说不是。

她一犹豫，没继续说具体跟谁去的。满父心里隐隐约约地猜到了什么，他也没多问，只说：“下次去医院，不想自己去就喊我和你妈一起。”

满月“哎”了一声，说好。

送走满父，满月一个人窝在客厅里，叮当在她两腿间卧着，满月摸摸它的肚子，忽然觉得自己很轻。

就好像，沉积在心里的很多重物一下子消失了一样。

叮当懒懒地伸胳膊，伸爪子，满月笑着拍了两张照片，发到微博上。

她顺手点开《人间》循环播放，家里有音响，到处都是温柔的歌声。

晏清辉的电话是满月在半梦半醒间接到的，她接通以后还迷迷糊糊的：“喂？”

晏清辉听她的声音哑得几乎说不清话，问她：“嗓子怎么回事？”

满月这才慢吞吞地反应过来，反应过来以后说话就不如刚刚那么自然了，她轻轻地“咳”了一声，说：“有点哑了。”

晏清辉那边停顿了一下，似乎有话要说，最后却忍了下来。

满月不知道这个时候鹿袁有没有把她的事情告诉晏清辉，所以有点不知道该拿什么态度对待晏清辉。

晏清辉倒是很自然，如常一般问她：“吃晚饭了吗？”

满月低声说：“还没有。”

她不由自主地抠弄沙发上的流苏边，像小孩儿一样。

“那要出来吃饭吗？”晏清辉问。

满月愣了一下。

晏清辉又说：“我在楼下。”

那就是他已经从鹿袁那里拿到钥匙了，她的事情，他应该也知道了。

满月一下子紧张地坐直身体，她突然结巴道：“现、现在吗？”

“嗯。”

满月抿唇犹豫，晏清辉沉默，并不催促多言。

空气安静了，呼吸和心跳都被放大，音乐声忽远忽近。

歌词唱着：

但愿你的眼睛只看得到笑容

但愿你流下每一滴泪

都让人感动

但愿你以后每个梦

不会一场空

在音节上扬的一瞬间，满月忽然出声，她说：“好。”

晏清辉“嗯”了一声：“我等你。”

满月又说了一句：“好。”

挂了电话，满月在原地坐了一会儿，她在按照正常逻辑推理晏清辉的行为。

如果他不能接受她的过往经历和病症，他应该不会多此一举地邀请她吃饭吧？

那他这次来是不是代表他……

满月抿了抿嘴唇，心底隐隐翻起浪涛。

但是人不该有期待，有期待就会有失望，所以她说服自己用力深呼吸了好几次，才勉强压下情绪。

海面状似无异，浪涛全沉海底。

起身时，叮当不情愿地挪了下位置，满月随着音乐哼唱两句，转身离开前伸手撩了一把叮当的耳朵。

叮当不满地叫了两声。

满月轻轻地“哼”了一声。

她回屋换了件衣服，想给自己化个淡妆，结果拿镜子一照，好肿……好丑……

不想出门了……

她的内心有点抓狂，很想拿冰块冰敷消肿，但又怕晏清辉在楼下等急了，最后只能敷衍地冰敷两分钟，也没化妆，就下楼了。

晏清辉的车子停在老地方，见满月过来了，他打开车门下车，主动问她："冷吗？"

满月有点心虚，没说话。

她为了好看点没有穿棉服，穿了件奶灰色的人造皮草，几乎拖地的白色针织阔腿裤。

这套衣服是之前哑叭叭推荐给她的，当时还推荐了一双毛拖鞋，满月一直没穿过，今天第一次穿。虽然是毛的，但风一吹，脚背还是发冷，她忍不住抖了两下，脸上的肌肤开始冻得泛红，比腮红效果还好。

亏她刚刚下来前还仓促地在眼下腮处打了一层腮红……

"先上车。"晏清辉先一步打开后座车门。

满月莫名地害怕这样严肃的晏清辉，一句话也没说就上了车。

晏清辉没坐驾驶座，而是绕去另一边坐到后座上。

车里很暖和，满月动了动腿，两只手不安地握拳放在膝盖上。

她不敢看晏清辉，却又能清楚地察觉到晏清辉直勾勾看过来的目光。

好热……满月感觉自己又要开始热得脸红了。

她受不了这种氛围，试图找话题："你想吃什么啊？"

她问话时不得已看向晏清辉，一抬头撞进他深色的眼睛里，心上不由得一颤，眼睫毛也跟着扇动，不停地眨眼睛。

"选在你家附近吧。"晏清辉说。

满月家附近是有商场的，她说："可以啊。"

"有推荐吗？"晏清辉问。

"你想吃什么啊？"满月反问他。

晏清辉沉默了一会儿，看着满月说："我建议你挑选一个你很喜欢的餐厅。"

满月问："为什么？"

"因为……"晏清辉停顿了一下，看着满月忽然换了话题，"满月，今天是冬月第一天。"

满月蒙蒙地"嗯"了一声："是，入冬了。"

"嗯，入冬了。"

"满月，如果你同意的话，今天会是我们在一起的第一天，一会儿也将是我们在一起的第一顿饭。"

"十二月五号，是我们以后的恋爱纪念日。"

满月完全愣住了。

此时夜色正浓，寒冬初临，头顶却有满月高挂，星辰点点。

晏清辉坐在她的旁边，他比她高，平时站在她面前会因为身高差不得不微微地俯视她。

可此时坐在车厢里，暖风将他们包裹在同一个空间里，他可以和她平视，可以毫无阻碍地看着她的眼睛，好认真的样子。

她听到他叫她的名字，说："满月，我知道，我接受，我愿意。"

我知道你伤疤的存在。

我接受你自认的不完美。

我愿意毫无保留地去爱你。

"你呢？你愿意让我走进你的世界吗，满月？"

暖气明明没开一会儿，车厢里却很快就热了起来。车里没开灯，小区里的路灯偏暖黄色调，穿过车窗照到晏清辉的眼睛里。

他衣着偏浅冷，肩上却落了一层暖光，映得他的眼睛亮亮的。

满月不由自主地被他吸引。

她想，她能有什么错呢？

她不过是被光吸引。

她不过是厌倦了黑暗里一个人的孤独。

她不过是在深夜里看到了愿意为她发光的月亮。

光是一瞬间的，但月亮总是长长久久的吧。

满月安静了好久，才轻轻地吸了口气，不由自主地伸手摁在了胸口处。

晏清辉见状询问："怎么了？"

满月没看他，她微微垂下眸子，轻轻地摇头，声音很小："没事，心跳太快了。"

晏清辉一怔，随后偏开头笑了。

满月被他笑得脸红，更不敢抬头了。

好一会儿，她摁在座椅上的另一只手，悄悄地被碰了一下。

她的目光看过去，发现是晏清辉的手不知何时也摁了过来，他没有做更亲密的动作，只是拿食指的指尖轻轻地碰了下她的手，然后声音很低地问："答应了？"

满月抿着嘴唇，在唇角慢慢翘起的过程中，轻轻地点了下头。

晏清辉偏着头，盯着她的侧脸，唇角也缓缓地显出弧度。

吃饭的时候，俩人第一次坐在同一侧。餐厅是满月选的，东南亚餐厅，她一直不好意思去看晏清辉，就一直垂眸看菜单，跟晏清辉说话也不愿意抬眼看他。

"这个柠檬虾你喜欢吗？"她记得这道菜是招牌来着。

但是晏清辉没有回答。

明明也能感受到头顶来自他的视线啊，干吗不说话……

满月忍不住了，终于抬脸看他。

她一抬脸，视线和晏清辉的目光直直地撞在一起。

要起火花了……

满月既害羞又尴尬地挪开视线，耳边传来晏清辉低声又短促的轻笑，他说话时声音还带着笑："喜欢。"

喜欢一个虾而已，干吗说的好像喜欢谁一样。满月腹诽。

她又翻了一页菜单，找到自己很喜欢吃的香茂菠萝松板肉，迅速画了一个勾，画完才想起来抬头问："可以吗？"

晏清辉根本就不看菜单，一直盯着她的眼睛，他像是故意的，口吻像逗小孩一般：“可以呀。”

满月：“干吗啊？”

晏清辉反问：“什么干吗啊？”

烦人……满月干脆低下头，决定再也不要看他了。

但是晏清辉的手段真的很多。

满月不看他，问他话他就不回答，好像没听见她问话一样。满月后知后觉地意识到，他从刚刚就在计较她说话时不看他。

好小气！

满月终于忍不住了，有点愤愤地批评他：“你难道要看唇语吗？”

“不是，”晏清辉面不改色，“要看你。”

满月崩溃地松了笔和菜单，捂着脸：“你干吗呀……”

晏清辉拿过笔和菜单，边翻边说：“你要适应我们新转变的关系。”

满月还是捂着脸，耳朵通红。

晏清辉得了便宜还卖乖，点了一道糯米饭，扭头唤她：“满月。”

满月装死。

晏清辉忍着笑：“我点了菜，你不看看？”

满月闷声：“不看！”

晏清辉拿胳膊肘碰满月的胳膊肘：“那你看看我呗。”

满月想哭，她都要露出哭腔了：“对不起嘛，我以后不躲你了。”

晏清辉终于大发善心地放过了她。

饭后，俩人在附近的广场上溜达了两圈。虽然是冬天，但还是有很多年轻人在广场里玩滑板，人有点多，所以他们没待很久。

回小区的路上，周围很安静，满月终于把话题聊到下午的事情上，她问晏清辉：“你晚上什么时候过来的啊？”

“下了班来的。”

“那你等了好久哦。”满月有点愧疚。

晏清辉笑笑说："第一次正式约会，男方等女方不是应该的吗？"

"不是啊。"满月说，"男女平等的口号都喊了那么多年了，为什么你们要等我们啊？"

晏清辉挺意外地挑眉："我的错。"

满月抿唇一笑，眼睛弯弯："有则改之。"

晏清辉看着她的眼睛，似是终于忍不住感叹一样："眼睛到现在还没消肿。"

满月的笑意退去，有点不好意思地收回目光。

晏清辉很自然地询问："怎么哭了？"

满月没有隐瞒，把下午满父过来的事情讲给他听。

"叔叔很疼你。"晏清辉没有说安慰的话，但对于满月已经足够了。

满月点点头，声音又有点哑："天底下应该不会有父母不爱自己的孩子吧，是我误会他们了。"

晏清辉没有如常人那样说句"他们不会怪你的"，而是淡淡地说："慢慢来。"

满月轻轻地"嗯"了一声。

彼时二人已经抵达满月家楼下，她想了想，还是说："我打算正式看医生了。"

"是好事。"晏清辉说，"恭喜。"

满月突然觉得委屈，就好像那么多年了终于有人愿意理解她，终于有人觉得，病人愿意主动看医生是一件很值得恭喜的好事，而并不需要偷偷摸摸的。

她的眼眶红了又红，最后还是没能忍住，溢了满眶的泪水。

晏清辉好温柔，他轻轻地摸了摸她的头，说了一句："辛苦了。"

"我会陪着你的。"他又说。

满月很重地"嗯"了一声。

天更晚了，冷风四起，寒意渐生，晏清辉担心满月穿得少，就说："上去吧。"

满月有点舍不得走，但她不好意思说不想走，就垂着眸子，站在原地。

晏清辉站在她对面，盯着她的脑袋很久，终于抬手勾了勾她的垂在腿侧的手。

他没有牵她的手，也没有要抱她，就只是轻轻试探了一点点亲密度，然后说："冷，手都凉了，上去吧。"

都说第二遍了，满月只能点头说好。

她转身进去，等电梯的时候和晏清辉摇臂挥手，电梯门打开，她进去。

晏清辉一如既往地站在原地。他会等她上楼，屋里亮起灯光才会转身离开。

他们都知道。

可晏清辉没想到前后两三秒，满月又从电梯里出来了，她几乎是跑过来的。

她喘着气，仰着头，到他面前，问他："要抱吗？"

晏清辉一怔，很快反应过来，眼眸里露出笑意，反问："要吗？"

"要。"满月答得笃定。

晏清辉的笑意更明显了。满月回答完就冲进晏清辉的怀里，而晏清辉也早在满月提问的时候就张开了双臂，她扑进来，他抬手，一手揽腰，一手罩在她的后脑上。

满月吸了满满一大口气，她埋进晏清辉的怀里，嗅到他身上淡淡的消毒水味道。

满月虽然怕冷，但一直都很喜欢冬天。

冬天于她而言，是清澈的。

大雪来临，覆盖所有过往痕迹。

雪水融化，新的生活就会开始。而这个冬天，她有爱人了。

她在最爱的冬天里，拥有了最爱的人。

第十四录——等你呀

满月第二次去鹿袁那儿，是一周以后，去之前她跟晏清辉说了一声，晏清辉没回复消息，估计在忙。

最近怎么那么忙啊。

满月不由自主地撇了撇嘴，她顺手往上翻消息，发现自从他们确认关系后，晏清辉就一直很忙，有时候连消息都不能及时回复，只能等到凌晨下班后才会给她发几条语音。

倒也见过面，不过都是在满月家楼下，通常都是晏清辉上班前绕路来给她送早饭。

说是送早饭，其实就是来看看她，怕她多想。

满月没有多想，不觉得晏清辉在冷落她，也没有什么奇奇怪怪的想法，她就是单纯有点心疼他。

总那么熬夜。

唉。

满月叹了口气，准备收拾收拾出门。

难得今天去一趟医院，满月想着如果晏清辉有时间，也许他们可以在一起吃顿饭，就算晏清辉真的忙得下不了班，她就给他送饭。

见一面总有时间吧。

既然要见面，那还是要好好打扮一下的。

打扮的话……也不能穿得太少，不然会被骂的。

满月想起她前两天没穿外套下去拿早饭，被晏清辉冷脸教训，忍不住腹诽：这大概就是成熟型男友吧。

最后找了一件白色棉袄，虽然是棉袄，但也有设计，减龄娃娃领，袄面上镶嵌着珍珠。为了搭配，她穿了一条厚款针织半身裙。

头发倒是没怎么打理，妆容也很日常。

出门前，满月对着镜子拍了一张照片，她P掉了脸，发到了作者号的微博上。

满月偶尔会发照片，但是不多，所以每次发读者回应得都很热烈。

石榴今天转行穿搭界了吗？无。

这一声老婆我先叫为敬了！

新书什么时候售新书什么时候售新书什么时候售！

周六！周六！周六！老婆！新书周六售可以吗！看看学生党啊！

十六上次晒自己是叮当生日，这次是发生什么好事啦？

满月扫到这条评论时，忍不住点了个赞，然后在心里轻轻地一哼。

当然是去见男朋友啦。

这个想法露出来以后，满月忽然一怔。

她其实是去看医生的。

虽然晏清辉恭喜她愿意去看医生，但看医生总归不是什么常规意义上的好事，也并不是什么值得人开心的事，可因为医院里有晏清辉，她已经本能地忽略了自己就医的不适。

因为一个人的存在，所有不管好的坏的事都能变成好事。

可能这就是最大的好事。

于是满月找到刚刚那条评论，回复说——

满月：去见喜欢的人。

回复完，她没有再看微博。叮当一直跟在她身边转，她把它抱起来亲了两口又放回地上，然后拿车钥匙出门。

快到医院的时候，手机响了，满月以为是晏清辉得空了，拿起手机才看到是满母的来电。

她接通："妈。"

满母"哎"了一声问："你不在家啊？去哪儿啦？"

满月一听就知道满母去她家了，她问："你在我那儿啊？"

"对啊，你爸单位有人娘家种草莓，就寄过来几箱，我们给你送一箱。"满母说，"你有事啊？那没事，你先忙你的，我和你爸晚上再来……要不改天吧，改天你跟我们说一声，不打扰你就行。"

此时恰逢红灯，车子缓缓地停下，满月盯着前方车辆的车灯，忽然想起来在很多年前，她还很小的时候，满母教她认车牌。

满母一向崇尚实干教育，所以即便是认车牌也是亲自上路认。

这几年，倒是变了。

不再实干了。

"满月？"满母的口吻很小心。

满月回过神来，绿灯亮起，她启动车辆，轻声说了一句："那你们给我送过来吧，妈，我在医院呢。"

满母那边没了声音，像是愣住了。

满月没再多说，只说："我在开车，先挂了，一会儿医院见。"

到医院后，晏清辉还是没有回复消息，满月没再等，把手机设成静音，进入了诊室。

不知道是因为她和鹿袁认识，还是鹿袁原本就风格特殊，进门以后，鹿袁先递给她一杯奶茶，又问她吃不吃开心果。

满月实在疑惑，问："你不是在上班吗？"

鹿袁往椅子上一靠，笑了："是啊，谁规定上班不能吃东西了？"

是这样吗？

满月半信半疑地坐到鹿袁对面，鹿袁看上去脸色不太好，眼睛下方也有点黑，典型的没睡好，满月犹豫了几秒，还是出于好意地问：

“你没休息好哦？”

鹿袁一边打哈欠一边点头说：“跟猫吵架了。”

满月：“什么？”

鹿袁一摆手，不再继续闲聊，转而问她平时的生活状态。

结束的时候，满月都不知道几点了，她掏出手机才发现已经过去两个多小时了，微信有了很多新消息。

满月想着应该是晏清辉忙完了，结果点进微信一看，发消息的有三个人。

分别是晏清辉、满母和满父。

满月愣了下，还是先点开了晏清辉的。

晏：几点？

晏：我一会儿抽空去看看。

晏：忙？

晏：我好像碰到你爸妈了。

之后再无消息。

满月猛地站了起来。

旁边正在给满月倒水的鹿袁吓了一跳：“怎么了？”

满月无心回答，迅速点开满母的消息。

满母：我们到了哦，月月。

满母：月月，我们在外面等你。

至于满父，直接发了一张图片。

满月手指有些颤抖地点开图片，发现上面是晏清辉的背影，从图片上看，满母好像在和晏清辉讲话。

满月感觉自己的大脑一瞬间一片空白。

满父：别理我。

满父：你妈说这医生有点眼熟，让我拍一下。

救命！

满月着急忙慌地拉开诊室的门，她一开门，门外的三个人齐齐地看向她，满月几乎有些腿软。

“月月，怎么样啊？”满母一见她立刻起身走过来。

满月先是小心翼翼地看了一眼晏清辉，而后强装淡定地跟满母说：“没事呀。”

满母还是觉得难过，很快就红了眼睛。

满月摸了下口袋，没带纸巾，晏清辉此时递过来一小包纸巾，她接过来，递给满母，满母很小心地接过来纸巾，微微侧头避了避。

满父这时也过来了，他跟鹿袁道谢，鹿袁笑着说：“没事。”

说着，鹿袁挺好奇地问晏清辉：“你怎么在这儿？”

满月闻声默默地看了晏清辉一眼。

晏清辉也在无人注意时与她对视，甚至很细微地挑了挑眉毛。

满月被逗得心跳加速，忙不迭地挪开视线。

余光里，她看到晏清辉眼睛里闪动的笑意。

这人故意的吧！顶风作案！

“有点事。”晏清辉随口说。

鹿袁“哦”了一声，让开道路准备让晏清辉先进去，晏清辉刚一抬脚，满母忽然拉了一下满月的胳膊，满月猝不及防，踉跄了一小步，满母连忙说：“没事吧，月月？我就是想让你往这边走一点，妈妈不是故意的。”

满月说没事。

旁边的鹿袁不动声色地看了满母一眼，他仔细看后才觉得眼熟：“阿姨，我们是不是见过？”

满母的表情很不自然地僵了一下，鹿袁捕捉到她的表情后，立刻说：“应该是我记错了，大家平常都戴着口罩，差不多发型的看着都挺像的。”

满母干笑着点点头。

满月不想在这儿继续待着，就拉着满母和满父走了，走之前她转身跟鹿袁道谢，目光却瞄了一眼鹿袁身后的晏清辉。

晏清辉仗着满母满父和鹿袁看不见他，故意点点头，又挥挥手。

幸亏戴了口罩，满月忍不住弯唇笑了，挥手和晏清辉再见。

不过鹿袁可能以为她在和他再见吧……

“真行啊你。”送走满月他们，鹿袁关上门对晏清辉说。

晏清辉抬起眼睛看他。

鹿袁指他：“别给我装，我是干什么的？”

一个轻微社交恐惧症患者能够十分自然地接下朋友递来的纸巾还不说谢谢，这说明什么？

说明这位朋友是好朋友。

可是好朋友见了自己父母不打招呼反而装不认识，这说明什么？

说明好朋友已经好到不是朋友了！

“上周满月还跟我说你和她是朋友，这么快就转换新身份了？”鹿袁哼哼两声，表情明显羡慕嫉妒恨。

晏清辉倒是面不改色地承认了：“速度这一块，确实比不上你。”

鹿袁随手抓了一颗开心果砸过去：“你说谁呢？”

“你。”晏清辉答。

鹿袁翻白眼，往自己椅子上一坐：“家属都走了，你就别在这赖着了，忙你的吧。”

来都来了，晏清辉就顺口问：“怎么样？”

“还行。”鹿袁说着打开就诊册往前翻。

他不知道在翻什么，挺认真的样子，很快翻到自己想要的地方，认真地看了一会儿，才抬头说：“就是可能需要换一位病人。”

晏清辉蹙眉：“什么意思？”

鹿袁把册子递给他。

晏清辉接过来，看到是之前满母的就诊病历。这个他之前也看过，就是上次满母拦下他询问心理咨询室在哪儿那次，他后来有刻意翻找过就诊册，当时鹿袁还说应该是替家属咨询的。

“怎么？”晏清辉隐隐地有某种猜想。

“我刚才观察了一下满月母亲的行为，有点过于小心了。”鹿袁说。

晏清辉沉默了。

“有些时候，除了当事人，亲属或者……”鹿袁停顿了一下，才说，“或者幸存者，也有可能患上一些病症。”

晏清辉沉默了好一会儿，才低声说：“所以满月？”

“她的症状很轻，如果早年及时治疗，应该很快就能好的，现在也是，她完全是轻度。”鹿袁又说，“目前来看，她这个轻度，也有可能是环境影响，和她本人是没关系的。”

晏清辉抬头看他。

鹿袁点头：“对，也就是说，如果没有满月母亲的影响，满月应该根本不会有社交恐惧症。”

“所以晏清辉，人不能长期给予自己心理暗示，会变态的。”

此时晏清辉的手机响起，他看了一眼，起身离开前，笑骂一声：“你才变态。”

好在回到岗位之后一直没什么事情，晏清辉就靠在椅子上出神。

他想起鹿袁的话，又想到刚刚和满月母亲相处的细节，她很谨慎，提及女儿时显得防备心很重，甚至不愿意承认女儿是来看病的，只说来咨询一点小问题。

晏清辉：也就是说，很大可能，满月不是忽然想开了，而是她本来就没有很严重的症状，甚至她一直都处于愿意自救的状态？

晏清辉问鹿袁。

鹿袁：是的。

鹿袁：当然这么说也不是否认你的存在给她带来的正面影响，只是说你的存在并不是她转变的决定性因素。

鹿袁：而且她愿意独住，也许是潜意识里自救的第一步。

晏清辉并没有因为鹿袁的这些话觉得烦闷生气，反而松了口气。

没有什么比愿意自救更好的了。

虽然不想承认，但到目前为止，他之于满月确实不是什么特别重要的角色。

满月最痛苦的时候他没有出现，在后来绵长的无能为力里，他也没有陪伴其左右，他怎么敢妄图自称是她变好的最重要一环。

临下班时，晏清辉接到疗养院的电话，对方希望他能过去一趟，晏清辉看了一眼桌子上的日历，沉默几秒后说好。

挂电话后没多久便下班了，路上碰到几位病人家属，晏清辉淡淡地和对方打招呼，很快便离开了医院。

他的车子今天没停在医院里，而是停在外面。往外走的时候一阵阵冷风往脸上刮，明明温度那么低，他却在行走间生生地起了一身汗。

上车以后，他很快打开暖风，只是这点温度似乎很难穿透外衣暖进肌肤里。

一路上碰到很多个红灯，每一次缓缓停下似乎都是命运的救赎，而每一次重新启动则是他自己做的选择。

抵达疗养院后，晏清辉发现自己把路线记得很清楚，他几乎没有来过这里，却仿佛把路线刻进了记忆里。

路过前台需要登记，女护工看到他签下的姓名和病房说：“是你啊，等你很久了。”

她边说边带着晏清辉往病房的方向走：“今天对他来说应该挺特殊的，他清醒过一段时间，下午忽然开始烦躁起来，有非常明显的自杀行为。我们大概翻看了一下记录，发现往年也有过类似的行为，只是今年来得比较早。

“因为情况还挺严重的，所以想当面问问你这个时间段对他来说是有什么特殊的吗？”

话音落下，还没来得及推门，房间里忽然传出一声巨响，以及男护工被惊吓的声音，紧接着便是类似塑料材质的东西落地的声音。

正和晏清辉讲话的女护工闻声立刻打开门，只见一个男人正把男护工往地上压着，捶着打，女护工惊叫一声，上前想去帮忙，忽然一股力量把她拽到后面，紧接着她只觉得眼前闪过一道晃影，下一秒那个施暴的男人就被拎着后领拽了起来。

他挣扎着咆哮，却被晏清辉摁在墙上，晏清辉另一只手摘了脸上的口罩，声音很沉地说了一句：“是我，还认识吗？”

男人瞪着眼睛，喘着粗气，瞳仁涣散。

晏清辉喉咙滚咽，半晌叫他的名字：“耿新。”

耿新愣了一下，目光渐渐地有了焦点，他看着晏清辉，几秒后情绪起伏更加强烈，他吼着让晏清辉滚，伸手挣扎时，挠破了晏清辉的侧脸和脖子。

女护工“哎哟”一声，让男护工帮忙控制，晏清辉淡淡地说了一句“没事”，然后手上一用力，把耿新拖拽到了床上。

床上有绑带，耿新很快就被控制起来。

晏清辉没再在房间里待着，出去后女护工问他伤口需不需要处理，晏清辉摆摆手说不用，而后又说：“你说的事情我会查，还有别的事情吗？”

女护工愣愣的，最后说没有了。

晏清辉走了。

他走了以后，男护工才出来，手里拿着本来要给耿新吃饭的塑料饭碗。他龇牙咧嘴地揉揉手腕，说了一句：“关了快十年了，怎么力气还那么大？”

女护工叹了口气："憋的吧。"

男护工是新来的，盯着晏清辉离开的背影嘀咕："那男的是谁啊？耿新亲戚？没见他来过啊。"

"不是。"女护工不愿意嚼别人的事情，摆摆手说，"忙你的吧。"

"你怎么回事啊？给你发消息也不回复，忙什么呢？"手机语音忽然从车厢蓝牙播放，整个车厢里都是满弈的声音。

满月吓了一跳，一边摁掉语音一边抬头看疗养院的牌子，她没着急回复满弈的消息，等晏清辉从疗养院出来上了车，她才匆匆地给满弈回复："有点事，晚上聊。"

说完丢下手机，眼睛直勾勾地盯着晏清辉的车子。

满月送走满母和满父以后就没回去，她一直在医院的停车场等着，想等晏清辉一起吃晚饭，结果没等多久就看到晏清辉一路走出了医院。

她原本想在手机上跟他说一声，却又忽然想给他一份惊喜，于是急匆匆地驱车跟上。

然后莫名其妙地就跟到了疗养院。

一路上，她没有看到晏清辉，却在他频繁的喇叭声中捕捉到了他烦躁的情绪。

他很少这样。

满月知道跟踪伴侣行程是很不好的行为，可她的初衷并不是跟踪，她也没想到真的跟踪到了大事。

返程的路上，晏清辉的车子开得很慢，满月也很慢地跟着，直到晏清辉把车子停在一个三岔路口。

满月知道这个路口，她似乎也能察觉到晏清辉的犹豫。

这个路口，一条路通往晏清辉的家，一条路通往医院，还有一条路通往满月的家。

两辆车子不近不远地停在路边。过了不知道多久，满月的手机响了，她很快拿起手机，看到是晏清辉发来的消息。

他问她吃饭了没。

满月说还没有。

晏：怎么还没吃？

满月抿了抿嘴唇，回了句——

满月：等你呀。

前方车辆的车窗忽然打开了，满月怔怔的，忽然看到了有烟雾从车里飘出来。

晏清辉抽烟吗？满月仔细想了下，发现她印象中的晏清辉是不抽烟的。

她盯着看了很久，直到风完全把烟雾吹散，好一会儿，手机才收到新的消息。

晏：一会儿到。

满月收到消息的下一秒，抬头看向前方，晏清辉的车子已经飞驰远去。

她忽然有些自责，她能察觉到晏清辉心情不好，她不该这样为难他，可她又做不到阻止他。

因为她想，试一试，让他开心一点。

为了赶在晏清辉前面回家，满月第一次弃车坐了地铁，她把车子就近停在附近的停车场，然后乘地铁回家。

她果然比晏清辉快。路过小区门口的超市，她犹豫了一下，还是进去挑选了一些新鲜的蔬菜，然后在到家以后给晏清辉发消息说——

满月：我们今天在家里吃好不好？

晏清辉没回复消息，可能在开车。

但是满月没有再管他有没有回复，开始做饭。

两个人的晚饭准备起来并不费功夫，但是一不小心也忘了时间，等她想起来的时候刚巧门铃响了，她匆忙去开门，果不其然，晏清辉在门口。

他手里还拎了些东西，满月扫了一眼，看到有水果和一双拖鞋。她伸手接过东西，他问："怎么想起来在家吃了？"

"不想在外面吃了。"满月说着，从玄关鞋柜里拿出一双新的男式拖鞋，放到晏清辉面前说，"穿这双。"

晏清辉看了一眼满月，她身上还戴着围裙，头发随便绑起来，额前有碎发掉落，虽然有一点点凌乱，却有很浓的烟火气。

她有些不好意思地抿唇笑笑，先一步转身离开。

她离开后，晏清辉才摘了口罩扔进玄关的垃圾桶里，换鞋进门。

满月把水果放进冰箱，晏清辉去卫生间洗手，等他再出来时，满月还在厨房里忙。

满月怕晏清辉听不到，于是把声音抬高了一点说："外套可以先放在沙发上。"

晏清辉脱了外套，走进厨房，问："有什么要帮忙的吗？"

满月一边把新做好的菜盛出来一边说："没有啊。"

晏清辉看着她忙碌的身影，有点舍不得移开眼睛。

他就靠在旁边的厨台边缘，微微偏头，盯着她看。

满月本来在专心致志地盛菜，一转身看到他直勾勾的眼神，差点把盘子摔了。

晏清辉手疾眼快接住她手里的盘子放在桌子上，满月忽然瞥见他侧脸处的伤口，伸手去摸："你这儿怎么了……"

话未完全落下，晏清辉忽然抓住她伸出的手，一个用力把她抱进了怀里。

他抱得有些紧，像失了分寸。

满月能感受到他束在自己腰间的手臂，以及埋在她肩窝处的脸。

耳边还清晰地传来他的呼吸声。

他的身上有很淡的烟草味，像是被刻意处理过的，还有一点点香火味道，二者相融，却有一种微妙的平衡。

像世俗的欲望踏进了深山幽谷里。

她愣住了。

“想抱一会儿。”晏清辉的声音很低。

满月眨了眨眼睛，似是慢慢地缓过神来，她嗅着这奇妙的味道，缓缓地抬起手抱住了晏清辉。

他明明进屋有几分钟了，满月却摸到了一手冰凉。

她忍不住像平时摸叮当那样轻轻地摸了摸晏清辉的后背，然后弯弯唇角，小声说：“好呀，抱一会儿。”

轻柔的声音像春日里绵软的云，也像夏天晚上舒适的风。很轻的一声，但晏清辉心里的郁结就消散了。

他忽然意识到，在满月从出生至此的人生里，他也许不是最重要的一环，但在他这里，满月之于他，是坚决不可替代的。

不管是七年前的仓促相撞，还是七年后的预谋相逢。

她才是救人的那一个。

她才是伸出手的那一个。

人间本不该令我这么欣喜的。

但是你来了。

幸好，你来了。

第十五录——谢谢你

吃饭的时候，满月接到满弈的电话，她看了一眼对面的晏清辉，随手把电话挂了。

满弈：什么鬼？

满月还挺心虚的，一边吃饭一边假装在玩手机，生怕晏清辉看出来什么。

满月：做什么？
满弈：什么？
满弈：不是你说的晚上聊？
满弈：你礼貌吗？
满弈：你怎么回事啊？
满月：哦。

满月随手拍了一张照片发过去，并说——

满月：我在吃饭。
满弈：那正好接电话聊啊。
满月：沉默……
满弈：什么？

满弈：什么意思？

满弈：不方便？

满弈：我的天。

满弈：你把镜头挪到对面给我看看！

满弈：满月！你带男人回家！你是不是疯了！

满月回过去四个字——

满月：你好啰唆。

然后把满弈的消息调成了免打扰模式。

她刚放下手机，晏清辉就问：“谁？”

满月挺淡定的：“我弟。”

“有事？”

“没有。”满月面不改色，“他能有什么事，封校无聊的。”

原本以为接下来就是安安静静地吃饭了，结果晏清辉那边又接到了电话，他的电话显然是工作内容，大概是已经习惯吃饭时接电话，所以他并没有起身去外面接，就那么边吃边聊。

他聊天时还不忘抬眼看她，用眼神询问她怎么不吃，满月愣了一下才意识到自己居然盯着他在发呆，于是忙不迭地低头，匆匆夹菜。

晏清辉瞥到她泛红的耳朵，唇角微翘，淡淡地跟电话对面的人“嗯”了一声，然后放下筷子，朝满月伸手。

满月不明所以，疑惑地看他，又看他的手。

电话对面的人正在等答复，晏清辉准备先回答对方，结果刚开口就见满月愣愣地放下筷子，然后……把手放在了他的手心。

她睁着眼睛，茫然中带着天真。

晏清辉跟着愣了一下，随后没忍住，笑了一声。

满月觉得自己肯定闹大笑话了，她一下子脸红得要命，想抽回手，却被晏清辉攥住，他一边笑一边牵她的手，跟电话对面的人说话时口吻里都带了笑意：“嗯，我知道了，明天会注意的。”

等晏清辉挂断电话，满月都快要坐不住了，她拿指甲挠他的掌心，问：“干吗？”

晏清辉忍笑：“你干吗？”

满月嘀咕：“少模仿我。”

晏清辉还是笑。

满月嘟着嘴试图抽回手，抽了两下都没抽回来，她瞪他，好像很凶的样子。

其实像小猫。

还是没有爪子的小猫。

挠人一下也像调情。

晏清辉笑着站起身来，他没完全直起身，弯腰俯身，靠近满月。

满月看他越来越近，忍不住屏住呼吸，眼睛都不敢眨一下。

直到他用另一只手撩起她脸庞的碎发拢到她耳朵后面，低声说：“要掉到碗里了。”

口吻像哄小孩。

好单纯的样子。

完全不是她脑子里想的那样。

满月沉默了几秒，不受控制地涨红了脸。

晏清辉本来没多想，直到发现满月的脸越来越红，又回想起自己刚刚的行为，唇角一翘，低声唤：“满月？”

满月装作什么也没发生的样子，她抽回手，很淡定地拿起筷子，边夹菜边询问：“嗯？怎么了？”

晏清辉看她这样觉得好笑，实在没忍住，含笑问：“你刚刚想什么呢？”

啪嗒。

筷子刚夹起的菜重新掉回盘子里。

满月的脸迅速变得更红了，她像宕机一样定了几秒，然后搁下筷子就要跑。

晏清辉笑着起身拽住她，手上微微用力，满月顺势捂着脸埋进他的怀里。

晏清辉的笑声更明显了："我的错我的错。"

"那你还笑！"满月都想把这人的嘴捂住！

晏清辉笑着把满月抱进怀里，他微微仰头，看向窗外的夜空。

是霓虹，是烟火，是心跳，是无可替代。

是星月与爱人都在。

两个人沉默地、和谐地、默契地把刚刚的小插曲忘掉。满月慢慢地放下捂脸的手，她仰头，晏清辉垂下眸子，四目相对，满月伸手摸了摸他侧脸的伤痕。

"疼吗？"她问。

"不疼。"晏清辉说。

"还有别的吗？"

晏清辉很诚实："脖子上还有一道。"

"你是不是没消毒啊？"满月问。

晏清辉假意思考了一下："好像没。"

满月故意点了点他的脸，教训道："是谁说伤口必须消毒的！"

晏清辉笑着俯下身子，把脸凑到满月跟前："那麻烦你帮帮我呗。"

满月"哼"了一声，从他怀里出去，去拿药箱。

她转身之际，晏清辉脸上的笑意退去大半，只剩下眼睛里的一抹淡笑。他知道满月不是粗心忘记询问他受伤的缘由，而是尊重他。

她好像比他想象中还要好。

曾经以为的初见乍惊欢，没想到久处亦怦然。

处理好伤口以后，两个人一起收拾了碗筷。叮当闲着没事在台子上跳上跳下，时不时伸出爪子拍晏清辉一下，满月看着觉得好玩，就拍了一张晏清辉的背影照片，照片定格的瞬间叮当正要往他的肩膀上爬。

照片被她简单地调了一个滤镜，然后发给了晏清辉，没想到晏清辉直接把照片换成了头像。

满月看到他新换的头像，磕磕绊绊地说：“我、我不是那个意思……”

晏清辉倒是不觉得有什么，反而故意问满月：“什么意思？你不想让我换啊？”

满月：“我也没有这个意思。”

晏清辉弯唇一笑。屋里开着暖气，两个人都穿着薄衫，他坐在懒人沙发上，伸手让满月坐到他的怀里，满月刚坐过去，叮当又凑热闹地坐到她的怀里。

“俄罗斯套娃。”满月笑着从窗户里拍他们三个的身影。

晏清辉把下巴放在满月的肩头，像叮当蹭人一样拿额头蹭了蹭满月的耳朵，满月怕痒，往旁边躲了躲，晏清辉收紧胳膊，满月似有察觉晏清辉的情绪变化，微微地歪头问：“怎么了？”

“要坦白从宽了。”

满月一顿，放下手机，她的手覆上晏清辉的手，低声说：“没关系，你以后说也可以。”

“我不能双标啊。”

“嗯？”满月疑惑。

晏清辉说：“之前我们院录过一档综艺，我是其中两位实习生的导师，节目明天要播了。”

“啊？你要上电视啦？”

晏清辉笑了一声：“是啊，要上电视了，很多事情也许会被扒出来，让你通过别人知道我的事情，不如我自己告诉你。”

满月安安静静地没有说话，只是默默地把晏清辉的手攥进了掌心里。

晏清辉的声音低低的，很平稳，他像一个局外人，在陈述别人的故事。

“我今天去疗养院了，我一个……算是朋友吧，叫耿新，住在那儿。”

满月感到晏清辉抠了抠她的掌心，她侧头询问：“他怎么了？”

“他精神不太好，有躁郁症，就是狂躁抑郁症。”晏清辉说，“他是我们家以前司机的儿子。”

“他爸爸呢？”

“车祸走了。”晏清辉顿了一下，继续说，“和我家人一起。”

满月怔住了。

她能察觉到晏清辉的手腕有一点颤抖，心像是被重重地一击，满月的头脑蒙了一瞬，而后才显得有些狼狈地握住他的手。

她是局外人，已经心痛至此。

那他呢？

“当时我也在车上。”

他是幸存者。

可“幸存者”是局外人用来形容他的。

他应该不会因此觉得自己很幸运。

生理性的心疼是控制不了的，几乎是在晏清辉说话的同时，满月的眼眶里就溢满了泪水，她的视线模糊了，泪珠掉在晏清辉的手背上，她匆匆地帮他擦掉。

可人心上的伤痕可以抹掉吗？

很难。

他可能孤独很久了，满月并不想用高高挂起的态度说一些劝慰的话。

况且在苦难面前，言语本来就是最苍白无力的。

满月吸了吸鼻子，翻了个身面对面看着晏清辉。

她把他抱进怀里，小声地说：“抱抱。”

晏清辉参与录制的综艺节目在第二天晚上八点准时播出，因为有知名主持人和当红小生、花旦的加持，节目的热度很高。

一个半小时，第一集播出结束，热搜始终居于高位，相关广场里几乎把每一个实习生的人生经历、学历都扒得干干净净。

除此之外，还有晏清辉。

别人都在节目词条里，只有晏清辉，是单独一个词条上的热搜。

热搜词条上，在他的名字前面，还有另外一个名字。

晏明修。

满月本来以为晏明修是晏清辉的哥哥或者弟弟，结果点进去才发现，是晏清辉的父亲。

晏明修是一位笑起来很好看的男人，尽管视频里的他已经不再年轻，但依然眉目英俊，身影挺阔。

他是科学院的科学家，专业研究热带病毒。他在科学家里算年轻的，资历并不高，但是经历很丰富。

晏明修还是个很风趣幽默的男人，从为数不多的采访里就能看得出。面对很多严肃的问题，他会半开玩笑地解释，就像幼儿园的老师回答学生的问题一样。

他没有因为懂的比常人多就高高在上，而是总说自己其实很笨，除了研究什么都不会，生活起居全靠太太照顾，有时候也要儿子来叮嘱他生活事项。

他和太太的感情很好，两人青梅竹马，一路从校园走到婚姻殿堂。他们被无数长辈见证祝福，婚后一如既往恩爱如初，很快就育有一子。

他很受欢迎，很多同事夸他是个很好的人。

然而很可惜，他死在了病毒手里。

大概天才总要加点遗憾才可以成为英雄。

“晏先生去世后，晏太太并没有一蹶不振，也没有因此阻挠儿子学医的梦想。我们曾去探望过晏太太，发现她是一个很热爱生活的人，她会在和儿子闲聊之余讲述她和晏先生的斗嘴日常，也会认真地告知儿子晏先生是一位英雄，她会跟儿子强调医学奉献，也会帮忙理清医学风险。她很爱她的儿子，常常说有可能的话，她还是希望能多陪陪儿子。”

一则报道上这样说。

那么帅的爸爸，那么好的妈妈，他本人还那么帅！我真的会爱！

好想见婆婆！

叫什么晏医生！叫老公！

婆婆呢？想见婆婆，刚刚在群里看到晏科学家年轻时的照片，帅死我了。

啊这，节目还没播，不知道后面会不会提，也不知道现在可不可以提……

什么什么？说完啊！省略号的内容难道要充会员？

啊……是不是想说晏妈妈的事情啊？

又是省略号！会员多少钱？我充！

呃，应该可以说吧，就是晏妈妈之前车祸去世了。

什么？我真的会无奈。

什么？车祸？

我有听说过，我是晏医生外公外婆家属院一位邻居的儿媳妇的朋友的同学。

啥？这位……同学请讲。

我听说的啊，先声明，我也是听说的。

就好像是晏医生高考前面两天，他们家里人带他去邻市，不知道去干吗，可能就是去放松放松，调整心情，结果在回来的路上遭遇车祸，除了晏医生本人，车上全员当场死亡。

据说第二天晏医生准时参加高考了，现在高考成绩应该也能查到，稳定发挥，考得很好。

啊……原来是这样。

楼上想说什么？

我是晏的同学，高考和他一个校区，他考试吊着胳膊去的，脸上的伤也很重……好难过，以前不知道，大家还传言他跟别人打架来着。

有相关报道吧？

有的！是司机疲劳驾驶！

什么？！什么司机！什么司机！什么司机！

天！凭什么司机疲劳驾驶让晏医生全家都跟着走啊！晏医生本来就没有爸爸了啊，呜呜呜。

我真的很难想象他这些年是怎么过来的，会有人没有爸爸妈妈外公外婆还可以继续救死扶伤吗？

他不仅会，还是院里的优秀医生。

大家好，本来以为看的是实习生悲惨之路，没想到看了一部悲剧。

可是妈妈最后的愿望也不过是想多陪陪儿子……我不行了，我哭死了。

突然想起来高考后我们班庆祝大家毕业，当时还邀请了晏，但是他一直没回复消息，打电话也不接，当时有人猜他可能考得太差，心态崩了，现在想想，可能他当时在处理长辈们的后事吧。

救命，别说了，我真的会哭！

看到这里，满月已经泣不成声了，她不知道晏清辉是怎么走过的那几天。

夏日炎炎，少年们欢呼振臂，无数的人在风里奔跑，跃出象牙塔，而晏清辉，却要开始一段新的、只有他自己的人生了。

满月忽然想起来，人们称晏清辉这样的人为“幸存者”。

他真的觉得自己是幸运的吗？

他应该会因此而负罪。

满月忽然想起什么，从微信里找出了鹿袁，她没有犹豫，给他发了一句——

满月：在吗？

鹿袁回得很快，像是猜到自己会找他一样。

鹿袁：在。

鹿袁：网上说的是真的。

鹿袁：但是没说全。

满月的眼睛霎时间再次肿胀，她根本忍不住眼泪了。

鹿袁：其实之前晏清辉也有看过医生，这很正常，每个人或多或少都有一点心理疾病，他能自控，所以基本在正常范围内。

鹿袁：前几天，我和他说过一句话。

鹿袁：有的时候，除了当事人，亲属或者幸存者也有可能患上病症。

鹿袁：如果说亲属是指你妈妈的话，那幸存者指的就是晏清辉。

鹿袁：因为愧疚。

满月愣了一下，她在快要溢出来的痛苦中抽出一丝清醒。

满月：我妈妈？

鹿袁：晏清辉没跟你说？

满月：什么？

鹿袁这次直接发来一条语音，他先叹了口气，而后才说："我那天观察了阿姨的行为，我觉得阿姨的情况应该比你严重，也许她才是需要来找我聊聊的人。"

"满月，你们都要加油啊。"

满月在眼泪决堤前拿手捂了一下眼睛，好一会儿才给鹿袁认真地回复了一句——

满月：谢谢你。

放下手机平静了很久的心情，满月才起身收拾东西。

晏清辉今天有手术，四点多的时候他发了消息，说是预估九点结束。

现在还不到九点。

她想见他。

她也希望，晏清辉一身疲惫地从手术室出来，首先见到的人是她，而不是网络上的风雨。

如果真的像网上那些人说的那样："可能在人生伊始很幸运的人就是这样吧，人生总是公平的，生来大福，就会有后难来平衡。我忽然想起来一句话，'生命中曾经有过的所有灿烂，终究，都需要用寂寞来偿还'。"那晏清辉也算走过十年寂寞之路了。

剩下的，就让她陪他一起灿烂地度过吧。

到医院已经快九点了，满月这次没在停车场等待，而是向鹿袁求助，让对方带她去了晏清辉的办公室。

九点一刻的时候，走廊外面传来响动，还有对话。

"晏医生，辛苦了。"

陆陆续续有人在路过晏清辉的时候这样说。

晏清辉本来没觉得有什么，后来才发现大家每次说这句话时都会深深地看他一眼。

这是以前没有过的。

以前就只是同事间的礼貌寒暄。

晏清辉忽然想起了什么，问鹿晓："几点了？"

鹿晓也忙得浑身疼，她伸伸胳膊扯扯腰，随口说："估计九点多了吧。"

那节目已经播出结束了。

"呀！节目是不是已经播完了？"鹿晓忽然说。

晏清辉的表情很淡："应该是。"

"妈呀，我得赶紧去看微博，看看有没有人骂我！看看我在电视里好不好看！"鹿晓说着也不累了，跑步向办公室冲去。

门一打开，她"呀"了一声，站定在门口。

晏清辉紧跟其后，正要问怎么了，一抬头看到房间里面站着的满月。

她很拘谨，也有点尴尬，大概没想到先进来的会是鹿晓。

鹿晓愣了愣，刚要开口问"你是谁"，身后的晏清辉开口出声："不好意思，家属来接我下班。"

鹿晓："什么？"

满月没想到晏清辉会这么直接，她还在想怎么介绍，结果晏清辉一开口她就默默地闭上了嘴巴。

鹿晓震惊地瞪大眼睛，她不可置信地看向满月，满月不太自然地冲她笑笑："你好，我叫满月。"

鹿晓结结巴巴的："你你你好，我我我……"

"鹿晓。"满月笑了笑，"我知道你，我看了节目。"

鹿晓低声"啊"了一声，忙不迭地跑到里面拿手机，边拿边问："播完了吗？反响还行吗？没人骂我吧？"

满月笑着："没有，大家都说你很可爱。"

书香世家，独生女，父母长辈都很宠爱，上班第一天就穿着限量款球鞋，长得漂亮，性格也很好，还有个很帅的心理医生堂哥。

是很多人想要成为的人。

大家羡慕都来不及。

"哇！不愧是我！"鹿晓很浮夸，然后迅速地换了衣服，拎了包就走，走之前不忘跟晏清辉、满月挥手说，"百年好合哦。"

满月朝她笑笑。

门关上后，晏清辉脱了白大褂，转身去洗手，满月寸步不离地跟着。

晏清辉走一步她跟一步，晏清辉转身她就默默地跟着转身，几步下来，晏清辉先忍不住笑了。

"怎么了啊？"晏清辉擦干手，转过身后笑着看满月。

满月仰起脸看他，也不说话。

晏清辉拿手捋她脸庞上的碎发，又顺手摸了摸她的脸，不太凉，但是她的眼尾有一点点红。

晏清辉摸着，俯下身："哭了？"

满月没说话，只是眼睛又默默地红起来。

晏清辉大概猜到是网上有了什么言论，而且他父母也算半个公众人物，很多事情很容易就能找出来。

可是他作为被同情、被怜悯甚至被可怜的人，没有一点委屈的样子，反而唇角露着淡笑。

晏清辉的指腹轻轻地摩挲满月的眼尾，他低声问："心疼我啊？"

满月开口就哽咽了："你根本就没有跟我坦白。"

什么坦白从宽。

寥寥两三句给个结果就算坦白了吗？

他明明受过那么多苦。

他却什么都不说。

“确实，大家有说什么吗？”晏清辉的口吻很淡，“关于司机的。”

满月的嗓音闷闷的：“有，疲劳驾驶。”

“嗯，有原因的。”晏清辉说。

“什么？”满月忽然想起来，“耿新？”

“嗯。”晏清辉说，“耿新病了很多年了，我家里人不知道。那段时间耿新状态不好，怕他轻生，耿叔白天高薪聘请护工跟着，晚上他自己寸步不离地跟着，所以才疲劳驾驶的。”

昨天晏清辉说的时候，满月以为是司机和他们坐一辆车，所以车祸以后，出于愧疚，他包揽了耿新的疗养费用。

可事实上，是耿新的爸爸导致他刚成年就孑然一身。

然而即便如此，他还是原谅了对方，甚至替对方照顾儿子。

他还在愧疚什么呢？

他明明对得起全世界。

第十六录——为什么

既然聊到了耿新，晏清辉调查耿新情绪崩溃的事情时就没避着满月。他知道耿新还有其他家人，只是那些人怕耿新成为他们的累赘，纷纷避之如蛇蝎。

他先给耿新的爷爷打了电话。耿新的爷爷住在乡下，年龄大了，耳朵不好使，跟他讲起电话很费劲，往往一句话要反反复复说很多次，但晏清辉每一次都态度如一，没表现出半点不耐烦。

问了好一会儿，也没问出什么重要信息。

最后才问出好像是冬天，耿新被父母从老家接到了城里。

按理说从老家接到城里，从爷爷身边接到父母身边，应该是好事。

晏清辉想了下，又问耿新母亲的联系方式，爷爷叹了口气："他妈妈早早地就跟他爸离婚了，哪里还有什么电话，人都找不到了。"

晏清辉问："您知道是什么时间吗？"

"这哪知道，孩子大了，什么都不会跟家里说的。"

挂断电话后，晏清辉看上去情绪没什么波动。他在通讯录里翻找耿新姑姑的电话，另一只手随意地搭在腿上，忽然一抹柔软穿插进他的指缝，他的目光转移，看到满月与他十指相扣。

他莞尔，主动握住她的手："怎么了？"

满月摇摇头。

其实她是有些难过的，难过于这个世界上的苦难悲痛，有人早早地送走爱人，临终也见不到家人；有人出生就被抛弃，还没成年就开始奔跑，好像血里有风，注定漂泊。

耿新姑姑的电话很快接通了，那边乱糟糟的，满月在旁边都能听见乱七八糟的人喊："老板！这鱼怎么卖？这白菜都蔫了，也好意思拿出来卖！哎，那是不是你儿子啊？让他先别写作业了，过来帮忙拿两根葱啊！"

满月抬头看向晏清辉，看到他的薄唇抿起，几秒后淡淡地说了一句："您先忙。"

一瞬间，满月理解了晏清辉的所有。

他不是圣母心，也不是有钱烧的，他只是善良。

上苍让他的人生不尽如人意，却又让他见不得万般疾苦。

他可能没有解救苍生的能力，但至少愿意尽自己的全力。

"要不下次再问吧。"满月说。

晏清辉沉默着捏了捏她的手，好一会儿才说："好。"

去吃饭的路上，满月跟晏清辉聊天，她怕他太过沉浸于耿新的事情："我今天听鹿袁说我妈妈需要看一下医生。"

"嗯，本想明天跟你说的。"晏清辉说，"还是建议阿姨过去接受专业咨询，越快越好。"

满月"哦"了一声，低声说："那是不是说明，她只是生病了，并没有不爱我呀。"

晏清辉闻声从车内后视镜里看了满月一眼，她坐在那儿，看上去很乖，像还没毕业的大学生，仔细想想，她今年也才二十三周岁，如果念一些别的专业或者继续考学，确实应该在学校里。

他唤了一声："满月。"

满月抬起头来。

两个人在镜中对视，灵魂也相互碰撞。

晏清辉朝她笑笑，才收回视线，专注于前方的路况，他出声，说得很认真："他们一直很爱你，病因是愧疚，愧疚是因为爱。"

满月“嗯”了一声，忽然笑笑：“以前我总觉得他们好像一点也不爱我，他们只是眼睛里有我，心里没我。”

现在想想，好幼稚的想法。

下车后，晏清辉主动牵满月的手，她的手小小的、热热的，晏清辉忍不住握着她的手放进自己的口袋里，他说：“所有人都会爱你，包括我。”

满月有点不好意思地抿唇笑笑，她轻轻地往他身上贴了贴，主动用另一只手挽住他的胳膊，仰起脸时好像在撒娇：“你在说你爱我吗？”

晏清辉顺势俯身在她的额头上轻啄一下：“不说也爱。”

满月红着脸把半张脸缩进衣领里，唇角一直没下来过。

吃过饭，晏清辉送满月回去，满月往车边走的时候接到满弈的电话，满弈吼着喊：“我们解封了！我要出去玩！”

满月说：“你去呗。”

她边说边走到车旁边，晏清辉帮她打开后车车门。其实本来满月是想坐副驾驶位的，但是被满弈一打岔她也就没说，顺势坐进了后座。

回去的路上，满弈念叨个不停，说是已经和朋友约好了，周末去酒吧玩，然后平安夜去吃饭，圣诞节相约去一个富二代家里开派对，元旦和朋友一起跨年。

满月看他安排得满满当当的，就说：“没想着回家看看？”

满弈“嘁”了一声说：“明天就回去好不啦。”

满月笑：“好不啦，哪学来的口音？”

满弈居然停顿了一下，然后敷衍道：“跟精神病学的。”

满月全当他口嗨，没往心里去，只是一听满弈明天要回家，她就说：“你明天几点到家？”

“十点多吧，干吗？要来接我？”满弈的口吻挺嘚瑟。

满月说：“可以啊。”

满弈显然没想到，反问："怎么回事？"

满月说："回去跟你说。"

满弈问："现在怎么不能说了？你在哪儿？"

本来没什么，他一问，满月一沉默，满弈顿时声音拔高："你又跟男人在一起？满月你怎么回——"

满月手疾眼快地把电话挂了。

满弈开始在微信上轰炸。

满弈：你要干什么？

满弈：你真的疯了。

满月回了一个句号。

在满弈看来，她这个句号的意思是：是的，没错，我疯了，我不仅现在跟男人在一起，我今天一晚上都会跟男人在一起，但是明天早上去接你只有我自己，因为他不负责任他是渣男。

脑补完，满弈一个鲤鱼打滚从床上爬起来，由于身高过高直接一脑门撞到天花板上，撞得眼冒金星，哀号连连。

室友很蒙："小满哥你梦游啊？"

"我梦游个鬼，我去拯救失足少女！"他边说边从床上跳下来，随便套了件卫衣棉袄就跑了。

室友挠挠头，一脸茫然地重新躺下，继续跟女朋友煲电话粥，还要八卦两句："我们小满哥今天一直神神道道的，晚上还搁那儿看一档综艺，边看边嘀咕，没听清在嘀咕什么，就好像说什么裙子那么短，怎么了怎么了的……"

室友的女朋友"哦"了一声，随口说："快谈恋爱了吧？"

室友立刻否认："不可能！他跟谁谈？跟女明星吗？"

室友的女朋友："你管人家呢。"

满月：别管我了！

满月被满弈烦得不行，最后直接发了一条消息，然后把手机调成静音。

她刚把手机放下，晏清辉就问："你弟？"

"嗯。"满月说，"学校没事了。"

晏清辉点点头："是差不多了。"

"关了那么久，出来要疯。"满月小声说。

晏清辉一笑："年轻。"

满月忽然好奇晏清辉年轻的时候，虽然晏清辉现在也不老，但总归已经快到而立之年了，再往前推五年，他也会和满弈一样疯得不着家？

应该不会。

满月很快否认了。

可能有些人生来就是需要承担责任的。他高考完送走家人，步入大学，为学业操心的同时还要考虑生活。毕业以后应该也没什么时间和心情玩，毕竟医学生大多实习就很忙，进入正职，然后忙碌至此。

她忽然问："你毕业后有没有去旅行啊？"

"去了一趟我爸之前工作的研究所。"晏清辉说。

满月一顿，有些懊恼自己怎么一开口就问到不该问的地方。

晏清辉倒是不觉得有什么，反而问她："怎么了？想出去玩？"

"也不是，就随便问问。"

晏清辉说："之前实习比较忙，结束实习也就几天时间，出去玩不划算，就去研究所看了看。"

他又说："今年的年假我还没用，你如果想出去，我可以提前安排。"

"真的吗？"

满月以前从来没想过出去，但是自从和晏清辉在一起后，每次在网上或者朋友圈看到别人晒照她都想去，想和晏清辉一起去。

“冬天是不是去南方比较好呀？去海边可以吗？”满月想了想，“周市应该很好，听说那边有很多早茶，我有个同事就是那儿的，那边也很暖和。”

晏清辉看她兴致勃勃的，笑着说：“都可以。”

到家以后，天气忽然转冷，满月没下车，晏清辉坐在后排和她闲聊，没聊几句就让满月上去了。

满月挺舍不得的，她突然发现自己好黏人。上楼之前，她主动抱了一下晏清辉，小声跟他说：“要加油呀。”

晏清辉摸摸她的后脑勺，笑着说好。

满月上楼的路上还在跟晏清辉发消息，出了电梯，她报备道——

满月：我出电梯了。

刚说完，一抬头，被门口的人吓了一跳。

“你怎么在这儿？”满月吃惊地瞪起眼睛。

满弈穿着黑色长款羽绒服，双臂抱肩，面无表情地看着满月。

精神病。

满月绕开他去开门：“怎么不进去？不嫌冷？”

满弈“哼”了一声：“进去怎么看你和别的男人搂搂抱抱？是挺冷的，又没人抱我。”

满月哭笑不得：“你精神病啊，什么搂搂抱抱。”

满弈一扬脖子，很不爽：“难道不是吗？世风日下！”

满月不理他，还要气他：“那也不用在外面看，在我客厅也能看到。”

满月打开了门，径直往里面走。

满弈真的要被气死了，他拖鞋都不穿，叉着腰质问：“你们在一起了？走仪式了没？确定对方跟你在一起了？确定对方没有女朋友？

他多大？在哪儿上班？他怎么又开你的车？他到底有没有车啊？”

满月什么也没说，默默地打开电视，找到综艺节目，点击播放。

满弈看了一眼电视机，脸色微妙地变了变，小声地嘀咕：“怎么哪儿哪儿都是你。”

下一秒，满月说：“看吧，里面实习生鹿晓的导师——晏清辉，就是我男朋友。”

满弈瞪着眼睛和满月对视，满月面不改色地在手机上跟晏清辉说了一声“到家了”，然后放下手机说：“你慢慢看，我先去换衣服，好累。”

满弈：“欸……”

满弈觉得可能这就是长大，小时候最大的事情也不过是考试、升学以及长辈亲戚们的红白喜事。

那个时候这些大事都是有预告的，即便没有预告，他自己心里也知道这些都是一定会发生的。

可现在，当他突然被告知姐姐恋爱了，妈妈才是生病的那个人，他才知道原来长大是这样的。

是面临很多突如其来的事情，是人生不再步步都在规划计算中。

他还有点没反应过来，在传统概念里，女孩子大了，要恋爱结婚是很正常的事情，他只是还没有意识到姐姐已经到了要谈婚论嫁的年纪。

但这个也能缓慢地接受，毕竟他看过节目，也逛过热搜，知道晏清辉是什么背景。

虽然他是满月的亲弟弟，但他也知道，这宗喜媒，是他姐姐高攀了一点点。

可是妈妈才是生病的那一个，是什么意思？

满弈第二天坐进车里还在疑惑，他三番五次扭头看满月，次次欲言又止。

满月懂他的心情，但她又比满弈好一点，大概是她潜意识里也觉得自己没有那么严重吧。

很多时候，她确实在满母面前才会更拘谨、更难受。

因为满母总在有意无意地暗示，她是不健康的人，周围的邻居亲属很避讳提起她、见到她，大家需要小心翼翼地照顾她。

她心理压力很大。

她其实更想被当成普通人对待。

满月以前从来没有说过这些，因为她觉得满母已经为她操心成这样了，她就不要再指手画脚了。

她真的很怕麻烦大家。

这种麻烦并不是病，是善良，是礼貌。

而现在她已经知道问题不在她这里，坦白心事的时候就好像压力小了一点。

她一点一点地把自己的想法说给满弈听，她其实说得不多，时间线也混乱，内容全是一些稀松平常的小事。

可是就是这些小事，总像细密的针，让她躲不掉。

“我以前总是想，我好像真的很麻烦，明明你们可以很正常地生活，明明你们在家都不用关门，我回去了你们还要关门，还要避免和邻居串门聊天。”满月的声音轻轻的，她一点也没有埋怨的意思，只是有一点点委屈，“是真的很麻烦对不对？”

满弈觉得胸闷，眼睛也发胀，他忍不住开窗通风，扭着脸看窗外，风把他的眼睛吹得通红，他的喉咙滚了又滚，最后用恶狠狠的口吻来一句：“才没有！”

满月笑笑，她扭头看满弈倔强的脖子和后脑勺，抬手：“过来。”

满弈还是憋着：“干吗？”

满月笑着说：“摸摸你的头。”

“我都多大了。”满弈一边嘀咕一边不情不愿地把脑袋送过来。

满月心满意足地摸了两下，轻声道：“好啦，知道你对我最好了，也知道你那个时候很后悔没去找我，我不怪你。”

“我知道你不怪我。”满弈说。

又过了很久，满弈轻声说：“可我不能不怪我自己。”

快到家的时候，满月忽然问：“满弈，你为什么要去武校啊？”

“没有为什么，小时候爱装呗。”

满月一愣。

满弈没看到满月的表情，继续说：“那个时候不是经常跟着咱爸看武打片嘛，什么李小龙啊，成龙啊，释小龙啊，我就觉得贼帅，小时候跟咱爸提过一次上武校。”

说到这里，他有点不好意思地摸了摸鼻子：“后来不是被他打过一次，太疼了，感觉武校更疼，就不想去了。再后来我在初中实在学不下去，看了点港片，又想去了，就去了。”

车子进入小区，减速，驶入停车位，停下。满月握着方向盘，很久才扭过头来，她的声音有细微地颤抖：“和我……那件事没关系吗？”

“有吧，但主要也是我本身就想去。”满弈说完才注意到满月表情的不对劲，他问，“怎么了？”

满月发现自己的手有点颤抖，她看着满弈，看着眼前早就高出她很多的少年。他的五官轮廓早已经看不出半分小时候的影子，连眼睛也不知道什么时候从小时候的单眼皮变成了现在的微双，小时候他的脸圆圆的，看上去头好大的样子，家里人老开玩笑，现在他的脸其实是有点长的，很瘦，肩膀很宽，头好小，脸也好小。

可风一吹，看着窗外熟悉的小区外景，满月感觉自己好像又看到了小时候那个小朋友。

直到满弈出声，唤她：“姐？”

满月回过神来，感觉整个人有一半落了地，心也缓缓地往心窝坠，慢慢地，她轻轻地呼吸，直到情绪平静，她才好像在笑，眼眶又隐隐泛红地说：“你吓死我了。”

满弈挠头，不过满月不说了，催他下车，还要他赶紧操心自己，一会儿肯定又要挨骂了。

满弈一听果然哀号。

上楼的时候偶遇几位邻居，对方都挺意外满弈、满月姐弟俩同时回来，笑着问：“怎么啦？家里有喜事啊？”

满弈跟邻居们皮惯了，什么话都张口就来，满月还是不太自在，但她已经愿意接受对方的笑和温暖，也愿意回馈同样的感情。

到家以后是满父来接的，满月看了一眼屋里，满父了然道：“你妈在屋里呢。”

为了让满母有所缓和，满月早上提前跟满父说了这件事，是满父和满母沟通的。

满月有点担心：“她还好吗？”

满父笑了笑：“还行，刚开始有点不相信，后面想想自己的各种行为，好像信了，现在估计还在反思。”

“别反思了，一会儿出去吃饭。”满弈张口就来，“我姐订了餐厅。”

满父顺势踢了满弈一脚：“还没找你事儿呢，翅膀硬了是不是？现在腿好没好？”

满弈不满：“好了啊！不信你问我姐！”

“问我干什么，我又不是医生。”

满弈：“是不是亲姐了！”

“她是不是你亲姐先不说，我现在不想要你这个亲儿子了！”满母从卧室里走出来。

满弈一看是妈妈，立刻老实了。

他还有点不能接受自己的妈妈病了。

满母在原地站了一会儿，忽然扭头跟满月说：“好像是有点难受，他这么对我，我老感觉我活不长了。”

满月愣了一下，随后哭笑不得：“妈。”

满母也笑了，摆摆手：“知道了，下午去看医生。”

满月笑笑："嗯，我们陪你一起去。"

"也不算陪吧，你算是我病友吧？"满母说了一句。

满月又一愣，几秒后："还真是。"

满父笑得不行。

满弈很无语："你们能不能把病情当回事啊！"

满月叹气："知道了。"

满母也叹气："知道了。"

满弈翻了个白眼。

中午订的粤菜餐厅，吃完饭没多久一家人就去了医院。鹿袁看到满母的状态，笑着说："看来阿姨接受能力很强呀。"

现在是诊断时间，诊室只有鹿袁和满母两个人，满母安静了很久，才慢慢地说了一句："我确实早该来看看了。"

鹿袁淡笑说："是好事。"

满母笑了："是的，是好事。"

满母出来时满月还是很紧张的，她有点不知道该怎么问，只无声地看着满母。

最后还是满母先说的话："药太多了，要是能打一针就好了。"

满月抬手挽住了满母的手臂，像小时候那样："打针多疼啊。"

她说完有点期待地看着满母。

满母笑着伸手捏了下满月的脸："说得对。"

真的和小时候一样。

满月忍不住笑了，笑着红了眼睛。

慢慢地，扬起的唇角抿起委屈的弧度，连眼泪也掉了出来。

满母拍拍满月的手："对不起啊。"

满月哽咽得说不出话来，只是不停地摇头。

最后进入诊室的时候，满月还在哭，她还是委屈的。

她的心还在半空中。

鹿袁递给她纸巾。等满月渐渐地平静下来，鹿袁才说了一句：

“生病都是有原因的。”

满月没说话。

鹿袁继续说：“虽然更严重的是阿姨，但你还是有一点的。”

满月还是没说话。

这场谈话，最终以满月一直沉默结束。

走之前，满月平静多了，她跟鹿袁说：“我觉得我可能快好了。”

鹿袁笑：“那太好了。”

出去以后，门外只有满父和满母，满弈去缴费了。

满月走过去，坐在满母身边，她主动挽住满母的手臂，低着头，看他们握在一起的手。

满父说：“要不我们直接下去等他吧。”

满母正要起身，满月忽然唤了一声：“妈。”

满母一顿，满父也停下转身的动作。

满月慢慢地抬起了头。

此时落日余晖从窗户尽头照过来，好长的走廊，光影一路落在满月的脚边。

亮亮的光只有一点点暖。

满月看着满母和满父，过了好一会儿，才轻声说：“有一次，我睡不着，有点头疼，想去找妈妈睡，我走到你们房间门口，听到妈妈说……”

说什么？

那天好冷，外面下了一天的雨，被子很潮，满月怎么也睡不着，明明还没入秋，房间却似冰窖。

潮湿的被子闻久了有点臭臭的，她有点害怕，最后起床去了卧室。

卧室的门缝亮着一层光，她正要敲门，忽然听到满母的声音。

她叹了一口气，很累的样子，她说：“女孩子养起来是麻烦一点。”

心悬在半空中，安定无处可寻。

满月盯着满母的眼睛，像等待审判的囚徒。

她被困在那个夜晚太久了，灵魂被丢进最潮湿的地方，四季轮回，得不到安宁。

她仰着头，说完很久了，还是不敢问出口：为什么要那么说呀？我真的很麻烦吗？可是我也不想被欺负，我也不想每天那么难受的。

你是我的妈妈呀……

全世界都可以嫌我很麻烦，你怎么可以呢？

"我……"满母忽然慌了，她语无伦次起来，"不是，我，对不起，对不起，满月，妈妈忘了，妈妈不记得了，但是妈妈敢保证，妈妈真的没有嫌你麻烦，也不是觉得你不好，妈妈真的没有……"

她急得哭出来，她扭头问满父："到底是怎么回事啊？你们为什么要那么说啊？"

满父也愣住了，他在满母的催促下不停地回想，他想了很久，才想起来。

那是满月从拒绝与大家交流转为失眠的第一周，看着女儿一点点地瘦下去，他们做父母的急出肝火都没用。

他们也跟着失眠，反反复复地愧疚自责，懊恼自己做父母的怎么不能去接送孩子。

大概是他们总觉得孩子大了，不需要接送了。

"可是她是女孩子啊，女孩子不管多大都应该多照顾一下啊。"满母当时说，"是我们太粗心了，太想当然了！"

满父说不出话来。

夫妻俩年纪轻轻的，因为孩子的事情都快愁白了头发。

最后满母长长地叹了口气，说："女孩子养起来是麻烦一点，太操心了，我们捧在手心里的宝贝，受一点点委屈我都心疼得不行。"

满母也恍恍惚惚地想起来，她着急地告诉满月："听到了吗？妈妈是心疼你，妈妈是心疼你，不是嫌你麻烦，真的不是。"

扑通。

摇摇欲坠的心终于回家了。

一家人，终于是真真切切的一家人了。

脚边的光一点点地蔓延，覆盖了满月的脚、腿、肩膀、头顶和眼睛，直至全身。

她周身的轮廓像镀了一层金边，暖洋洋的。

冬日里的太阳总是最暖和的。

满月缓缓地抬起手，摸到了满母的手，光像是被传递着送进了满母的心里。

远处满弈跑了过来，他也走到了光下，眼睛亮亮的，他看向满月："你也出来啦？"

满月的声音很轻："对呀，我也出来啦。"

满弈说："那行，我都弄好了，走吧？回家？"

满月挽着满母的胳膊："好，回家。"

第十七录

我爱他

一家人难得一起在家窝着，其间满母要看电视，满月问她看什么，满母忽然说：“听你隔壁阿姨说最近有个什么医学节目？他女儿不是在考研嘛，也是医学，说还不错，叫什么来着？”

满月的心里咯噔一下，第一反应是扭头看满弈。

满弈显然是看热闹不嫌事大，他闻声立刻起身抢走遥控器，边找节目边说：“哎呀，那个节目啊，我知道，里面全是一些实习生，我们这儿也有一所医院参与录制了呢。”

语气很是阴阳怪气。

满月轻轻地吸了口气，下一秒满母问她：“是吗？听上去还挺好的，你看过没？”

“啊？我……”满月眨眨眼睛，磕磕绊绊地答，“我、我看过了，挺、挺好看的。”

“那找出来看看吧。”满母说着扭头看电视。

满月面上在笑，手里偷偷地拿出了手机，给满弈发微信。

满月：现在先别说。

叮。

满弈的手机响了。

满母拿胳膊撞他：“手机。”

满弈故意扭头看向满月，说：“没事，不急。”

满月露出微笑："也许别人找你有急事呢？"

"找我能有什么事，我朋友平时都把我设成免打扰的。"

故意的！

满月继续微笑："那你这样不太礼貌吧？"

"啊？礼貌都是相互的吧？"满弈无辜地眨眼睛。

满月抿抿嘴唇，忽然想起什么，往满母身边靠了靠，问："妈，你们想换车吗？感觉你们的车开了好久了吧？"

一边说一边轻飘飘地看向满弈。

果然，不等满母说话，满弈立刻站起来："确实！姐你说得对！做人不该那么没礼貌！我这就回复消息！"

句句喊话如军训，吓得满母打他："你吓死我得了。"

满弈笑嘻嘻的："看电视，看电视。"

说完拿起手机回复消息。

很快，满月收到答复。

满弈：收到！保证完成任务！

满月一边无语一边放下手机，紧张兮兮地陪满母一起看电视。

第一期看完跳转第二期的时候满月才发现第二期居然也更新了。她拿出手机打开播放平台才发现，这档节目一周播两期，但会员可以在第二天中午提前观看第二期。

这是今天中午刚刚更新的。

"又更新了啊。"满弈忽然说。

满月说："好像会员可以看。"

"哦，我是会员来着。"满弈说，刚刚投放电视屏幕的时候用的是满弈的手机。

"那看看吧，让你爸先做饭。"满母说。

满弈心不在焉地"嗯"了一声，满月直接没出声，正在全神贯注地盯看电视机。

满母愣了一下，左右各看一眼，疑惑道：“你俩那么专注，后悔没学医啊？”

满月一顿，脸微微发热，她欲盖弥彰地拢了下侧脸的头发，又手足无措地把抱枕抱在怀里：“不是，随便看看。”

另一边满弈也轻轻地咳了一声，换了一个姿势，非常不自在的样子，脸上却装得毫不在意的样子：“嗯？什么？没有啊，随便看看。”

大概是心虚的人了解心虚，所以满月听到满弈这么说以后先愣了一下，然后默默地扭头看向满弈。

满弈不经意间和她对视，却假装没对视地挪开了眼睛。

满月：“什么？”

不对劲吧？

满月再次拿起了手机，发了个问号过去。

满弈这次没装死，满月观察到他看到信息以后第一反应是抬手摸了摸鼻子。

呃……

这动作好像有点眼熟。

满月至少确定了一件事，满弈有事情瞒着他们。

于是她又丢了一个问号过去。

满弈这才慢吞吞地回复了一个“干吗”的表情包。

满月：你干吗？

满弈：没什么啊？

满月：啊？

满弈：嗯……

莫名其妙吧？

满月扭头看向满弈，满弈明明察觉到了满月的目光却假装在看电视，但是有很明显的表情变化，他在看电视的时候不高兴地皱了下眉头。

满月顺势看向电视机，画面此时是观察嘉宾里其中一位小花旦的个人时间。对这位小花旦，满月有过一点了解，她是哑叭叭的新偶像，叫时桃。

听哑叭叭分析，娱乐圈这两年的审美逐渐偏向小白花风格，时桃是一众小白花中的浓颜系，从这两期节目中满月也能看出来她并不是走单纯路线的艺人，她看人很有自己的想法，讲话也没那么千篇一律，不像是提前准备好的，是真的肚子里有点东西。

听说她的背景也很强，是真正的千金公主，所以有些习惯比较娇贵，但胜在真实。

这样的人……和满弈一个在校大学生应该没什么关系吧？

满月还想再扭头看一眼满弈，电视画面忽然切进了医院里，第一个镜头就是鹿晓和晏清辉谈话的画面，他们在聊一个病人的手术方案。

不面对病人，只在自己办公室时晏清辉要放松一点，他白大褂的扣子是解开的，微微往两边敞开，露出了里面的衬衫和长裤，他靠坐在桌子上，双臂抱怀，显得腿很长。

和鹿晓说话时，他微微地抬起眼睛，盯看着鹿晓，很认真，但又不至于太过严肃。

很帅。

很好看。

不单单是他这个人好看，是整个画面都很好看。

而立之年的成熟男人在自己的四方天地，轻描淡写三言两语却也能挥斥方遒。

这样的人，居然是我男朋友欸。

满月忍不住心怦怦地跳，唇角也抿起骄傲的弧度。

余光里忽然瞥见旁边投递来的目光，满月扭头，对上满弈无语的表情。

满月：“呃……”

很快，她收到消息。

满弈：花痴。

满月：要你管！

满弈：口水要流出来了。

满月：滚啊。

然后她在放下手机后悄无声息地擦了一下嘴角。

根本没有口水！

节目第一期的内容主要是面试和介绍实习生，因此导师的镜头并不是很多，晏清辉能上热搜纯属他自己的背景强大，第二期他的镜头明显多了起来。

满月有点紧张，一时间无心再顾及满弈，只敢偷瞄满母。

“这个晏医生，我怎么好像见过呀。”满母忽然说了一句。

满月猝然吸了一口气，扭头：“是、是吗？”

满母想了想：“是吧，好像真的见过，应该是在医院里见到的吧。”

满月不自觉地咳嗽。

满母关心地问：“怎么了？感冒了？多穿点，你瞧你穿的，手冷不冷？”

她说着抓起满月的手，满月说：“不冷，穿得挺多的。”

穿少了晏医生也不愿意啊。

“别光顾着美，又不催你找对象。”满母说。

话题切得猝不及防，满月愣了愣，才反应过来趁机试探：“那……妈，你希望我找什么样的对象啊？”

“你喜欢的呗。”满母说。

“你就没有什么要求吗？”继续试探……

“肯定要对你好吧，父母不要太忙，其实我是不建议找做生意的，太忙，都没时间照顾孩子。”满母又说。

满月顿了顿，小声地“哦”了一声：“其实我可以自己照顾自己的。”

满母没听见：“什么？”

满月摇摇头。

倒是满弈来了句："父母年纪大了肯定享福的，现在孩子基本都是找月嫂照顾了。"

"话是这么说，但外人哪有自家人放心，哎呀，你还小，不跟你讨论这种事情。"

满弈挺不高兴的："我哪儿小了？成年了行不行，明年都到法定婚龄了。"

"嗯嗯嗯，那你明年努力给我带个儿媳妇回来。"满母敷衍。

满弈嘟囔了两句。

满月也不说话了，靠在旁边看电视。

这期播到最后有聚餐，满月看到晏清辉带鹿晓和另一位实习生去餐厅，三人去停车场的时候晏清辉一直走在前面，找到车以后主动为鹿晓和另一位实习生拉开了后座车门。

他的这种行为基本默认了不建议坐副驾驶位。

满月脑海里忽然闪过很多个画面，她和晏清辉一起坐车的次数很多，最开始，满月是坐在后排的，因为那个时候他们的关系不算亲近，满月觉得坐后排有安全感一点。

后来，她以为晏清辉在照顾她的情绪，所以每一次都把她安排在后座上。

再后来……他们恋爱，可每一次，晏清辉还是会让她坐在后排。

为什么呢？

仅仅是习惯吗？

满月没忍住打开了微博，节目组已经创建了不少超话，晏清辉作为背景强、能力强、颜又帅的导师，第一个有了个人超话。

满月用小号关注了，她点进超话，果然看到有人在讨论这个点。

这是个很细微的点，一般只有女孩子才会观察到。

晏医生不会有女朋友了吧？副驾驶位都不让人坐欸。

呃，也不是吧？可能是照顾女生？

其实这两个实习生有点不懂事，都坐在后排就是拿晏医生当司机的意思呗？

嗯……可是是晏医生让她们坐的啊，她们也不敢拒绝吧？

行吧，那就是晏医生有女朋友了，看来不是善茬，晏医生在节目上求生欲都那么强。

我昨天才刚梦到我俩谈恋爱，今天就悲剧了？

醒醒，你是真敢梦啊！

后面都是一些娱乐话题，满月就没再看了，她开始认真地思考记忆里晏清辉对副驾驶位的安排。

好像真的每一次，她从来没坐过。

真的只是个人习惯吗？

满月不确定，也不敢再往深处想。

这时满父喊他们吃饭，满月起身的时候看了一眼时间，快七点了。

晏清辉还没下班吗？

满月心不在焉地吃饭，时不时都要拿起手机看一眼。

等到八点半的时候，手机终于弹出晏清辉的消息。

晏：刚忙完，吃饭了吗？

满月：还没有，哭。

晏清辉发来了一条语音，他轻笑了一声，像哄小孩一样问："怎么啦？"

满月无意识地噘了噘嘴，她是有点委屈的，感觉晏清辉太忙了，他们总是一天都说不了几句话，可她又不能埋怨什么。

"我肯定吃过了啊。"满月也发语音，她口吻里有自己没注意到的撒娇，"应该是你吃没吃过吧？"

"马上吃，你吃的什么？"晏清辉说，"我听鹿袁说阿姨今天来医院了，还不错？”

满月听完这条语音，回复：“你一次问那么多，我要先回答哪一条？”

下一秒，语音通话弹出。

满月不由自主地翘了翘唇角，故意慢了几秒才接通。

她刚接通，耳边就传来晏清辉含笑的声音：“我的错，这样可以回答了吗？”

满月轻轻地哼了一声。

晏清辉又笑了一声，他轻轻地唤一声：“满月。”

满月小声：“干吗？”

“真可爱。”晏清辉说。

好突然的一句情话。

满月先是愣了一下，随后脑子里砰地炸开红蘑菇，热得满脸通红。

生怕被家里人看出什么，她只好逃进自己的房间，趴到床上，忍不住把脸埋进被子里。

“怎么不说话？”晏清辉的声音在笑。

满月还闷在被子里，她的声音含混不清：“说什么呀？”

“说你吃了什么晚饭呀？”晏清辉说，“我们异地恋爱，总要让我对你的生活有点参与感吧。”

“哪有异地？”满月翻了个身，靠在床头上，把一个布偶抱在怀里揉它的脸。

掌心软软的，心也软乎乎的。

“没有吗？”晏清辉说，“那看来是我太小气了，看来只有我一个人那么觉得咯。”

他故意装得很可怜。

满月笑出声音：“你不要装。”

晏清辉学她：“有吗？”

满月“哎呀”一声：“你好烦！”

晏清辉笑出声音，不再逗她：“回家了？”

“嗯，晚上吃了爸爸做的饭。”满月像想起什么，“嘿嘿”地笑了两声，“还看了你的节目。”

“丑女婿见丈人了。”

“妈妈夸你帅哦。”满月的语气上扬。

“真的吗？”晏清辉故意震惊，随后又故意失落，“可是我比较想听你夸我。”

满月无语：“你这样你那些好几千的女友粉知道吗？”

“你有好几千个微博小号吗？”晏清辉问。

满月：“嗯……”

烦人。

根本说不过他！

第二天。

晏清辉忙到临下班，回办公室时他听到鹿晓在和家里人打电话，语气有些冲。

挂了电话，鹿晓很生气地说：“烦死了！又要我去相亲！我哥都没结婚呢，哪里轮得到我！”

晏清辉笑了一声说：“你跟你哥不能比吧？”

鹿晓反应过来，更气了：“确实！他哪里比得上我！我要是他早八百年就把南舒姐拿下了！都跟他似的，废物成这样，从小一起长大，到现在还没领证！”

说完才意识到自己在工作时间聊这些好像不太好，就在她犹豫着该怎么迈过这个话题时，晏清辉开口了：“说得好。”

鹿晓：“呃……”

这句话像给了鹿晓勇气，接下来十几分钟她都在吐槽鹿袁，吐槽完还要感叹一句：“还是晏医生你厉害，之前单身了那么久，突然就脱单了，牛！”

晏清辉沉默了几秒，忽然说了一句：“其实我们半斤八两。”

鹿晓一顿：“啊？”

晏清辉没再说什么，摆摆手示意她到下班时间了。

虽然在下班面前，八卦显得比较重要，但再借给鹿晓三个胆，她也不敢八卦晏清辉。

鹿晓离开后，晏清辉去了一趟卫生间，出来时发现手机上多了一通未接来电，座机，是疗养院那边打来的。

他放下水杯，拨过去。

“喂，晏医生是吗？院里忽然不知道从哪儿来了很多记者，说是要采访耿——哎！哎！你们干什么！不能进！这里不能进！喂！嘟嘟嘟——”

电话挂断了。

晏清辉快速地脱了大褂，抓起车钥匙就离开了医院。

他前脚刚出门，手机又响了，来电显示是满月。

晏清辉顿了一下，没有接通。

等电话挂断，他坐上车，微信弹出消息。

你等着我，我去找你。

来自满月。

他盯着这八个字，几秒后忽然扯起唇角笑了下。

车窗没关，风从前窗灌进来，很快又从后窗出去。转瞬之间，带走了车厢里所有的闷躁。

连同晏清辉心中的郁气。

他很难形容自己此时此刻的心情，像久旱的沙漠逢了一丝甘霖，也像负重前行的骆驼卸下包袱。

他看向车窗前方，道路旁立着一棵棵树，远远地看像一片森林，森林深处升起红日，光似河，覆盖在森林深处。

这是落日的尽头，却更像是初始的清晨。

几分钟后，晏清辉拿起手机给满月拨去电话，他一边打电话一边驱动车辆。

满月几乎是秒接，电话那头的她气喘吁吁的，像在奔跑。

奔跑着见他。

晏清辉微微地蹙眉：“缓一缓。”

满月很着急：“没事，我在我妈这儿，很快就到你那里了，晏清辉，你等等我好不好？”

“当然好。”晏清辉说，“但是你先缓一缓，听我说。”

“满月，不用跑，我不会走，我去接你好不好？你把地址给我，我可以去接你。”

可以让你看看，我是安全的。

话音刚落，电话里的风声小了很多，呼吸声渐渐地平稳，几秒过去，满月出声：“好，你来接我，我等你。”

“嗯，别担心，我没事。”晏清辉说。

挂了电话，满月还站在楼道里，小区老旧，楼道也处处藏灰，因为奔跑灰尘四起，很快又降落，归于平静。

满月回想起互联网上那些有关于晏清辉的言论，忽然转身上楼。

她一进门，果然看到满母和满父都面带担忧。

刚刚她离开得太过匆忙，没有告诉满母和满父原因，他们一定很担心。

满月轻轻地吸了口气，吐出来，然后说：“爸、妈，我谈恋爱了。”

满母和满父双双震惊。

满弈一脸平静，甚至看热闹不嫌事大地剥起了橘子。

满月继续说：“他叫晏清辉，是昨天我们一起看的那档节目里的导师，网上最近有一些关于他的事情，真真假假的我希望你们能等我告诉你们，现在我要去找他处理一些事情。”

说着她看向满弈：“你跟我一起？”

热闹吃到自己身上，满弈“嗯”了一声：“我去干吗？”

满父二话没说把人拎起来丢过来：“让你去你就去，哪儿那么多话！”

满弈“哎哎哎”了好几声才站稳。

满月朝满父和满母笑笑，带着满弈转身下楼前，又说了一句：

"爸、妈，我很爱他。"

下楼以后还是要等着，满月皱着眉头看网上的舆论发展。

事情的起因还是要从两个小时前说起，网上忽然爆出一段录音，乱糟糟的环境里有一段很清楚的对话。

你是说晏清辉找人把司机的儿子锁了起来不让你们见？

他说送进疗养院了！疗养院是什么地方？说是治疗怎么还越来越严重了？我们耿新以前根本没有问题的！我看是有人背地里耍手段折磨人了吧！

其实网友没有完全相信这段对话，但是有些媒体已经前去疗养院了，甚至有人在直播，满月点进去看过一段，媒体方根本没有尊重疗养院的工作人员，基本属于硬闯。

疗养院里那么多病人，本来就对外界的环境很敏感，他们这样做无异于火上浇油。

就在满月的眉头越皱越紧时，又有一段录音被放出，只有一个人在说，像是对当年车祸内情有点了解的人。

哎呀，清辉是很好的人的，当年他也是死里逃生的，他不会做出这种事情的。

说什么报复，我根本不信，他小时候人品就很好，父母为人也善良，真说要报复，我觉得他应该要报复自己才对。哎呀，我不是那个意思，我的意思是这孩子肯定很愧疚，当初他妈妈坐的是后排，他坐的是副驾驶位，是他临时换了位置想要休息才躲过一劫的。

一瞬间，所有的事情都了然。

没有习惯。

也没有幸存者。

只有被抛弃的人。

他原谅了全世界，放过了所有人。

唯独没有放过自己。

满月觉得自己在发抖，她很难想象，这些年，在无数个辗转反侧的夜里，晏清辉是怎么等来一个又一个天亮的。

没有人知道。

也不会有人知道。

车辆驶来，迎着光辉，穿过玻璃，满月看到了晏清辉。

他把车停到她旁边，下车，握住她的手，问她："冷不冷？"

满月红着眼睛摇头，她反握住他的手，她其实更想问他，你冷不冷啊？这些难熬的冬天，你冷不冷呢？

可最终她什么也没有说。

她什么也不说，但是她要跟他一起去。

她要让他明白，在这个世界上，他并不是一个人在战斗。

上车的时候，满月让满弈坐在后排，但是她没有上车，而是在晏清辉的注视下关上了车门。

她回头看向晏清辉，看他的眼睛，试图走进他的苦难中。

她说："我可以坐你的副驾驶位吗？"

在这个信息时代，其实很多事情是瞒不住的，晏清辉并不是有意隐瞒这些细节。

他只是不想说。成年人的世界，已定的结局，过程与细节都显得无可厚非，张口像在卖惨，很没意思。

他当然也无比清楚，他是有创伤的。

只可惜医者不自医。

他长年在医院里，每时每刻与生命交错，却仍然没有看淡生死。

他仍然会为每一次的死亡感到遗憾，又或者是释然，也仍然会为每一次的新生感到欣喜，或者挣扎。

他在生活里，从未放弃活着。

哪怕，他有创伤。

他对此不看不问，置之不理。

他总是好像很坦然接受的样子。

可是他真的接受吗？

没有人愿意接受悲剧与苦难。

他们只是无法拒绝。

无法意味着无能，接受意味着承认自己的无能。

无能的人，怎么保护爱人。

晏清辉垂在一侧的手微微地颤了颤，他试图平静地说：“其实副驾驶位真的不太安全——”

“我相信你。”满月一眨不眨地盯着他的眼睛，她重复，“我相信你。”

晏清辉沉默了。

满月依然盯着他。

几秒后，在渐起的晚风里，满月主动败下阵来，她有些狼狈地躲开晏清辉的眼神。

满月匆匆地转身，开门坐进了后排。

车子一路平缓地行驶，车厢安静，只有引擎引起的闷响。

恰逢下班高峰期，路上很堵，红绿灯一闪一闪的，比心跳还躁。

就在最后一个路口时，车子忽然停了下来。

满月因为惯性往前趴，等她再反应过来时车门已经打开了，她蒙蒙地抬头看车外的晏清辉。

他与她对视，片刻后，轻轻地叹气，仿若败下阵来。

他牵住她的手，满月还在蒙。

晏清辉还是弯腰姿势，像在邀请。

邀请她进入他的世界。

他一句话没有说，满月却觉得风里全是他的声音。

他在说：好吧，我确实是个小可怜，你进来了，就不能再走了。

汹涌的泪意碾过眼眶，满月的唇角抿出委屈的弧度，明明受伤的不是她，她却难过得好像要死掉了。

她张开双臂，晏清辉将她半拽半抱着出来，满月趴在他的肩窝上，闷闷地道："我都说了我相信你的。"

晏清辉一下一下地拍她的后背，沉默片刻后才从喉咙里轻轻溢出一声："嗯。"

车子再次出发，世界宛若进入新生。

抵达疗养院的时候，一眼就能看到门口停的车，车上还有人在拍照录像。

晏清辉抿了抿嘴唇，眼眸渐渐冷起来。

他直接把车停在路边，带着满月下车，满弈跟在身后。

有人看到晏清辉，既很意外又很惊喜，恨不得赶紧跑过来采个大新闻，可他们甚至都没到旁边，晏清辉就冷冷的一声："滚开。"

还有人想继续跟，满弈直接一手一个，扔完还要讽刺两句："实在不行去办张卡。"

废胳膊废腿，捐了都没用。

三人一路疾行抵达耿新的楼层。疗养院大概已经尽力了，几乎所有防卫人员都在这一层，他们尽力阻止更多的媒体人，但在晏清辉出现的一刹那，所有的阻拦都白费了。

不知道是不是晏清辉出现得太突然，以至于有那么几秒钟现场所有的躁动都戛然而止。

他们看着晏清辉一步步走到耿新的房门前，本来堵在房门前的人看到晏清辉，居然不约而同地让了一条道出来。

病房里，耿新已经在接受采访了。

晏清辉不知道媒体询问的是什么问题，也不知道耿新说了多少，只是在当下，他听到的是：

"我爸罪有应得，我这些年的疗养费用都是晏清辉出的，你们希望我回答什么？我的病情和车祸无关，很早就有了，联系你们的那个是我不知道哪个亲戚，没见过，不认识，她不知道我有病，也没来看过我。"

“这些年，看过我的只有一个人。”

话音刚落，他似有察觉，缓缓地回头。

不近不远的距离，他们四目相对。

白炽灯照在耿新的脸上，少年的眼眸已经被病痛折磨得再无光芒，可此时他的眼里是少有的冷静与清醒。

其实耿新和晏清辉并不熟稔，后来也没有经常见面，他们仅有的联系就是晏清辉一直向疗养院提供他的疗养费用。

耿新甚至没有在清醒的时候和晏清辉说过一句话。

可他突然间就清醒了。

在这样紧要的关头。

如果此时此刻耿新在犯病中，没有人能保证他会说出什么言论、做出什么表现。

媒体又会如何渲染这个原本就荒唐的事件。

但是他清醒了。

幸好，他是清醒的。

大概这就是真心永不该被辜负，善良也注定有所回报吧。

满月忽然有种劫后余生的幸福感，她忍不住掉下眼泪，忍不住扣住晏清辉的手。

他的手在发抖，很轻微地抖，只有她能感知到。

就好像，他的脆弱，只有她能看见一样。

也好。

哪怕只有她自己能看到，也很好。

回去的时候满弈没有再跟他们一起。车子平缓地驶离，寒冬更甚，车厢里却暖洋洋的。

满月扭头看向窗外，悬挂的夜幕，映着很多光亮。

“明天大概是个好天。”她说。

晏清辉也看了一眼，仅一眼，目光便全都落在了满月的侧脸上。

他应了一声：“是吗？那真的是太好了。”

第十八录——下雪啦

舆论在第二天继续发酵，采访内容不知为何从晏清辉和耿新父亲的恩怨变成了耿新的经历。

大概是他难得清醒，想要留下点什么。

他说自己是留守儿童，从小和爷爷奶奶相依为命，做梦都希望爸爸妈妈带他去大城市一起生活。

后来父母来接他了，却是为了推脱他的抚养权。

母亲远嫁西方，不想带着他；父亲经济不足，舍不得他跟着吃苦。

双方言辞激烈，每一句都扎在耿新的心上。

平安夜的晚上，他们这个家彻底破碎了。

母亲在那个晚上，去了另一个世界，从平安夜开始，启动新的一生。

而他也从此被病症纠缠。

“虽然人可以追求自我，但父母离婚了，终究是苦了孩子。”满母叹气。

“你上次说他总是冬天情绪起伏剧烈，是不是因为他父母在冬天分开的啊？”满父说，“眼看这又要到平安夜了。”

满月想了下，说：“可能是的。”

“那你和晏清辉要不要去看看啊？”满父说。

满母不赞同地皱起眉头：“我觉得还是不了，清辉那孩子过得也不好，他只是看上去体面，不能因为他善良，就一而再、再而三地让他付出。”

“也是。”满父叹气，“是我考虑不周。”

满月没想到满母会忽然提起晏清辉，还用那么亲昵的口吻。

昨天一时心急，今天又忙于关注互联网上的后续进展，满月都快忘了她突然公开恋情这件事了。

突然提及，满月多少有点心虚，她不自在地挠了挠鼻子，小心翼翼地偷瞄满母一眼。

满母好像没察觉到，也没继续聊这个话题。

忽然不聊了，满月又觉得不舒服，总觉得他们对晏清辉的好奇和关心不该止于此。

于是她自己试探性地说了一句：“他是挺善良的。”

满父随口说：“医生嘛，救死扶伤，见多了苦就看不了苦了。”

“他挺忙的吧？”满母忽然问了一句。

满月忍不住紧张得心一跳，应一声：“啊，是，挺忙的。”

“还是要注意身体。”满母说。

“嗯，我会跟他说的。”满月如坐针毡。

就在她想着满母接下来会问什么时，满母忽然嘀咕了一句：“年龄比你大那么多呢。”

满月：“啊……”

什么鬼。

“也没大多少吧……”满月有点哭笑不得，却又不得不在心里承认这个事实，但也不能因为这个让他注意身体吧……

说得好像年纪轻轻的要怎么着一样。

“大点好，大点疼人。”满父说，“我看节目里他挺稳重的。”

满月低低地“啊”了一声，她也不知道该说什么，总觉得有点尴尬，强撑着和满母满父又聊了两句，匆匆找了个借口跑回自己房间待着了。

满月刚关上门，满母就说：“真是突然，说恋爱就恋爱了，还找个那么大的，人家不着急结婚吗？”

满父斜睨她：“你刚刚怎么不说？”

“我怎么说？你看她一头栽进去那样，说有用吗？”满母没好气，“算了算了，随他们自己折腾吧。”

满月在满母满父面前不敢折腾，回到屋里就开始给晏清辉发消息。

满月：在吗？

晏清辉应该在闲着，回复得挺快。

晏：怎么了？

满月：我爸妈刚刚在聊你。

晏清辉立马发来一个转账888的表情。

满月：干吗？

晏：买点情报。

满月故意——

满月：还以为没有晏医生处理不了的事情呢。

晏：人无完人，鄙人确实惧内。

满月脸一热——

满月：哪有！

晏：不好意思，预支了下未来称谓。

满月接不上来了，只能假装恶狠狠地丢一句——

满月：上班摸鱼，举报你！

晏：我们院有规定，紧急情况可与家属联系。

满月已经不想跟他纠结称谓的问题了，反正也说不过他，于是换了一个方向。

满月：你这算什么紧急情况？

晏：思念成疾，十万火急。

满月：什么……

大概不管换多少问题，她都说不过他。

怎么办，家庭地位好像已经显露于水了……

下午城市忽然降温，满月窝在家里不愿意出去，也不想回自己家。

这个时候她才庆幸家里给叮当用的是自动喂食器，也非常庆幸家里并不是只有一个猫砂盆。

满月在床上舒适地翻了个身，迷迷糊糊地睡了过去。

她再醒来是被喊醒的，满母很兴奋：“月月，快来，下雪啦。”

满月慢吞吞地坐起来，茫然地往窗外看。

雪势很大，远远地看像鹅毛一样。

满月有一种还在梦中的感觉，明明睡前什么都没发生，醒来世界却都白了。

她走到窗前，往外看才发现屋顶已经积了一层雪，她忍不住“哇”了一声：“下雪了哎。”

满母笑笑：“小时候下雪都要跑出去玩的。”

满月“嘿嘿”一笑：“几点啦？”

“快六点了。”满母说。

满月又笑了两声：“那我现在也要出去了。”

她说着小跑着去衣柜里找衣服。满母明知故问：“出去做什么？”

满月迅速换好衣服，跑出去：“出去谈恋爱。”

满母失笑摇头：“不害臊。”

大概是温度太低，一出门满月就被冻红了脸，她坐上车立刻给晏清辉发消息。

满月：下班了吗？

晏清辉回复得很快——

晏：还没，快了。

满月：下雪啦！

晏清辉：看到了。

满月正要再发消息，晏清辉忽然发来一条——

晏：知道初雪要怎么过吗？

满月用手指抵住唇瓣笑，她明知故问——

满月：怎么过呀？

晏：应该是要和男朋友过吧？

满月这次没回文字，而是直接发了语音，她故意把声音拖得长长的：“是——吗？”

晏清辉回的也是语音，他的声音带着笑意，模仿她：“应该是——吧？”

打从刚刚和晏清辉聊天，满月唇角的笑就没消失过。

下雪路滑，车子启动后满月没再和晏清辉聊天。她车子开得不快，恰巧每个路口都逢绿灯。

一路畅通无阻，好像上天都在说：奔赴喜欢的人的路上是不应该出现任何意外的。

雪越来越大了，地面堆的雪也渐渐厚起来，路旁的灌木丛和常青树被雪覆盖着，整个城市都有一种微妙的浪漫感。

满月忽然想起来昨天的夜空，昨晚她说明天是个好天。

好天气并不完全意味着晴天。

初雪，是更好的一天。

医院门口有推车卖花的，满月真的是心血来潮，买了一枝放在车上。

她把车子停在老地方，静静地看雪，静静地等晏清辉。

大概半个小时后，晏清辉就迎着雪朝她走来。

在她的注视下，他很快就白了头。

他走到她车的旁边，满月打开车窗，唇角眼睛都弯着，她忽然拿出花从窗口递了出去。

“送你小花花。”她的语气好可爱。

晏清辉也在笑，他微微地俯下身，笑眼与她对视。

他们都在笑。

晏清辉从口袋里拿出一颗苹果，递到满月眼前：“送你苹果果。”

满月笑出声来。

晏清辉还在看她：“下车吗？”

“要下车吗？”满月问。

“嗯，去逛逛？”晏清辉提议。

“可以呀。”满月下车。

她刚下车，发丝上就染了白，睫毛也沾了雪，晏清辉伸手帮她把眼睫毛上掉落的一点白色拂掉。

很亲密的动作，让满月心里有一点点紧张。

“我去拿车上的伞。”晏清辉说。

满月主动挽住他的胳膊：“我跟你一起。”

他们一起迈步，共同白头。

大概因为是初雪，街上有很多人，不少年轻人都没打伞，在街上奔跑嬉闹，还有小朋友，在路边堆雪人。

满月很少出来逛街，更没有在初雪这天逛过街，她像小朋友一样，眼睛亮亮的，看哪里心里都高兴。

晏清辉为了防止她乱跑，不得不抓住她的手往自己口袋里放，以此牵制住她。

满月也不在意，扭头看到路边卖烤红薯的，就仰起脸眼巴巴地看晏清辉，晏清辉笑着看她，装作不懂：“嗯？什么？”

他故意逗她。

满月另一只手也抱他的胳膊，像猫一样晃身撒娇：“想买那个。”

“买！”说得很一掷千金的样子。

满月被自己的脑补画面逗笑了，烤红薯都拿到手里了还在笑。

晏清辉直觉不是什么好事，眯起眼睛：“怎么了？”

满月“哼”了一声：“不告诉你。”

终于赢一把了吧？

满月得意。

不想下一秒手里的红薯被晏清辉抢了去，她伸手去拿烤红薯。

她刚一伸手，晏清辉的手挪开，躲了过去。

满月没控制住，由于惯性一把抱住了晏清辉的腰身，她脸都埋进他胸口里了。

“干吗？”满月脸都红了。

晏清辉轻描淡写：“逗你。”

满月噘嘴，伸手去抢。

晏清辉轻松地躲开，满月喊："雪要落上啦！"

晏清辉看着满月泛红的脸和她亮晶晶的眼睛，不知道是红薯的香味，还是什么别的，他喉结滚动，心头莫名涌上一股馋意。

满月本来没意识到，专心盯着烤红薯，等她察觉到晏清辉没有再躲时，她下意识地抬眼看晏清辉，却猝不及防撞上了一汪深意。

她一顿，愣在原地。

雪越来越大，气温逐渐降低，心却滚烫。

满月无意识地咽了咽喉咙，心跳渐渐快起来。

"满月，初雪要做什么？"

满月的喉咙像被封住了，讲不出话来，她像傻掉一样，只会直勾勾地盯着晏清辉。

忽然，晏清辉俯下身，凑近。

她把他的眼睛看得更加清楚。

他的眼睛里，是她。

"初雪，要和喜欢的人接吻的。"

晏清辉盯着满月："要接吻吗？"

话音刚落，满月忽然踮起脚，吻了上去。

唇瓣相贴时，晏清辉的眼睛里溢出了浓浓的笑意。

他一手拎着烤红薯，一手撑着一把黑伞，黑色薄布很快被白色覆盖，远远看去，伞上风雪，伞下风月。

此时夜幕降临，满城飘雪，雪落进路边烤红薯炉里很快升起白烟。

这一幕，好像电视剧里的大结局。

满母和满父嘱咐让满月去把没打的疫苗打了，满月一开始还有点不高兴。

满母也不高兴了："这疫苗打了没坏处，怎么，这么大了还不愿意打针？"

满月心虚地“哦”了一声，小声地问：“可以不打针吗？”

“问我做什么？问你男朋友去。”满母轻飘飘地撂下一句，转身走了。

满月“哎哟”一声，起身追上去，她从后面抱住满母撒娇：“我不问他，我就问妈妈。”

满母“哼”了一声：“问妈妈做什么？妈妈能陪你一辈子吗？”

“能呀。”满月笑嘻嘻的，“妈妈肯定要陪我一辈子。”

满母闻声转过身来，她盯着满月看。满月被她看得有点茫然，随手从旁边的果盘里拿了一个橘子，一边剥一边问：“怎么了？”

因为工作和经历，满月过去大多数时间都不见太阳，所以皮肤比常人的细腻白皙，手指也偏纤细瘦长，剥橘子时被黄色的橘皮衬得更加亮眼。

在家里的时候，她穿的居家服，头发披散着，没怎么打理，抬眼看人的时候眼睛黑黑的，像还没长大的孩子。

满母不由得感叹，这么水灵灵的一个小姑娘，过不了多久说不定都要嫁到别人家了。

她想想心里挺难受，口吻一时之间有些控制不住的阴阳怪气：“嘴巴怎么那么甜？跟谁学的？”

满月一顿，慢吞吞地抬眼看向满母，她先是沉默了几秒，然后放下橘子，一副欲言又止的模样。

几秒后，她忍不住开口：“妈，你吃醋啊？”

满母白了她一眼，把她剥好的橘子拿走了。

满月看着满母离开的背影，愣了几秒后才反应过来，她忍不住笑了，趴在床上跟晏清辉显摆。

晏清辉挺会抓重点。

晏：疫苗没问题，早晚都会普及，你什么时候打？

满月：还不知道啊。

晏：下午来医院。

满月：干吗？我才不要走后门。

晏：没……

下一秒，他发来一条语音。

中午休息时间，晏清辉挺放松，开口说话也懒懒的样子。

满月好像能想象出他的样子：他应该把白大褂脱了，穿着自己的衬衫，领口的扣子解开了一两颗，靠坐在椅子上，身子骨有点懒散，眉眼一层浅笑。

他的声音也懒散，低低的："正房太太走什么后门？满月，要对自己有点信心啊。"

尾音拖出调侃的意味。

满月："啊……"

好想报警，把这人抓起来！

下午满月按照晏清辉给的地址去打针，为了方便打针，里面特意穿的薄针织衫。

现场打针的人不多。

满月其实不怎么怕打针，主要是从小到大也很少因为生病打针，没怎么吃过这方面的苦，所以不觉得有什么，可当她看到每个人打完都龇牙咧嘴地喊疼时，不由得有点想退缩了。

然而名额都是预约好的，时间也是约好的，很快就轮到她了，别人都有朋友家人陪，只有满月是自己一个人。

以前满月做什么都是一个人，从来不觉得有什么，可自从和晏清辉谈恋爱后，她好像忽然变成了无法独立行走的人。

好想晏清辉来陪她哦。

满月心里有点委屈，坐到医生面前时，忍不住给晏清辉发了一个委屈的表情包。

她知道晏清辉这个时候应该在忙，估计收不到她的信息。

想到这里，她更委屈了。

然而就在她刚把手机盖在桌子上时，身后忽然传来一阵窸窣骚动，满月怕影响医生打针，没敢回头。

她就坐在那儿，脱了羽绒外套，露出被针织衫包裹的纤瘦的身体轮廓，大概是为了避免影响医生操作，她把头发都拢起来聚到另一侧胸前，微微低头时，眉眼既恬静又温柔。

她一条胳膊搭在桌子上，袖子挽到肩头，不管从哪个角度，都只能评价一句：太瘦了。

晏清辉不太满意地蹙了蹙眉头，在心里盘算着怎么才能让人多吃两口饭多长两斤肉。

“晏医生怎么有空过来啊？”操作医生看到来人笑着打了声招呼。

欸？满月正要回头，操作医生忽然抬手摁住她的胳膊，叮嘱：“别动。”

满月不敢动了，她有点紧张，正要别开脸去，却感到后脑勺忽然被人摁住，紧接着她的眼睛也被人捂住。

她嗅到一股好熟悉的味道，淡淡的青柠洗手液味道和恰到好处的消毒水味道。

真的是晏医生呀。

满月不由自主地弯了弯唇角，主动贴向来人，晏清辉察觉到她的动作，垂眸时眼里有不尽柔意，他另一只手拍了拍满月瘦薄的后背，低声说：“没事了。”

可能喜欢与爱的能量就在于此，止痛。

满月感觉自己都没感受到痛意，眼前的手拿开，她仰起脸，笑问：“你怎么来啦？”

“来看看某人会不会哭鼻子。”晏清辉的唇角也在笑。

“我又不是小孩子。”满月小声地嘀咕。

“不是吗？”晏清辉的声音低低的，带着笑意。

他又故意逗她，老是这样。

满月正要反驳，下一秒忽然听到操作医生对另一个女生说："你看什么看？这是人家男朋友，不能给你也拍拍。"

其他人闻声笑了。

满月闹了个大红脸，也不想着反驳晏清辉了，拿起衣服就要跑。

晏清辉手疾眼快拽住她："跑什么，衣服穿上。"

"哦。"

虽然不想承认，但满月觉得自己确实有被帅到。

晏清辉打针比满月要晚几天，那天满月在等满母看病，等着等着等来了鹿袁的一条微信。

鹿袁：去一下疫苗接种室。

满月：啊？怎么了？

鹿袁：你男朋友让你去。

满月心想自己不是已经打过了吗？她虽然不解，但还是很快就过去了。

最近接种疫苗的人多，而且这一批一眼看过去全是穿白大褂的工作人员，满月一个非医护人员站在门口显得格格不入，吸引了不少人的目光。

她有点尴尬，正打算给晏清辉发消息，忽然有一个人过来拍她的肩膀。

她回头，才看到是鹿晓。

"在里面呢。"鹿晓说完就走了。

满月很茫然地走进去，在最里面见到了晏清辉。

他坐在医生旁边，外套脱了，袖口已经挽起，胳膊搭在桌子上，准备接种。

满月眨了眨眼睛，眼睛里全是茫然和疑惑，她小声地问："怎么啦？"

晏清辉看她，很自然的样子："打针啊。"

满月点头："对啊。"

那让她过来做什么？

晏清辉开始看着她笑。

满月觉得好奇怪，她与晏清辉对视，因为太疑惑而歪了歪头。

可就在对视期间，医生拿起针时，满月忽然一瞬间福至心灵，懂了。她一下子脸变得好红。

晏清辉还是看着她笑。

满月的耳朵都要红了，她的声音超级小："你是小孩子吗？"

晏清辉很坦然："嗯，幼儿园大班生。"

满月被他盯着笑得不好意思了，顺势抬手捂住他的眼睛，她往前走了一步，都不敢看医生和周围人的眼睛。

等医生打完针，她转身就要逃，然而还是被晏清辉抓住。他扣住她的手腕，没有半分不好意思的样子。

满月感觉自己再待下去就要不能呼吸了！她可不是社交达人！

她回头，微微瞪眼，意为：又要干吗？不要再无理取闹了！

晏清辉起身，整理衣服时，很淡然地来了一句："怎么不拍拍？"

满月："什么鬼……"

满月踮起脚，一把捂住了他的嘴，并在心里发誓：以后绝对不会再和晏清辉一起打针了！

满月所在的城市这几年元旦跨年活动挺多的，步行街人群涌动，一些广场启动了夜间游乐场，各大酒吧邀请知名或冷门乐队，哪儿哪儿氛围都很足。

然而今年不行。

满母倒挺高兴的，提前一天就跟满月和满弈交代好了，让他们回家吃饭。

满月想拒绝，因为那天晏清辉休息，他们好不容易有时间待在一起。

电话里说这件事的时候，满月情绪泄露得很明显，晏清辉笑着逗她："我地位那么高吗？"

满月不高兴地皱小鼻子，小声地嘟囔："得了便宜还卖乖。"

"不敢。"晏清辉笑说，"明天早点出去？"

满月的声音拖着："干吗？"

"干吗？"晏清辉学她。

"再学挂了。"

脾气还挺大。

"错了。"晏清辉立刻说，"晚饭还是跟家里人一起吃，你陪我吃中午饭，好不好？"

满月哼哼唧唧地不说话。

那就是不好。

晏清辉拖着声音假意思考："嗯……吃个中午饭都不愿意啊？唉，那我还是不为难你了。"

"你少来！"满月愤愤地，"你明知道我不是这个意思。"

"那你是什么意思啊？"晏清辉问。

满月沉默了。

"难道是想再陪我吃个早饭？"晏清辉故意说得很夸张，"那我也太荣幸了吧？"

满月知道他是故意的，故意这样哄她，故意表现得没有半点委屈。

可他越这样，满月就越心疼他。

她还是沉默着不说话。

最后晏清辉半开玩笑地说："总不会还想让我去侍寝吧？"

满月："你少在这儿胡说八道。"

晏清辉笑出了声："不胡说，可以睡觉了，小满月。"

满月不情不愿地"哦"了一声。

第二天，满月一睁眼已经快八点了，她翻了个身，迷迷糊糊地摸出手机，随手给晏清辉发了一个表情包。

晏清辉很快打来电话，满月感觉自己还在半梦半醒间，她的嗓音黏黏糊糊的，翻了个身，趴在枕头上，含糊一声：“喂……”

下一秒，耳边和门外忽然叠加出现一声：“早。”

满月愣了愣，睡意顿时散了一大半，眼睛也睁开了，她还维持着刚刚的姿势，只是眼睛默默地眨了眨。

“不会又睡了吧？”耳边的声音低低的。

满月默默地打开了手机。

声音仍在：“那我可走了？”

但是声音在门外，卧室的门外。

满月彻底清醒了，她放下手机，一下子爬了起来，鞋都没穿，直接光着脚跑去开门。

门打开了，眼前的人穿着单薄的白色卫衣，怀里抱着一只猫，他一只手拿着手机在耳边，一只手拿着猫爪子，冲她挥爪子。

“早。”他看着她，笑着，唤她的名字，“小满月。”

他怎么在这儿？！

满月在巨大的震惊和惊喜中快速反应过来，晏清辉是知道她家大门密码的，怀里的叮当是昨晚就跑出去的，不知道怎么回事，它一直不愿意进屋，所以满月干脆把它放在外面了。

难道它提前感知到了？

反应过来以后，满月有了其他反应——她与晏清辉对视，几秒后忽而瞪大眼睛，身子一弯，从旁边钻了出去，飞快地跑进了卫生间。

啊！没洗脸没刷牙没换衣服！

不知道为什么，有那么一瞬间晏清辉感觉自己好像看见了七年前的满月。

他轻笑出声，把电话挂了，猫也放下，甚至看戏道：“去找你妈玩。”

满月听得到！

她咬着牙刷，含糊道："不准！"

晏清辉走到卫生间旁边，他靠在旁边的墙上，唇边挂着很明显的笑意，隔着门说："它不准，我准吗？"

满月想打人。

虽然明知道晏清辉不会真的推门进来，但她还是吓得立刻挡在了门上："不准！"

"哦。"晏清辉忽然很明显地低下声音，"那我走了。"

话音落下的同时，门开了。

满月觉得自己快要被气死了，明明知道晏清辉不会走，却还是控制不住立刻打开门。

她撇着嘴，两眼巴巴地看晏清辉的后背。

两秒后，晏清辉忽然转过身来，一手捞起她细软的腰肢，两步进了卫生间，反手关上门。

很快，门后又传来细微的动静，像人被抵在了门上。

叮当茫然又好奇地蹲在门口，尾巴一甩一甩的，听到先是一道娇软的声音低低地"呀"了一声，随后变成了一道短促的、欲言又止的"唔"。

过了好久，才响起男人低沉的声音："鞋也不穿。"

门打开后，满月像八爪鱼一样胳膊腿都攀在晏清辉的身上，她把脸埋进晏清辉的肩头，晏清辉走路时她两只脚一晃一晃的。

满月穿的还是睡衣，幸亏她的睡衣都是长袖长裤的居家款，雾蓝色极其衬肤色，绸缎一样的布料贴在她的肌肤上。她抬着胳膊，袖子顺着往下滑，露出藕色一样的胳膊。

满月很瘦，骨架也小，身上的肉软得不像话，肌肤也嫩得不行，随便抓两下手腕就红了一片。

晏清辉把她放在床上，瞥见她手腕处的红痕，眼前不自觉地浮现刚刚的画面——他轻而易举就能扣住她的手腕，稍一用力就能把她整个人都摁在门上。

眸色不受控制地深了深，晏清辉强迫自己挪开视线，问她："袜子在哪儿？"

满月不好意思让他拿，作势要自己下床拿，晏清辉手疾眼快拦住她。他手长脚长个子高，随便就能把她圈到领地里，低头时有不可忽视的压迫感。

"在哪儿？"

满月满脑子都是自己刚刚被制服的画面，她忍不住捂住脸往一边倒，然后用手指了指柜子的方向。

晏清辉看着她，起身，停顿几秒，又折返。

"太可爱了，再给我亲一会儿。"

满月一边承接，一边迷迷糊糊地想：晏清辉到底是来干什么的啊……

俩人在家里磨蹭到十点多才出去，满月为了搭配，找了一身和晏清辉差不多的衣服，她站在镜子前整理时，晏清辉就靠在旁边看她，他的眼里有很明显的笑意，时不时地从镜子里和她对视。

满月有点难为情，却又忍不住想要留下这画面。

她拿出手机，慢吞吞地走到晏清辉旁边，仰头看他。

也不说话，就看他。

晏清辉也看她，几秒后俯首亲了她的嘴唇。

满月震惊，后退："干吗？"

晏清辉挑眉："你不是这个意思？"

满月差点要跺脚："才不是！"

晏清辉点点头，面不改色："哦，那是我的意思。"

满月："什么啊……"

最后满月全程红着脸被晏清辉从背后搂着拍了几张照片，照片里举起的手机挡住了满月的脸，晏清辉垂眸看她，大片的阳光照过来，虚化了晏清辉的脸，只有他唇边的淡笑若隐若现。

这张照片被满月发到了大号微博上，一经发出，阅读量和讨论量惊人。

我天！

老婆？

老婆的老公叫什么？

都是一家人，当然喊老公啊！

来人啊！给我上八倍镜！

满月看到这条评论顿时想把照片删了，最后还是晏清辉拦下她说：“早晚的事，怎么，你还想把我藏着掖着？”

满月默默地收起手机，顺便再捂住他的嘴。

晏清辉扣住她的手腕，眼睛笑着：“教你一个更实用的堵嘴方法？”

满月：“你的狼尾巴要藏不住了。”

晏清辉挑眉：“那么明显吗？”

“是啊！”

“那直接来吧。”

中午两个人吃的烤肉，虽然是中午，但人不是特别多，吃完以后两个人直接在商场里逛了逛。

逛着逛着，满月就听到旁边有人在议论什么，她没往心里去，但是手机不停地在振动。

满月点开看到是公告通知，某小区今天限制出入。

满月看了一眼，离她家也挺远的，就没当回事。

晏清辉问：“怎么了？”

满月说：“有一个小区限制出入了。”

“哪里？”晏清辉问。

满月随口说出小区名字，说完她和晏清辉同时一怔。这个小区……怎么那么熟悉？

满月快速地回忆一下，忽然眼睛微睁，是晏清辉的小区！

满月忙不迭地再次把手机拿出来，晏清辉的脸色挺凝重的，他接过手机看了一眼。

满月试探地问："是……吗？"

片刻后，晏清辉点了点头。

满月："那你怎么办啊？"

晏清辉倒是很快就镇定下来，幸亏他早上出来得早，不然才真的麻烦。

他说："没事，我可以在医院住。"

满月站在原地思考了一会儿，把手机抢了回来，然后在群里丢了一句话。

满月：晚上我和晏清辉一起回去。

发完她不再管如浪潮一样涌来的群消息，牵起晏清辉的手就往扶梯方向走。

晏清辉询问："怎么了？"

满月："回我家，今晚去我家吃饭。"

他俩在一起难得有能让晏清辉怔愣的时候，满月本来挺紧张的，看到他这样就忽然笑了，她笑眯眯地凑上去："紧张吗？"

晏清辉反应过来后，他看上去倒是依旧淡定从容，主动握住满月的手，低声说："可以申请晚一会儿过去吗？"

满月问："干吗？"

电梯抵达，晏清辉带着满月折返上楼："给二老买见面礼。"

说完他陷入沉思中，薄唇微抿。

满月好一会儿才确定他并不是看上去那么淡定，于是幸灾乐祸道："晏医生紧张了吗？"

“满月，”晏清辉唤一声，“你想闭嘴吗？”

满月：“不想……”

“走啊。”

“呃……”

“干吗？有什么东西忘了？”

“不……”

“晏——”满月忽然意识到什么，原本挂在脸上的疑惑慢慢地变成了忍笑，她抿着嘴唇，一点点靠近晏清辉，直到凑到他跟前，才小声，“晏医生，你还在紧张吗？”

难得见到这样的晏清辉，满月怎么看都觉得他好可爱，她站在自家楼道旁边，灌木丛里偶尔还能跑出两只熟悉的猫，这种从小到大的熟悉感和晏清辉带给她的安全感奇妙地融合在一起。

她仰着脸，眼里全是笑意。

晏清辉的表情看上去像是已经认栽了，毕竟从刚刚到现在他已经被满月嘲笑了无数次。况且现在已经到了满月的家门口，想跑也跑不掉了。可是……

晏清辉微微眯起眼睛，忽然上前一步。

本来他们两个人离得就很近，晏清辉不打一声招呼俯首凑近，满月差点叫出声来。

恶作剧得逞了。晏清辉轻笑出声。

这个人！

满月眼睛瞪得圆圆的，却没有半分威慑力，憋半天也就憋出一句：“一会儿我不会帮你的！”

话音刚落，身后忽然传出一声轻咳。

晏清辉闻声抬头，表情微妙地变了变。

满月不明所以，回头一看，傻了。

“妈？”

满月都快吓死了，她下意识地往晏清辉怀里退，退了一半又觉得当着父母的面和男朋友这么亲密不合适，于是硬生生地立在了原地。

大脑一片空白，好像她才是那个来见家长的。

愣神间，晏清辉的声音传来："阿姨好，来得太仓促了，给你们添麻烦了。"

态度谦卑，声线平稳，完全看不出半分紧张的样子。

满月怀疑自己被骗了。

再看满母，淡笑着朝晏清辉点头："太客气了，来自己家添什么麻烦，快上楼去吧，我去拿个快递。"

"我陪您一起吧。"晏清辉说。

"不用不用，你们拎那么多东西呢，快先回家去。"满母说着看了一眼满月，没说什么，又收回了目光。

满月："啊？"

她直觉这一眼有含义，可又猜不出具体是什么，就试探着问："呃，妈，要不我们陪你一起吧？"

"说了不用，快递员就在门口。"满母说着又看了满月一眼，看她两手空空的，不满道，"怎么不知道帮忙拎点呢？"

"以后都是一家人了，不能仗着自己是女孩子就觉得该被宠着，这点小忙都不帮，以后日子还过不过了？"满母忍不住又说。

满月觉得自己隐隐地意识到了什么，肯定是她刚刚说的那句话被满母听到了！

"不是，我……"

怎么解释啊？他们明明只是在斗嘴啊！

"我"了半天，最终满月还是默默地"哦"了一声，闭上嘴巴，伸手向晏清辉要东西："给我。"

满母骂她："什么态度！"

满月："对不起。"

满母这才满意地转身去拿快递。

在满母没看到的地方，晏清辉掀眸看了满月一眼，没把东西给满月，淡笑着说："没关系。"

满月像小兽一样皱了皱鼻子，伸手："给我。"

晏清辉笑："不用。"

满月小声地嘟囔："给我吧，不然一会儿又要骂我了。"

"不好吧，你刚刚不是说不帮我吗？"晏清辉说。

满月："晏清辉！"

晏清辉笑着递给满月一个礼盒，满月接到手里以后，晏清辉顺手握住她的手，顺势轻轻一拉，把人带到怀里，凑到她耳边小声说："一会儿帮帮我吧，好不好？求求你了。"

满母果然很快就回来了，看到满月站在离晏清辉一米远的地方，落日缓缓地下沉，霞光照在她的侧脸耳畔，一眼看过去肌肤红得滴血。

满母狐疑地看了一眼她："热？"

"啊？有点。"满月匆匆地应了一句，催促道，"赶紧上去吧。"

转身上楼的时候，满母走在最前面，满月走在中间，晏清辉在满月身后，他总是在上台阶的时候故意蹭满月的手。

每次满月都反应很大地往旁边躲，偏偏满母在这儿，她又不能说什么，只能凶巴巴地瞪始作俑者。

始作俑者装得满脸无辜，还要反问她："怎么了？"

满母闻声也回过头来。

满月连忙说："没事！"

然后默默地忍下这被调戏的委屈。

霞光更甚，巧妙地探进筒子楼的楼道里，他们的影子被拉得长长的。他俩一步一台阶，偶尔再偷偷地牵个手。

晚饭大部分都是满父准备的。能看得出满母挺喜欢晏清辉的，甚至主动提出要给晏清辉做一道拿手菜。晏清辉大概已经不紧张了，满母起身的时候，他也跟着起身："那我也做一道吧。"

满母没拒绝，笑着说："会做饭好，虽然现在外卖多，但到底不如自己做的健康。"

“说的是。”

他们进入厨房后，厨房瞬间拥挤起来，满月便没过去凑热闹，她手里拿着刚洗好的车厘子，靠在厨房外的门框边看他们。

满父刚好在盛菜，晏清辉看到给他递盘子，满父看了他一眼，盛完菜直接递给他说：“端出去吧。”

晏清辉说好。

晏清辉往这边走的时候，满月笑眯眯地递给他一颗车厘子：“辛苦啦。”

晏清辉没伸手接，而是直接凑过去借着她的手叼进了嘴里，然后含混不清一句：“为您服务。”

满月没想到他胆子那么大，顿时像奓毛的猫，警惕地往厨房里面看。

这一看，刚好对上满母投递过来的目光。

满月：“啊……”

开始脸红。

满母倒是不觉得有什么，甚至唇边浮起笑意，说：“去问问满弈什么时候回来。”

满月立刻远离厨房，并决定今晚要对晏清辉展开一级防御系统。

但是她往客厅走的时候晏清辉刚好从客厅折返，俩人面对面碰上，满月假装生气地无视他，和他擦肩而过时晏清辉笑着拽住她的手腕，满月故意冷脸：“干吗？”

晏清辉不说话，就攥着她的手腕，晃了晃。

“怎么……”怎么还有撒娇这一招啊！

满月率先败下阵来，捂住脸。

晏清辉笑着把她抱进怀里，他忍不住揉她的头发捏她的脸，过了瘾才放她走。

满月给满弈发微信的时候还满脸通红。

她问满弈——

满月：什么时候回来？

满弈：马上。

满月：你在路上了？

满弈没回复。

满月以为他在路上没看手机，就也没催。

等满母的拿手好菜端上桌时，满月才注意到已经过去半个小时了。

满母问：“满弈什么时候回来？”

满月说：“他说马上。”

满母看了一眼挂钟：“什么时候说的？”

“半个小时前。”

满母满脸疑惑：你自己听听这话离谱吗？

满月立刻拿手机给满弈打微信电话，没人接。

满月皱了皱眉头，开始拨他的手机号。

这次倒接得很快，但是他的声音压得很低，像在躲什么一样：“喂？”

满月被他弄得下意识地也压低了声音：“怎么了？”

满弈说：“马上就到了。”

“哦，那你快点。”

“知道了，给爸妈说我多带了一个人回来。”

说完，满弈直接挂了，留下满月一个人在沙发上愣神。

满母注意到她的表情，问：“怎么了？什么时候回来？”

“马上。”满月犹豫着，“呃，他说多带了一个人回来。”

“多带了一个人？谁？”满母疑惑。

满月比她还疑惑，摇头说：“不知道。”

最后全家坐在餐桌旁边等满弈带人回来，因为在他们的印象里，满弈从来没带朋友或者同学到家里来过，大概是他觉得满月不能接受。

眼下忽然在这种相对来说还算比较重要的时间带回来一个人，不免让人多想。

“说起来，满弈也要二十了。”满父忽然说了一句。

满母沉默了一会儿，扭头看他：“你什么意思？”

满父没说话。

满月不知道哪根筋搭错了，忽然说了一句：“二十快到法定婚龄了吧？”

满母又扭头看她：“你又什么意思？”

满月和满父无声地对视一眼，各自露出了尴尬的笑容。

就在这气氛最诡异的时刻，门外忽然传来动静，所有人齐齐扭头看向门口。

门打开了。

先进门的是满弈，他穿着卫衣卫裤，戴着口罩，明明和平时也没什么不同，但满月总觉得在他身上看到了一股狼狈样。

就在满母想要问些什么的时候，满弈转了个身，面朝外面，声音明显不高兴地说：“愣着干什么？进来！”

下一秒，一道黑影进门。

对方戴着一顶棒球帽，戴着口罩，穿着显然不合身的长款羽绒服，一迈腿，脚上穿的是高跟鞋。

满月感觉自己在无声中听到了满母倒吸一口凉气的声音。

满月也不由自主地屏住了呼吸，她睁着眼睛，直勾勾地盯着玄关处的两个人。

关上门以后，先转过身的是满弈，他摘了口罩，满脸冷漠地介绍道：“我爸、我妈、我姐、我姐夫。”

满月已经无心纠正这不算准确的称谓了，因为她看到满弈身后的人摘了帽子和口罩，露出了一张妆容精致的脸。

女生的头发很长，每一个波浪卷都风情得恰到好处，她的五官也很精致，并不是因为化妆才显得好看。她把头发勾起来挂到耳朵上时，露出的耳后肌肤既雪白又惹眼。

满月忍不住在心里吸气。

因为眼前的人是……晏清辉参与的那档真人秀的驻站观察嘉宾，传说中背景强大的真公主，大明星——时桃。

其实本来按理说满母和满父这个年龄的人应该是不认识时桃的，可偏偏他们刚看过真人秀节目不久，对时桃在节目里的表现印象深刻。

于是所有人一时之间都忘了开口，好像不敢相信眼前看到的画面一样。

只有满弈，淡定中还带着一点嫌弃，语气非常敷衍地说："这是时桃，你们应该知道，女明星。"

时桃笑笑说："胡说什么呢，我就是一个演员。"

她说着很有礼貌地鞠躬："叔叔阿姨，不好意思打扰了。"

然后又看向满月笑说："我就不喊你姐姐啦，我记得我好像比你还大点呢。"

最后才看向晏清辉。

这下终于轮到她愣了愣："晏医生？"

晏清辉算是这么多人里唯一一个清醒的了，他站起身来，朝时桃点点头："你好。"

时桃反应过来后，笑着说："好巧哦。"

晏清辉说："是挺巧的。"

大家都在客气中带着一些尴尬，唯独满弈冷着张脸："别巧了，过来给你找件衣服。"

说着拽了时桃的手腕往他自己房间的方向走去。

时桃边走边回头："我先去换个衣服。"

很快，满弈回来了，他的表情仍然不算好，他走到餐桌旁边拉了把椅子坐在晏清辉旁边。

所有人不约而同地看向他。

满弈只说了一句："今晚她住这儿。"

所有人："什么？"

第十九录——送你了

真要问满弈他和时桃怎么认识的，满弈只能说，说来话长。

满弈十五岁的时候就想好十八岁成年旅行去哪儿了，所以等十八岁暑假一到，他拎着一个黑包就踏上了高铁。

目的地是星城。

他跟朋友约好的。这朋友是他之前比赛时认识的，后来在网上一直有联系，偶尔也能交流一下比赛心得，两人三观碰在一起挺合适的，就约着出去玩。

朋友家就在星城，跟满弈打包票说不管满弈来几天都承包一切，满弈倒是不图人家的免费饭，主要是想有个人陪着。

到了星城，一出高铁，仿佛进了一屉蒸笼。满弈在老家还穿长袖加外套呢，在这儿穿个长袖都要热死了。

也不完全是热，是闷，喘不过气来，哪儿哪儿都黏黏糊糊的，难受得不行。

满弈心烦，一路上都在吐槽："这破地方你也能活二十年？这要是我早跑了好吗。"

程凡骂他："别给我在这儿搞地域歧视哈，小心我找人收拾你。"

满弈翻了个白眼，拿着身份证出站。

一出站就看到了程凡，果然是本地人，了解情况，穿个无袖背心就过来了。

再看满弈，长袖T恤薄外套，裤子也是长裤。

满弈气得牙痒，走过去给他一拳："长个嘴干吗呢？不会提前告诉我？”

程凡接下这一拳，笑说：“忘了忘了，小满哥饶命。”

满弈直接问：“去哪儿？你家还是找酒店？赶紧的，我要洗澡。”

程凡当即打了个响指：“当然是去酒店，我哥朋友开的，五星级酒店，套房，为您服务。”

满弈顿时觉得心情通畅了一半，他扬手：“走着。”

话音刚落，肩上的包被一股力道扯了下去。

满弈身子歪了歪，扭头一看，发现旁边的人也在看他。

是个女人，戴着帽子口罩墨镜，大波浪长发披在身后，穿的也不少，大概是为了防晒，巧的是她的裤子和鞋子跟满弈撞款了。

乍一看，有点情侣衫的意思。

程凡嘴欠，“哟”了一声：“小满哥，你还带女朋友来的啊？”

满弈把目光从这女人身上收回来，抽空踹了程凡一脚，然后才指了指女人手上的包：“不好意思，你的挂件挂到我包了。”

女人戴着墨镜，满弈看不到她的眼神和神色，只能看到她微微低头，看到还在满弈包上缠上的挂件，“哦”了一声，说了句：“抱歉。”

她伸手去拆，但是这挂件勾得有些刁钻，锁扣位置挂在了满弈包兜的网纱里了。

这会儿出站口人有点多，女人只摆弄了两下，发现不好解决，直接把挂件拆了下来。

这下挂件成了满弈的。

满弈正疑惑间，下一秒就听到女人说：“送你了。”

说完转身走了。

她虽然穿得宽松，但走进人潮里依然能看得出她比很多人都要瘦，走路时不紧不慢的，步履之间有一种天然的优越感。

虽说不让人讨厌，但也不至于多讨喜。

满弈皱了皱眉头，伸手摆弄了一下挂件，看到是一个金链挂件，上面坠的有三个镂空牌，花里胡哨的。

满弈轻轻地“啧”了一声。

程凡好奇也过来看，这一看直接“我天”一声。

满弈嫌弃他一惊一乍的，抬眼问：“又怎么了？”

“这个我好像在我姐那儿见过，我小侄子当时想要来着，我姐坚决不答应。”

满弈：“什么？”

“什么意思？”满弈问。

“意思是这很贵，”程凡说，“不过具体多贵我也不知道，但是平时一两万的东西我姐也不至于不给我侄子玩。”

满弈再次无语：“什么？”

轮到程凡问：“怎么了？”

满弈抿唇，上上下下扫视程凡，几秒后吐出一句：“你别不是哪家少爷吧？”

“谢谢，我不是。”程凡微笑，“但是刚刚那女的应该是哪家公主。”

“公主和公主应该都是认识的，回头我把这玩意儿给你，你让你姐发朋友圈问问。”满弈说。

“也行，说不定真是哪家公主，给我姐拓展一条人脉呢。”程凡说着拿肩膀撞满弈，“谢谢满哥。”

满弈只说：“别口头感谢。”

程凡立刻拿起手机：“现在就让接待的人等着满哥。”

满弈一翘唇，还算满意。

初来乍到，前三天满弈还算起劲，第四天早上就爬不起来了，程凡给他打电话的时候，他都不想接。

“喂，你起了没啊？”

满弈连眼睛都不想睁：“不起了，今晚歇着，明天再说。”

“晚上也歇着啊？你白天躺会儿，晚上找个地儿坐坐呗。”

“可算了吧，今天歇着。”说完满弈就把电话挂了。

满弈回笼觉睡到下午两点才醒，睡得有点多，起来的时候头疼得快站不稳了，他在沙发上歪了一会儿才随便点了个外卖。

外卖只送到大厅，托程凡的福，满弈身为 VIP，有资格让酒店工作人员帮忙送上来，但是满弈想了想，还是自己下去拿了。

主要是想走两步。

下午三点，酒店里人不多不少，有刚到正在办理入住的，也有正忙着退房的，正经下来拿外卖的就满弈一个人。

他穿着无袖背心、短裤，蹬的夹拖，头发也没梳，随便抓了两把就出来了。

酒店有专门的外卖区域，满弈被工作人员领着过去，很快找到自己的外卖，就返回电梯了。

返回电梯时有两个人跟他一起，俩人看样子年龄不大，挺兴奋的，凑在一起嘀嘀咕咕，还时不时地捂着嘴发出根本忍不住的尖叫声。

满弈从电梯镜面里瞄了她们一眼，内心感慨万千。

好好的花季少女，就那么疯了。

可怕。

电梯门合上以后，周围一下子安静起来，一点点声音都很明显，满弈隐约听到身后的两个女生说什么录像拍照，甚至提到群主什么的。

有点不正常，像熊孩子会干的事情。

满弈的目光微移，从镜面里落到她们身上。

她们显然很沉浸其中，完全没注意自己已经被盯上了，反而越聊越激动，声音越来越大。

“就是 1996，就是这个。”

“蹲着，她肯定要点外卖的。”

“你拍清楚点听到没？说不定能拍到值钱的。”

什么？偷拍啊？

满弈的眉头拧深，差点没忍住回头教育她们。

但他最终还是忍下了，毕竟他也不是本地人，多一事不如少一事，更重要的是，他也不知道她们到底要做什么。

叮一声，电梯门打开了。

满弈没动，身后的两个小姑娘一看到了抬脚要走，却发现满弈堵在她们前面，像是后知后觉意识到刚刚的声音太大一样，她们偷偷地瞄满弈，殊不知自己的行为全被满弈看进了余光里。

唉。

那么心虚，指定不是什么好事了。

就在电梯门快要重新关上时，满弈抬腿出去了。

他前脚刚出去，两个女生立刻松了口气，然后慢慢地跟上。

1996，即将被偷拍的倒霉蛋的房间。

满弈的房间在 1998，倒霉蛋的隔壁。

满弈拎着外卖慢悠悠地往前走，他个高腿长，几乎两三步就一个房间，很快，抵达了 1994，再往前，就是 1996 了。

满弈面无表情，两三步，走了过去。

而一直跟在他身后的两个女生此时还因为腿短远在一米开外，就在她们准备继续向前时，不远处的男生忽然转了个身，和她们面对面。

两个女生吓了一跳，顷刻间停在了原地。

唉。

就这破胆子还干违法乱纪的事。

能不能先回去练练胆儿啊。

满弈常年在武校，跟一群男人混，直男得不行，看见女孩子也不知道温柔点，再加上他个高，又是寸头，露出的手臂小腿肌肉线条清晰流畅，不笑时乍一看还挺让人害怕的。

更何况他现在还有意地耷拉着眼皮，一双眼睛露出下三白，看着很像不良少年。

两个女生各自眨眼睛，却不敢出声问什么。

满弈也怕把她们吓出个好歹来，于是直接掏出手机，点进自己的微信窗口，发了一条语音。

他边发边停在 1996 门口，嘴里喊着程凡的名字："程凡，给我开门，还指望我喂你嘴里吗？"

说着抬脚踹门，很不客气的样子。

两个女生见状同时露出不可置信的眼神，满弈全当没看见，直接装作很懒的样子靠在墙边，他肩宽个高，足以遮挡身后女生的视线。

咔嗒。

门打开了。

在里面的人想把门开得更大些，满弈迅速地抬手扣住了门把手，阻挡门继续敞开。

里面的人一愣，微微探头，看到来人，更是一愣。

她正要出声，满弈直接伸出食指挡在她的唇边。

他把握着分寸，并没有碰到对方的嘴唇，只说："磨叽什么呢？真当我是外卖员啊？"

对方明显不解，却没有拆穿满弈，而是轻轻地歪了歪头，眯起眼睛。

满弈假装踹了一脚："赶紧进去，热死了。"

说完故意装得像察觉到什么似的，猛地回头。

两个女生被吓得惊叫一声，满弈装作很礼貌的样子，但他皱着眉头，即便有礼貌看着也不耐烦："抱歉，有事？"

两个女生连连摇头，转身就跑。

等她们走进电梯离开，满弈才转回身。

一转身，看到倒霉蛋已经把门大敞着了，她没半点防范意识，反而抱肩靠在旁边，一副看戏的样子。

什么态度？

满弈甚至怀疑自己是不是多此一举了，他看了一眼对方，问："你认识我？"

1996 摇头，反而问："你不认识我？"

满弈都快笑了："你是人民币吗？"

1996 也笑了：“差不多。”

满弈很想翻白眼，但出于素养还是忍住了，甚至在临走前提醒一句：“和陌生男性相处，建议不要随便把门开得那么大。”

然后抬脚走了。

回到自己房间后，满弈想想还是跟程凡说了一声，让程凡把监控给 1996 的住客发一下，一是提醒对方，二是证明自己不是一个精神病，三是查一下酒店的安全系统，那俩女生看着没多大，手里的房卡却能刷开电梯，估计是买通了什么人。

监控录像到时桃手里的时候，她本人的反应倒不是特别大。

助理是新人，胆子很小，再加上时桃的背景强大，她很后怕：“姐，要不我们换酒店吧？”

“换什么换，是我们的问题吗？”时桃歪在沙发上看自己的指甲，她的头发随便地披散在旁边，身上只穿了一条吊带裙，两腿交叠，单脚一翘一翘的，很不在意的样子，“放心吧，酒店肯定会给我们一个交代的。”

果不其然，没一个小时，酒店经理就亲自带人来致歉了，被买通的是一个保洁阿姨，新人，不懂规矩，又被金钱诱惑了。

酒店经理连连鞠躬道歉：“时桃老师，真的对不起，这次消费我们全权负责，日后您只要入住我们旗下的酒店，全部免费。”

时桃笑了，她用手撑着脑袋，半分没有生气的样子：“我很缺钱吗？”

酒店经理尴尬得不知道说什么才好。

时桃缓缓地看向保洁阿姨：“阿姨，您很缺钱吗？”

保洁阿姨都快哭了，她来的时候已经被经理告知过时桃的背景：“对、对不起，真的对不起。”

“啊，是要好好道歉的。”时桃面上思考，几秒后再次看向阿姨，“可是我不想原谅诶。”

保洁阿姨有点慌不择言了：“您、您不是没被拍吗？”

时桃微微一笑：“是的呢，但是钱您已经拿到了吧？”

保洁阿姨立刻开始翻口袋："我、我把钱给你。"

时桃摇头："我不要。"

保洁阿姨说："那……"

时桃看向经理："给法院吧。"

"什、什么？"经理问。

时桃已经没耐心了："我的意思是，起诉。"

说完，她起身去了卧室。

保洁阿姨已经傻掉了，经理也在大脑一片空白中想起前台刚刚说的那句话："天爷！时桃？她难搞得要死。"

看来，是真的，很难搞。

"姐，要不算了吧？"助理试探地说，"经纪人那边也说不建议闹大的，这家酒店的老板之前投资过你的节目来着，咱们这一起诉，虽说起诉的是保洁，但是对他们酒店的名誉也有影响的。"

"哦，我的名誉就不值钱了？"时桃反问。

助理被噎得说不出话来。

就在她以为这件事没有谈判余地的时候，时桃忽然问了句："酒店想算了？"

"对啊。"助理重新燃起希望。

"也不是不行。"时桃轻飘飘的一句。

助理两眼放光，扒着沙发说："姐，你有要求就提，酒店说了，绝对满足，就是想要天上的月亮也给你摘下来。"

时桃笑了，她探身捏助理的脸。

"我不要月亮。"时桃说，"但是呢，我想要一个保镖。"

"啊？"助理说，"你之前不是不要吗？"

"现在想要了。"

"那让公司给你配？"

那也是公司配，关酒店什么事？

"不想要。"时桃说。

得，看来祖宗有人选了。

“那你，想要谁啊？”助理试探地问。

时桃看着助理，微微一笑。

助理莫名地心里一凉，然后听到时桃说：“那个小男生。”

“救命恩人。”

“求你了哥，这是真公主，我姐都搭不上的那种。”程凡扒着沙发，满脸乞求，“我哥说了，不仅支付你保镖工资，以后你来星城住宿全免。”

“别，不来了，热死了。”其实也不是满弈不想来，而是他不想伺候那位公主，他回想对方那样都觉得不顺眼，更别提去贴身伺候了。

“我哥说酒店全国都有，连锁的！明年准备往海外发展！”程凡就差声泪俱下了，他三两下爬到沙发上，抱住满弈的胳膊，假哭哀号，“小满哥，小满哥你救救我吧，我哥说你不去他把我 VIP 也收了，还要收我摩托车！这不行啊，小满哥！摩托车是我的命啊！”

满弈满脸嫌弃地往旁边躲：“你就不能拿这钱去请个拳击冠军？”

“不能，公主点名要你。”

“为什么？”

“因为感恩，公主有一颗感恩的心。”

满弈心想他差点信了，他拿手指点程凡的额头往后推：“跟公主说，心意收到了，钱就不必了。”

程凡和满弈对视两秒，然后，开始号哭。

满弈：“你……”

1996 套房，客厅。

时桃今天有红毯要走，中午吃过饭就开始准备妆发了。

她不舒服，懒得挪窝，就把妆发师全请到了酒店来了。造型师也拎了满满当当一大包高定礼服来，每一件拎出来都是别的小花可望而不可求的，偏偏时桃还挑三拣四的。

“这是前两年的吧？瞧不起谁呢？”

“这件我不喜欢，显胖。”

“我不想穿那么大的裙子，热。”

“这件会不会走光？”

工作人员一边前前后后地忙一边根据她的“意见”整理礼服，旁边的满弈觉得自己可能脑子进水了。

估计程凡哭的那点泪全进他脑子里了。

还前两年的？前两年的怎么了？你人还是前二十几年出生的呢？胖？

满弈扫了一眼沙发上的人，时桃此时穿的是睡衣，冰丝款，浅绿色，这颜色很挑人，但是穿在她身上把她衬得更白了。

露出的脖子、手腕和脚腕，无一不是雪白招眼。

除了白，还很瘦，睡衣贴身，轻轻松松地就搭在她的骨架上。

就这细胳膊细腿的样子，显胖能胖到哪里去？

热？

星城确实热。不过不都说女明星常年反季穿衣吗？怎么到她这里这么多事？

归根结底，还是这人作。

满弈心里一百万个后悔，无奈合同已签，木已成舟。

可能这就是上天送给他的十八岁历劫之礼吧。

令人愤怒的历劫之礼。

三四点天气正闷的时候，时桃准备出门了，她穿了条桃红色的抹胸短裙，裙摆弧度设计像花瓣，走路时一起一落的，偶尔拂过她的大腿。

她的腿上也被画上桃花花瓣，远远看去就好像裙子里藏了花。花瓣随风落在了她的身上。

服装明艳，妆容倒清淡了很多，只有口红颜色重了点。

满弈看不懂她这是什么花里胡哨的，只想问她脚疼不疼，但一抬头对上她倨傲的目光，他又把话咽了回去。爱疼不疼，疼死活该。

时桃的行头总是很夸张，车也是，里面大得能睡觉。满弈有点烦这种派头，默默地坐在旁边，一句话不说。

他不说时桃也不说，两个人各自安静地抵达现场。

这次活动好像举办方来头不小，大小明星很多，托时桃的福，满弈见到了不少男明星女明星，还有室友的女神。

满弈这会儿觉得这工作还挺有意思的，他随手拍了两个视频发给室友，换来室友一百个震惊问号和几十条六十秒语音。爽。

满弈一条没听，扫了一眼就把手机揣兜里了。

后台人多，也乱，不少粉丝走各种渠道混进来，满弈一眼没看，时桃就没影了，虽然对这公主没什么好感，但好歹是工作，该做的事情还是要做。

于是满弈立刻抬脚去找人。

最后在角落的沙发里找到了，满弈走到她跟前的时候，她不甚在意地撩起眼皮："拍完了？"

她的口吻很随意，眼神里却深意满满。

满弈烦她这不好好说话的劲儿，拧着眉头问："拍什么？"

时桃很不屑地移开了眼神，好像也很不屑多跟满弈说话。

满弈从小到大，除了亲姐就没怎么和别的女孩子相处过，他实在摸不清是女孩子都那么作还是只有时桃一个人作。

碍于确实拿了挺高的工资，满弈主动低头，他又问了一遍："我拍什么了？"

"你问我？"时桃站起身，她穿着高跟鞋，猛地站起来也不比满弈矮，再加上衣装华丽，气势上居然和满弈不分上下。

这里人多，满弈碍于她的身份，不动声色地后退了一步拉开二人的距离，他忍不住说了一句："你有话好好说，别阴阳怪气的。"

时桃反问他："我阴阳怪气什么了？我说的不是实话？你拍什么你自己不知道？问我？"

满弈这才反应过来她指的是什么事情，愣了下："不能拍吗？我没干什么，我就是发给我室友看看，我室友喜欢那个女明星来着。”

他第一次，确实不懂这些规矩，一时间以为自己做了什么不好的事情。

满弈脾气虎归虎，有错敢认，他忙不迭地掏出手机，难得露出毛头小子的青涩，挠了挠头说：“撤回来不及了。”

“你室友？他喜欢的人，他自己又不在这，你发给他干吗？视频照片网上不到处都是？”时桃问。

“我炫耀啊。”满弈坦荡地承认。

时桃很意外地被梗了一下，她看着满弈坦坦荡荡的黑色眼睛，发现自己好像忽略了一件事。

满弈并不是圈里的人，也不是那些从小被荣华富贵堆砌出来的少爷，他脾气坏仅仅是因为他正值年少，骨子里其实是个很实诚的人。

不说远的，就眼下这个后台，又有几个像他这样的人呢？

莫名地，时桃忽然从心里涌上一股自豪和优越感。

一瞬间烦躁也没了，摆摆手好像很大气地原谅了满弈，还忽然十分善解人意地问：“照片视频哪儿都有，签名照要吗？我可以帮忙弄一张。”

“行吗？”满弈忽然声音低下来，“那你给我也弄一张吧。”

时桃感觉自己又不高兴了，她冷冷地瞥他：“谁的？”

“就那个……”满弈没注意到时桃的情绪变化，下巴朝一个方向抬抬，“那个，武打演员，看到没，你和他认识不？”

哦，男的啊。

时桃又高兴了，她“哼”了一声：“小事。”

满弈张口就来：“谢谢公主。”

时公主看过来一眼。

满弈一顿，立刻改口：“谢谢姐。”

时桃收回了目光。

满弈悄无声息地松了口气。天，差点被“斩首示众”。

吉时一到，各位艺人被请上红毯，走完红毯还要接受采访，有人第一个出去，有人压轴，其中弯弯道道全是满弈看不懂的。

前半个小时他还觉得挺新鲜，后面就只觉得热了。

好在时桃的助理给他送了水，满弈道谢后，和助理一起站在角落里等时桃采访结束。

时桃前段时间刚杀青了一部电视剧，采访基本都是相关内容，也有挖坑的，好在时桃聪明。

助理都感叹："别的不说，只要姐不想被人抓到把柄，话术上她绝对滴水不漏。"

满弈随口问："她入圈很久了？"

助理说："没有啊，真算起来也没两年。"

"那话术懂那么多？"

助理忽然不说话了。

满弈本来就是随口一问，没想到问到什么禁忌了，他挠挠头，咳了两声，假装好奇地往四周看。

就是这么一看，他和一个人对上了目光，对方一直在等他回头，他疑惑地挑了挑眉毛，对方当即挤了过来。

他笑着递给满弈一张名片："帅哥，不好意思，我是宁——"

话还没说完，满弈也没来得及伸手接名片，就有一只雪白的手从眼前划过。

她两指捏走名片，面无表情地对来人说："不好意思，这是我的人。"

对方一顿，看看满弈，又看看时桃，欲言又止几次。最后默不作声地走了。

他走后，满弈正想问怎么了，只见时桃把名片丢了，还两指搓了搓，像沾了什么脏东西似的。

"晦气。"她说。

满弈："什么？"

满弈后来才知道递名片那位是宁芝的助理。据说宁芝是圈里的另一位公主，和时桃虽然不算势均力敌但也差不到哪里去，俩人一南一北，被粉丝戏称为“南公主”“北公主”。

时桃是南方那位。

时桃和宁芝的渊源大概还要从大学时说起。当时宁芝的男友跟着父母搬去了南方，在学校里认识了时桃，时桃本来是看不上宁芝男友的，对这人也是爱答不理的，毕竟当时追她的人多到一年三百六十五天她都可以不用买早饭。

起初时桃不知道这男的有对象，他长得不错，办事也有分寸，时间久了时桃觉得这人还不错。

有一次从车上下来在学校门口和他偶遇，时桃心情好，把手里的三明治给他了，结果不知怎么被跨越千里来探视男友的宁芝看见了，时桃这才知道自己差点当了第三者。

其实当时时桃也没不讲理，甚至主动跟宁芝表示她对这男的背景不了解，对方也从来没表示过自己有女友。

可偏偏宁芝一口咬定时桃是第三者，时桃不喜欢和别人打嘴仗，直接一巴掌甩了过去，还让宁芝没事去医院做个眼部检查，别净把时间浪费在渣男身上。

本来以为破事到这里就结束了，谁知道周末时桃跟家里人吃饭，隔壁坐的就是宁芝和她父母，更巧的是，双方家长似乎认识，也有意进行商业上的往来。

这下好了，二人被迫成为朋友，不仅如此，平时在家里也逃不过父母念叨。

“听说时桃要去留学了。”

“听说宁芝最近去三亚买了一套房子。”

“听说时桃毕业就提了一辆豪车。”

“听说宁芝男朋友是部队里的。”

“听说时桃要进演艺圈。”

……

本来时桃对宁芝的生活没有半点兴趣，但是宁芝抓着她不放啊，久而久之，两个人已经较劲较到分不开了，现在谁也不清楚谁更胜一筹，但她们都知道谁先让步谁就是在认输。

谁先把对方的人抢走，谁就大获成功。

这些年，时桃身边一直没有固定的人，一是不想给宁芝惦记的机会，二是她也懒得在工作中培养感情。

说起来，满弈还是第一个。

所以，她披着一身桃色，顶着一身笑一笑都被粉丝疯狂夸温柔的气质，冷着脸对满弈说："别忘了违约金，赔得起，你就跑。"

说完转身就走。

这场活动也算完美结束，时桃活泼艳丽的妆发在一众隆重又典雅的妆发中脱颖而出，但她好像对此次出行并不满意，连带着好几天都没有搭理满弈。

说实话，满弈挺满意的，一天天的什么也不干白拿工资，没有比这更爽的事情了。

直到半个月后，时桃参加一档竞技类综艺，满弈跟着进组。

综艺内容主题是"逃跑"，有时间地点限制，途中通过 NPC（非玩家角色）解锁新任务。

本来节目录制得好好的，不知道导演组怎么回事，把宁芝请来了，节目还没开录，宁芝就找到了满弈。

宁芝和时桃的风格完全不同，她更像小白花，穿衣妆发都透着邻家小妹的气质，跳到满弈身边的时候满弈还愣了一下。

"嗨！"

因为保镖身份，满弈最近在酒店闲着没事就去健身房，还让程凡给他搞了几套黑色运动服，平时怕露脸还戴着帽子口罩。

宁芝能一眼认出他也挺厉害的。

满弈不自觉地后退一步，不知道为什么，宁芝的风格明明在他的理想对象范围内，他却不喜欢宁芝。

“有事？”他惜字如金。

宁芝弯眸笑：“可以加个联系方式吗？”

满弈摇头：“可能不行。”

宁芝大概没想到他会拒绝得这么干脆，蒙了一下，一副没反应过来的样子，几秒后又笑开来：“那好吧，没事，理解。”

满弈希望她是真的理解。

但她明显不是真的理解。

节目录制中途，满弈在其中一个出口玩手机，玩着玩着怀里就扑上来一个人，他当时没反应过来，下意识地就搂住了来人。

一抬头，时桃就在不远处。

她只轻飘飘地扫过来一眼，然后就进入角色状态跟旁边一个男艺人搭戏，笑得花枝乱颤的。

这部分路透爆出去时，网上还说时桃喜欢男艺人，毕竟没见她对别人那么笑过。

满弈当时看到这些新闻时不自觉地皱了皱眉头，倒也不是觉得网友解读过分，而是觉得时桃当时那表情……

假。太假了。就这网友也能看出来爱情？

满弈不爽地丢了手机，前后没多久时桃的助理就来敲门了，说时桃找他。

满弈“哦”了一声，心想终于来算账了？

他揣了手机，双手抄兜慢慢悠悠地往时桃的房间走，途中还挺有心情地哼着小曲。

助理闻声看了他一眼，满弈察觉了，扭头问：“怎么了？”

助理叹了口气，忍不住说：“之前不是让你离宁芝远一点吗？”

满弈说：“我离远了啊，她扑上来我没办法吧？”

助理瞪眼：“你这什么渣男发言？”

“不是，我的意思是，不，我不是那个意思。”满弈这才发现自己嘴巴挺笨的。

助理摇头："一会儿你要这么说你就死定了。"

满弈点点头，心想我记住了。

但他没想到时桃能那么气人，一进门就直接说："哟，准备好入赘宁家了？"

满弈当时火气就上来了："你说话能不能别那么难听？"

"确实，我脾气是不如宁芝好。"时桃轻飘飘地一抬下巴，"那你去找她，让她给你掏违约金，她掏得起，你放心。"

满弈冷笑一声："你觉得我很随便？"

"不是吗？"时桃笑得漫不经心的，"不是谁扑都能接吗？"

满弈咬了咬牙，忍了又忍才没骂出声来。

俩人的谈话谈得稀碎，后面半个月也一直在冷战。

直到时桃在一期录制里因为NPC失手落水，满弈说不上来自己当时什么心情，他只记得那天太阳很大，他热得浑身是汗，一句话都不想说，站着坐着都嫌累。

后来不知道谁喊了一句"救命"，又是谁喊了一句"时桃落水了"，满弈眼前白花花的一片全是光，等他再反应过来时，他已经抱着浑身湿透的时桃从池塘里出来了。

时桃这天生理期，再加上连轴转三天，一直在低烧，这一落水，直接严重到高烧不退。

时桃脾气差，身边没个知心的人，推来推去，唯一愿意在床前陪护的也只有满弈一个人。

满弈本来觉得时桃这个人平时挺烦人的，但她真的安安静静地躺在那儿了，他也没见得有多高兴，甚至希望她能跳起来骂他两句。真欠啊。

"干什么？我不开陪护的工资。"时桃嗓子哑得说不出话来还要讽刺两句。

满弈翻了个白眼，端杯水怼到人跟前："不会好好说话就闭嘴。"

时桃嫌弃地别开脸："烫死了。"

满弈说："我欠你的。"

他边骂边把水杯拿回来吹，吹完再递过去，换来一句："你没把口水吐里面吧？"

"你再不喝我就吐里面。"满弈说。

满弈也是没想到，照顾一个成年人，比照顾一个小孩还让人头大。

好不容易把祖宗哄睡了，满弈回客厅里待着，他打开手机看到微信弹出好友验证通知。

不知道为什么，他扫了一眼就知道对方是宁芝。他没通过。

半夜时桃起夜，路过客厅的时候被他吓得尖叫，满弈从梦中惊醒，白着脸问怎么了，时桃抓起桌子上的牛奶就砸过去："你说怎么了！你是人是鬼啊！"

满弈本来想张口反驳，一低头看到手里接住的是牛奶，抿了抿嘴唇，最后一句话没说，抓了几把头发说："看来你好了，我走了。"

回到自己房间，满弈把自己摔到床上，被子一蒙，满脑子都是梦里的画面。疯了吧？

之后的几天，满弈对时桃总是若有似无地躲避，起初时桃没察觉出来，后来故意试探了一下。

那天她渴了，问满弈要水喝，满弈把保温杯递给她，她不要："我想喝凉的。"

满弈看了一眼自己手里喝剩的一半水，起身："我去给你买。"

等满弈买回来时，时桃已经捧着保温杯喝了一半了。

满弈没脾气了，就把矿泉水往兜里一塞。

节目录完后，时桃又找他要水，满弈把矿泉水递给她，时桃接过来的时候，故意碰了下满弈的手指，满弈明显一顿，等时桃喝完要还回去的时候，满弈直接假装看手机说："先放那儿。"

时桃的脸一下子就拉下来了。

偏巧宁芝的助理这会儿跑过来问满弈："帅哥，你联系得到宁芝不？我给她打电话她不接，你发微信问问？”

满弈正想说他没微信，还没来得及张口，就听到时桃冷哼一声，走了。

满弈人都傻了，他直接斜睨了宁芝的助理一眼：“满意了？”

发泄完就去找时桃。

没找到。

这人直接把他甩下回酒店了。

之后的半个月，时桃也仿佛消失了一样，尽管满弈在微信上给她解释了八百遍。

最后满弈脾气也上来了，直接发了一句：“你能不能别那么自私？就不能听别人解释？”

“嗯，就是那么自私，那你走吧。”

满弈气得够呛，本来以为时桃又要说气话，结果第二天助理就送来了解约合同。

满弈坐上回家的高铁时还是蒙的，这一个多月他像做梦一样。他在车上恍恍惚惚的，看着窗外迅速后退的景色，就仿佛在以旁观者的角度看自己最近的经历。

回家躺了半个月，满弈勉强从星城抽离出来，开学后他回学校，第二天就收到程凡的微信消息。

程凡：天！你说多巧？那个挂件公主就是时桃！你们这什么缘分？

满弈心神俱疲地回复了一句——

满弈：孽缘。

年底，满弈关注了时桃的超话和行程，知道时桃就在江城，他大半夜的脑子还浑着就给时桃打电话，时桃接电话接得很慢，接通以后声音也不怎么对劲。

她还存着他的手机号，直接问："有事？"

两个字把满弈所有的关切都堵了回去。他憋了半天，才问了一句："你在江城？"

"嗯。"

那天天气不错，天上星月都在，风也清澈，满弈吸了一口冷空气，感觉心口凉凉的。

好久，他才垂下眸子，低声说了一句："注意安全。"

正要挂电话，时桃那边忽然说了句："我感冒了。"

满弈一愣。

"还有点烧，烧两天了。"时桃说。

满弈感觉自己那一刻都不会呼吸了，他大脑宕机了很久，才磕磕绊绊地说："那看医生了没？你、你先去住院啊！算了，这个点别住院了，退烧药吃了没？"

时桃一个问题都没回答，最后只说了句："上次误会你了，对不起啊。"

满弈就是那个瞬间眼圈红的，他的喉咙像是被掐住了一样，好久才低声地说一句："说这个干吗？早忘了。"

"嗯。"时桃挂电话了。

晚上挺冷的，满弈却喘不过气来，他攥着手机，冻得手都僵了才回到床上。

第二天天没亮他就给时桃发微信问——

满弈：烧退了吗？

时桃：退了。

十个小时，六百分钟，三万六千秒，数万次心跳，心脏终于落回安全地带。

他在被窝里躺了很久，最后默不作声地下床洗脸，洗完眼睛通红，眼眶边缘都是肿的。

再回被窝时，他找了个捐款渠道把之前时桃开给他的工资捐了一半，捐完把截图发给时桃了。

时桃也发了一张截图，是她捐的，比他多了好几倍，还说了句：这么点还是别显摆了。

满弈气得想笑，笑完又抬手把眼角的湿痕擦干。

后来也算重新搭上了联系，时桃返工，满弈返校。满弈用了很多时间混各大 App，从各种渠道了解了时桃的背景。

有钱，是真的有钱。

公主，也是真的公主。

但未必就是人人都想成为的公主。

时桃的母亲并不是亲生母亲，而是继母，她的亲生母亲死于精神疾病，时家对外宣称是抑郁。时桃生母患病的真正原因谁也不知道，大家对此众说纷纭，比较有说服力的便是时桃父亲常年出轨。

时桃父母当年结婚属于商业联姻，二人大概没什么感情，但迫于家族压力，二人婚后很快产子。

大家族都重男轻女，要求第一个孩子必须是男孩，但时桃母亲前两个孩子都是女孩，所以没出生就流掉了，她第三个生的才是男孩，之后又陆续生了两个男孩子。

时桃是老四，还没成年母亲就死了。

可能是无心插柳柳成荫，时桃出生前家里到处都是男孩子，等时桃出生后她反而成了香饽饽，全家上下都争着宠她。

但是时桃只记得母亲死前干枯苍老的皮囊，像一棵大树，被人汲取了所有营养，最后连根拔起。

她知道导致母亲有这样结果的最根本原因是什么，所以她从明明可以什么都不做就得到所有人的宠爱，变成偏要耍点手段再得到宠爱。

她在这种过程中获得成就感，以及报复的快感，她喜欢对所有的真爱都轻松获取，然后再一弃而之。

可有一个人，好像抛不掉。

他总是见缝插针地闯进她的生活里，控制她的心跳、情绪以及各种状态。

她大概也可以再要点手段把人找回来，可她忽然不想那样做了。

直到她开始发烧，怎么退都退不掉，她知道只要她说一声就会有无数人来关心她，甚至为她提供最好的资源设备。

可她没有。

她想起那个人说的那句："你能不能别那么自私？"

好，那就不自私了。

但是发烧太难受了，反反复复，很饿但是吃不下去，想吐又吐不出来，她在昏昏沉沉间听到手机在响，她看到备注，还以为自己在做梦。

接通后才发现不是。

她没忍住，告诉他她在发烧，听到他结巴的关心，时桃第一次觉得，原来手忙脚乱的真心诚意那么可爱。

唉。

那能不能让我好起来？

如果好起来，我就去找他，如果他也愿意，那我肯定从此死心塌地。

第二天，好起来了。

江城的樱花开了，时桃也接到了满弈所在城市的综艺节目邀请。

满弈在综艺节目上看到时桃的时候狠狠地翻了个白眼，愤愤地道："裙子那么短露给谁看？"

再一看拍摄地，各种阴阳怪气地发微信——

满弈：踏足我们这儿那么多次都没见你来找过我一次，瞧不起谁呢？

其实节目根本不是在当地录的，但是时桃不说，就那么故意找尽各种理由，什么太忙啦，什么不方便啊，什么经纪人不允许，把满弈气得半死。

圣诞节的时候，时桃跟满弈说："我过两天找你啊。"

满弈说自己有事。

时桃"哦"了一声："太好了，我也有事。"

满弈忍了又忍才没把人扔进黑名单。

结果就在元旦前一天，他都到家门口了，收到了时桃的一张照片。

他学校的大门口。

满弈：什么？

他一个电话冲过去；"你在哪儿呢？"

时桃漫不经心的："不是发给你了？"

"你疯了吧？"满弈压低声音，"你知道今天人有多多吗？"

"我知道啊，所以你来接我啊。"

满弈差点气背过去："我不去！你先回酒店！"

时桃"哦"了一声，把电话挂了。

没几秒，她又发来一张照片，是自拍，穿的紧身亮片短裙，胳膊大腿胸口都露着。

"我现在去你宿舍了。"

先别说满弈学校百分之八十都是男的，就时桃这一身，就算是走红毯也有百分之九十的回头率。

满弈气得恶狠狠地发了一句："你给我在车里好好待着！"

然后打车过去了。

走了一半，堵死了，他又下车跑着赶地铁。

到学校门口以后，刚上车，还没来得及教训人，时桃就来了一句："卧倒！"

满弈一脸问号："什么？"

时桃"哎呀"一声，把满弈那么大个人狠狠一摁，座椅也调成躺着模式，然后一脚踩下油门，飞了出去。

满弈一句脏话卡在嗓子眼里，在心里告诉自己，明天就去考驾照！

好不容易甩掉跟着的人，满弈看着旁边时桃的穿着，忽然不想今晚一直东躲西藏了。

于是直接说："回我家。"

时桃故意："哇哦？节奏那么快吗？"

满弈臭着脸让她闭嘴，然后让人把车停在家附近一个商场的地下车库里。

下车前，满弈把外套脱了套给她，帽子也给她，最后确定看不出什么才把人带走。

回家的路上，时桃还故意凑过来："弟弟这是要带我私奔吗？"

满弈冷笑："不想今晚睡大街就给我闭嘴。"

时桃无辜地眨眼睛："可是我什么都不买就去你家真的好吗？"

满弈忍无可忍了，把人摁在墙上狠狠吻了一通，一双黑眼睛盯着她："闭嘴吗？"

时桃伸出舌头舔了舔自己的嘴唇，几秒后说："那好吧，听你的。"

"你最好能一直听我的。"满弈给她重新戴上口罩。

时桃挑眉："你做梦呢，宝贝儿？"

满弈忽然笑了，他傻乐一声："我真感觉像做梦似的。"

"但是我不能公开啊，宝贝儿。"时桃说，"地下情可以吗？"

满弈的脸又臭了，这次直接臭到家。

到家前，手机弹出娱乐新闻：时桃幽会新剧男演员。

满弈都没点开内容，毕竟人在他这里，内容不看也知道是虚构的，但这标题也够气人的。

于是，他的脸更臭了。

第二十录——我也是

这大概是满家人吃过的气氛最诡异的一顿饭，满月本来挺担心父母追着晏清辉问东问西的，这下也不用担心了，感觉他们完全没心思问了。

倒是时桃，她性格挺开朗的，和晏清辉聊了几句节目的事情，然后又从医疗话题聊到老年人身体健康话题。总的来说，还算和谐。

饭后，满母问晏清辉睡哪儿，满月赶在晏清辉开口前说："睡我那儿。"

满母很微妙地皱了皱眉头。

其实满月注意到了，但她假装没注意到，悄悄地走到晏清辉旁边，从背后勾他的手指。

晏清辉察觉后，偏头看过来，满月就用那种小狗一样的眼神看他，仿佛在说：求求你啦，不要委屈自己，我会很心疼的。

晏清辉很想说不，但他发现面对满月的恳请，他总是狠不下心来。

大概他这辈子都要栽她手里了。

"睡过去也行，不然还能睡哪儿？"满父开了口。

至此，话题才算揭过去了。

没一会儿，满母喊满父出去遛弯，他们前脚刚走，满弈就把时桃拽进房间里了。

满月好奇地伸脑袋去看，结果刚探身一寸，腰间就束了一条胳膊。

"嗯？"

她微微一怔，还没反应过来，晏清辉就从她身后拥上来，他个高胳膊长，很轻松地就把她揽进怀里。

满月眉开眼笑："干吗？"

晏清辉捂着她的眼睛，声音很低地说了句："少儿不宜。"

满月本来没反应过来，反应过来以后脸变得通红，她就差要跺脚了："我没有！我不是，哎呀！晏清辉！"

晏清辉低低地笑，笑声传进满月的耳郭里，阵阵敲打在她的心上。

她忍不住腿软，脸也越来越红，最后转过身扑进他的怀里，努力垫脚伸手去捂他的眼睛："你也非礼勿视！"

晏清辉笑着一把把她抱起来，满月低叫一声，晏清辉唇角含笑："嘘。"

这会儿装什么好人！满月瞪他。

晏清辉笑着抱着满月回满月的房间。

女孩子的房间总是能一眼看到很多柔软的装饰，珊瑚绒的床上用品、床头排排坐的玩偶、书架上整齐的小说，还有桌子上摆放的盲盒。

这个房间的布置和满月独居的房间有很大出入，就像，在这里住的，始终是满月小朋友。

她在这里长大，每一个角落都有很微妙的成长痕迹。

晏清辉没往床上坐，归根结底他是一个男性，不管身份如何，至少现在还不算一个户口本上的家人，所以他很有分寸地坐在了椅子上。

他随手拿了一个积木玩，满月站在旁边，给他介绍每一个玩具的来源。

"这个是我一个初中同学送给我的，他那个时候还是一个小胖子，前两年我见他好高好瘦的。"

同学情对满月来说是很珍贵的回忆，她忍不住沉浸其中，说话都忍不住尾音上扬了一点点，好像很高兴的样子。

晏清辉侧着身坐在椅子上，他的胳膊搭在桌子上，微微仰脸看满月，看到她眼睛里闪着光时，忽然伸手拽住她的手腕。

满月回过神来，正要问干吗，下一秒晏清辉一个用力，满月踉跄着坐在他的腿上。

晏清辉淡笑着看她有些惊慌地主动伸胳膊搂他的脖子，她嘟着嘴打他："吓死我了。"

晏清辉攥住她的手腕，口吻如常，甚至眼睛也在笑："那么开心啊？"

"什么开心？"满月反问他。

晏清辉不说话，就看着她。

满月瞥到他旁边的积木，忽然意识到什么，眼睛忽然弯成月牙，主动凑上去。

她好爱晏清辉表面装得一本正经其实内心已打翻好几罐醋坛子的样子，她笑眯眯地捧起他的脸："那么小气呀，晏医生。"

"现在才知道我小气晚了点吧？"

满月笑得更明显了，她觉得自己要被可爱死了。

"啊，那怎么办？真的不能退货吗？"满月故意问。

晏清辉眼睛一眯，满月蓦地缩了缩脖子。

大概是年龄差在现实中摆放着，她偶尔还是有些怕晏清辉故作严肃的样子，很像教导主任。

她强撑着："干吗？"

反正晏清辉也不会真的怎么样。

她对晏清辉所有的放肆都源于晏清辉给她的底气。

"在思考违约金。"晏清辉说。

满月愣了愣："啊？"

晏清辉忽然凑近："你觉得怎么算才好？"

满月"嗯"了一声，反问："你觉得呢……唔。"

窗外不知何时飘起了小雪，风一吹，洁白降临整个世界，头顶的明月愈加明亮，月下的老房子挨得很紧凑，像大家日益互怜的心。

屋内外的温差渐大，窗户慢慢地蒙上了一层薄薄的雾气，屋内的人相拥愈紧，呼吸都纠缠在一起。

“违约金就这样？”

“不满意，以后接着算。”

“你是骗子吗？”

“骗到你了吗？”

“没有，我是心甘情愿的，嘻嘻。”

“那太好了，我也是。”

雪势渐大的时候，满母和满父回来了。满月听到声响也不愿意从晏清辉的怀里起来，她抱着他的脖子，像小猫一样蹭了蹭他的肩头：“我跟你一起回去吧。”

“不合适。”晏清辉摸了摸她的脑袋。

满月也知道不合适，她“哼”了一声，继续搂着他。

直到房门敲响，是满弈，他要跟晏清辉一起去满月那里住。

送走晏清辉和满弈以后，满月简单地洗漱一下也钻进被窝了。

她给晏清辉发消息，晏清辉一直没回复，但她还是在发。

满月：到了吗?

满月：到哪里了?

满月：唉，叮当肯定很想我。

满月：还没到吗?

满月：晏医生，你好慢。

大概过去半个小时后，晏清辉才回复，他是单独每一条回复的。

晏：现在到了。

晏：推测一下，刚刚应该在第三个红绿灯路口。

晏：嗯，我也很想你。

晏：现在到了。

晏：我的错，但是慢有慢的好处。

满月想，她对晏清辉的无限依赖，大概就源于他每一次面面俱到又耐心十足的回应。

他不会让她有任何一次落空的感觉。

可能他并没有办法解开自身的枷锁，但他已经彻彻底底地救赎了她。

但是没关系，她相信她也可以拥抱他。

也许我们都是无法拥抱自己的人，但是伸手拥抱你，我是甘之如饴的。

相爱吧，在新的一年里。

满月是忽然有一天想问问晏清辉网名来源的，她原本以为是晏清辉随便取的，没想到晏清辉说："确实有点含义。"

满月一下子来了兴致，她好奇地追问："什么意思啊？"

晏清辉让她猜。

满月垮下小脸。

她垮起脸太可爱了，晏清辉没忍住捧住她的脸往中间挤，他笑出声音，凑近了，鼻子碰鼻子，像逗小孩一样："小包子。"

满月假装生气了。

"生气啦？"晏清辉问。

满月"哼"了一声。

晏清辉忽然说："那你掐一个。"

满月不做。

晏清辉故意压上来，他那么高，像个巨型犬，趴在她的肩头时，声音低低的，像故意撩拨一样："掐一个，小满月。"

晏清辉说的是掐腰。

满月迟疑了一下，还是做了——只见她两手握拳，上下转几圈，然后像小孩儿发怒一样，掐腰：“哼！”

可爱得不行。

晏清辉笑出了声音。满月捂着脸扑进他的怀里。

等再想起来网名的事的时候，满月发现她已经被晏清辉糊弄过去了。

后来还是从节目里看到的。几个实习生完成了一台挺大的手术，院里的主任请他们吃饭，聊天的时候大家都追问晏清辉的感情问题。

毕竟是院里唯一一个颜值又高又适婚的人。

在镜头里，晏清辉喝了酒，他喝酒以后眉眼会流露出一点懒散之意，看着要比平时更平易近人一点。

实习生们私下都会讨论理想型，发现大家都很喜欢晏清辉这样的人。

有一个胆子大一点的，她被起哄着问：“晏医生的理想型是什么样子的啊？”

晏清辉顿了顿，沉默了。

气氛静默起来，大家以为问到了不合适的问题，可看晏清辉的神情，他又好温柔的样子，像在回忆什么。

就在有人准备开口打圆场的时候，他忽然开口说：“喜欢活泼一点，笑起来好看的。”

有人惊叹：“哇，好像很具体，晏医生该不会是心里有人了吧？”

大家都是看热闹的状态，没人把这一句话真的当真。

晏清辉却忽然来了一句：“怎么不会？”

所有的嬉闹戛然而止。

晏清辉微微垂下眸子，好像又想起什么，笑了笑，随后又说：“我刚刚说的都是她以前的样子，现在怎么样我还没有见到，但应该不管怎么样，都是我会喜欢的样子。”

有些感性的女生已经悄无声息地红了眼睛，她们忍不住捂着嘴巴，好一会儿才问：“你们会在一起吗？”

晏清辉想了想，忽然看了一眼镜头：“希望节目播出的时候我能回答你这个问题。”

他像想起了什么，又低笑着说：“这也是我今年的生日愿望。”

这时主任想起了什么：“对了，清辉最近要过生日了吧？”

“晏医生的生日是什么时候呀？”

晏清辉说：“八月十六。”

“欸？农历八月十六吗？”

晏清辉摇头说：“不是，阳历。”

“嗯？你过阳历吗？”

晏清辉沉默了下，说了一句：“也不是。”

但是到底为什么要过阳历，他还是没有说。

可是满月觉得自己好像知道了。她好像也知道晏清辉网名的来源了。

八－六,八一六。

他的阳历生日，她的农历生日。

满月感觉自己好蒙，她完全不记得自己过去哪个时间段见过或者认识晏清辉，她很想问晏清辉，可是晏清辉正在上班。

可她真的很想找他。

满月在家里待了半个小时，最后还是没忍住，去了医院。

很巧的是，她刚到医院，就收到了晏清辉发来的消息。

他发的是照片，一张卡片。

晏：向温美送给你的。

满月：你在他们病房吗？

晏：对啊。

满月：我也想去。

晏：嗯？

满月：人家都给我画卡片了啊，我可以去谢谢他吧？

满月嘴上那么说，心里还挺不好意思的。

果然大人的世界，只要想，连小朋友也可以利用。

晏清辉当然不会拒绝，向温羡也十分欢迎。

满月到病房的时候，向温羡很开心地迎接她：“姐姐。”

向温羡的奶奶笑：“叫阿姨。”

向温羡挠了挠头。

向温羡的奶奶说：“都喊晏医生叔叔了，怎么喊她姐姐呢？”

向温羡“哦”了一声，乖乖地喊：“满月阿姨。”

向温羡的奶奶一愣：“你叫满月？”

满月礼貌地点头：“是。”

向温羡的奶奶看了看晏清辉，又看了看满月，忽然笑开来：“哎哟，真是好名字哟。”

满月不解，看向晏清辉。

晏清辉像是知道一样，却笑而不语。

满月心里痒痒的，问奶奶：“好在哪里呀？”

向温羡的奶奶哈哈地笑：“你知道温羡妈妈叫什么吗？”

满月隐约记得：“叫思月对吧？温羡之前跟我说过，说取自思君如满月那首诗。”

温羡的奶奶点头：“那你知道思君如满月下一句是什么吗？”

满月还真的不知道。

她下意识地看向晏清辉，晏清辉戴着口罩，眼睛却在笑，在满月的注视下，他缓缓地俯身，低声说：“夜夜减清辉。”

当时满月有一种被电流穿过全身的感觉，好像她和晏清辉的相遇相知相爱是命中注定的一样。

她捕捉到一份独一无二的浪漫，像是上天为她量身打造的一段深刻的爱情。

原来可以因为一个人，连名字都变得有意义。

就是这个当下，她忽然决定不问晏清辉了，她要自己想，他们既然相遇过，哪怕只是瞬间，而在未来的岁月里，她也一定能在某个瞬间想起来。

这期节目在网上引起不小的讨论，晏清辉的女友粉也逐渐增多，就在大家都很好奇晏清辉现在到底脱没脱单的时候，导演组放出了部分群聊内容。

而晏清辉的头像从曾经的清冷明月变成了一只猫，放大了看，会发现不仅有猫，这猫还站在他的肩头。

可这明显是女友视角。

碎了碎了，我的幻梦在这一瞬间碎了。

这妥妥的女友视角吧？

问我男朋友了，他说这么可爱一定是女朋友拍的。

楼上？我就像一条蹲在路边吃瓜的狗忽然被人踹了一脚。

想看看被晏医生喜欢的女孩子长什么样呜呜呜。

是这个吧？

满月刷到图片的时候本意是看热闹，以为是什么搞笑表情包，点开看到是自己吓了一跳。

是之前打疫苗时的照片，不知道谁拍的，角度抓得还挺好看。

照片一共放了两张，一张是她的低头侧脸，一张是晏清辉拍她后背的，照片没把晏清辉拍进去，只拍到了半身和手，乍一看，很有氛围感。

酸不起来了，这女的也是我的理想型。

这是我第 10086 次对姐姐表达爱意，姐姐，爱我吗？

有正脸吗？有正脸吗？有正脸吗？

没有。

满月庆幸自己没有在社交软件上发自拍的习惯。

然而，满月忽略了网友的强大。

因为她之前在作者号上分享过穿搭，而那天打针穿的刚好是分享过的，从头到脚，一模一样。

由此，大家还扒出，叮当疑似和晏清辉头像是同一只猫。

几乎是同一天，满月作者号私信炸了，有读者的震惊，也有粉丝的好奇，甚至有节目组给她发出的恋综邀请。

满月哭笑不得，把截图发给晏清辉。晏清辉收到以后直接给她打了电话，他的口吻很严肃："严重吗？会影响到你的工作吗？"

满月笑说："不会的，我又不是什么大红人。"

晏清辉似乎松了一口气。

满月故意："干吗？你不想公开吗？难道是我拿不出手吗？"

晏清辉无奈地唤她："满月。"

满月笑了两声："知道啦，不会影响的。"

挂了电话没多久，满月发现自己的微博又爆了一次，她点开才看到是晏清辉新注册了一个官方号，并且转发了她之前发的挡脸合照微博。

他说：愿望实现了。

他新注册的号，没有关注节目组，没有关注实习生，只关注了她一个人。

满月忽然发现，被爱是不会习惯的，也不会因为一直被爱就变得麻木。

她仍然觉得感恩，感恩晏清辉每一次的坦诚付出。

她直接用作者微博给晏清辉发私信——

满月：干吗不直接用小号？

晏：小号是用来谈恋爱的。

满月：要一直谈恋爱吗？

晏：不可以吗？

满月：好像可以。

晏：去掉好像。

满月：好的。

从私信里出来，满月思考着要不要也发点什么，但是她有点不好意思发自拍，最后只发了一张叮当的图片。

是之前她坐在晏清辉怀里，她怀里抱着叮当的对镜图。

图片不清楚，看不到脸，只能看到身影的轮廓，以及晏清辉低下的目光。

但是已经足够了。

在大多数时候，一个眼神，已经足以诉说所有爱意。

我爱你，坦坦荡荡，不畏世人皆知。

彻底公开以后的烦恼也有很多，比如拒绝不掉的签售会，不仅粉丝读者强烈要求，公司也希望满月能够举办。

最后满月松口答应了，在五月举办，城市定在了南方。

签售会前，满月和晏清辉用掉了晏清辉的年假，提前去了当地游玩。

住酒店的时候，满月还没考虑好，满弈忽然发来一串手机号。

满月：什么？

满弈：VIP，不客气。

满月：啊？

满月：你从哪儿弄的？

满弈：说来话长，不讲也罢。

满月：嗯？

她想了想，觉得只有一种可能性，于是她——

满月：你不要总是花时桃的钱，你是男孩子，知道吗？

然后换来满弈一声怒吼：“我没有！这是我自己的！算了！你别用了！让我姐夫自己掏钱！”

满月拒绝让晏清辉掏钱，并说——

满月：谢谢弟弟。

满弈对此一句话也不想说。

南方还是要比北方多雨的，满月和晏清辉办理好入住就出去玩，玩到一半忽然下起了雨，他们都没带伞，晏清辉就让她在屋檐下等着，他去买伞。

等晏清辉走进雨里，满月看着他的背影和匆匆擦肩而过的路人，眼前忽然浮现一幅画面。

那是她刚入高中没多久，炎夏、军训、很热。

后来忽然下起大雨，他们原地解散，往教室跑。

大雨浇灭了炎热，吹来阵阵清风，风里有泥土的味道，雨滴顺着帽檐滴在眼睛里，世界瞬间模糊了，她没来得及停下奔跑，撞进一个人的怀里。

她抹着眼睛抬头，在渐渐清亮的视野里看到一张俊朗的面孔。

他那个时候真的不算温柔，有点冷，看人的目光淡淡的，很像月光下淡淡的清辉。

原来是那个时候。

是那个夏天。

他们在夏天相遇，在冬天重逢，春秋皆是馈赠，彼此是大礼。

雨势更急，撑着伞的晏清辉从远处走来，他走到她的身边，把她拥入伞下。

他问她："想什么呢？"

满月仰着头："在想你。"

晏清辉挑眉："嘴巴这么甜？"

满月一笑："是真的。"

她抱住晏清辉，忽然很娇气地说："想亲亲你。"

晏清辉笑着俯身："那真是我的荣幸。"

唇瓣相贴前，满月忽然说了一句："晏清辉，我想起你了。"

大雨仍在，如同初雪那天。

相爱的人，永远热恋。

签售会那天天气出乎意料地好。满月很早就和工作人员集合，八点半到现场的时候发现已经排了很多人。

为了防晒，满月没有穿露肌肤的衣服，甚至穿了一件包裹得很全的防晒衫，头上也戴了防晒帽。她一直戴着口罩，以至于她从队伍尾巴走到桌子前的时候都没人发现她就是作者本人。

满月觉得有点好玩，还偷偷录了一个视频。

签名的时候基本就无心关注这些了。油性笔味道很重，在夏天闻久了，人容易吐。有些读者会带一些小零食送给她，但是出于安全考虑，满月基本上都拒绝了。

直到有人在她的桌子上放了一小瓶水，满月下意识地就说："不好意思，不能收礼……"

她抬起头来，声音戛然而止。

眼前的人，是规规矩矩排队来的，他穿着简单的白 T 恤黑裤，没戴帽子，戴了口罩，但满月一眼就能认出他。

晏清辉。

口罩下，满月忍不住笑起来，她改了话："谢谢。"

晏清辉把书送到她面前，俯身低声询问："可以给个 to 签吗？"

满月配合他："to 什么啊？"

"to 满月的心上人好不好？"晏清辉边问边抬眼看她。

她敢不好吗？

为了防止后面排队的读者看出什么，满月匆匆地签好，赶紧递给他。

晏清辉还在演，他一本正经道："谢谢大大。"

满月捂脸，摆摆手让他快走。

中午休息的时候，满月看到手机上晏清辉不知道什么时候发的消息。

晏：赶我走。

晏：没礼貌。

晏：耍大牌。

戏好多。

满月正要回复，面前忽然放过来几个打包盒，她还没抬头，头顶传来低声：“先吃饭，忙着给谁回复消息？”

满月抬头对上晏清辉的眼睛，默默地把手机拿起来递到他面前，晏清辉扫了一眼，面无表情道：“我也不行。”

满月：“那直接拉黑吧。”

“嗯。”晏清辉毫不在意，“先吃饭。”

满月闻了一上午油墨味，一点也不想吃饭，她趴在桌子上，懒懒地道：“不想吃。”

晏清辉口吻如常：“哦，要我喂你啊？”

满月：“马上就吃。”

晏清辉打开筷子：“现在。”

“好的。”

饭后，满月有休息的时间，但她看到读者都在饿肚子排队，又摆摆手让队伍重新启动了。

签售会她只办了一天，结束的时候延长了快一个小时。

晚上解散前，在工作人员的安排下，大家拍摄大合影，满月看到读者们明明被晒得满脸通红却依然亮晶晶的眼睛，抬手摘了帽子和口罩。

她站在镜头最中央，露出了疲惫的却很满足的笑容。

这张照片后来被发到超话里，所有人都很狼狈，但是所有人都很好看，他们来自五湖四海，在机缘巧合下相遇。

从某种意义上来看，这世上所有的一切都是遇见。

“你我遇见，是灵魂，我遇见他，是归宿。”

在微博里，满月这样说。

她说得很正经，评论画风却截然不同。

说你呢 @ 晏清辉。

推给我干吗？推给 @ 晏清辉啊。

一时之间说不上来灵魂和归宿究竟哪个更让人羡慕。

懂了，灵魂是 @ 晏清辉，归宿也是 @ 晏清辉，懂？

都说了不要动不动 @ 晏清辉，你们非要 @ 晏清辉，你们这样 @ 晏清辉，你们尊重 @ 晏清辉吗？你们理解 @ 晏清辉吗？

满月哭笑不得。

而面对一众邀请，晏清辉亲临评论区，给呼叫了他半天的网友回复三个字——

晏清辉：说得好。

后来一个九月，满月和晏清辉陪满母逛超市，超市里放着王菲的新歌——《如愿》。

而我将爱你所爱的人间
愿你所愿的笑颜
你的手我蹒跚在牵
请带我去明天
如果说你曾苦过我的甜
我愿活成你的愿
愿不枉啊
愿勇往啊
这盛世每一天

满母忽然感慨："都要过去二十四年了。"

满月挽着满母的胳膊，像小朋友一样撒娇："我都长大啦。"

"都是别人家的小孩了。"满母说。

晏清辉淡笑着说："没，是您多了一个儿子。"

满月想起时桃，凑过去说："还多了一个大明星女儿，开不开心？"

满母笑道："太开心了呀。"

大概是心境不同，看什么都觉得善意满满，以前满月在微博上总是不敢互动，总是思考人和人之间的边界感。

但是现在不会了，她会回复私信，也会回复评论，偶尔还会和读者聊天。

私信也多了很多商业广告邀请，满月偶尔会接几个大家需求度高的。还是会有综艺邀请，只不过不全是恋爱综艺了。还会有编剧邀请，不过满月自认能力还不够，便都拒绝了。

直到公司询问她有没有想法写一本纪实倾向的小说，满月一听就明白对方的意图了，她问："写我和晏清辉吗？"

对方很尊重她的意见："可以吗？"

满月很尊重晏清辉的意见，她去问晏清辉："可以吗？"

晏清辉反过来问她："可以吗？"

可以。

如果这本书需要一个简介，大概只要一句话：万分之一的相爱概率，是我上万次的期许。

是晏清辉的，也是满月的。

书名，就叫《记实录》吧。

—正文完—

番外一 一家人

《记实录》的各地签售会举办到一半满月查出有孕，她孕后三个月对外公开，并且延期了之后的签售会。

孕晚期，影视方联系到满月，表示要改编拍摄电视剧版《记实录》，并邀请满月做编剧。

出月子半年，满月进组参与《记实录》的改编及拍摄。影视基地在江南，夏天高温不降，地表温度高得简直能当场煎熟鸡蛋。满月坐在阴凉处，等待远处演员调整状态。

今天拍的是冬天的戏，演员要在四十摄氏度的夏天穿厚重的羽绒服，条件艰苦，几乎是一镜一补妆。

满月看着止不住叹气，小助理在旁边看她脸也晒得发红，从包里掏出一个便携版的小风扇说："满月姐，咱要不先回酒店吧？"

满月进组有一段时间了，刚开始作息什么的都不太适应，现在渐渐已经进入状态，和长期居住剧组的工作人员无异，她摆摆手说："没事。"

小助理心里焦急啊，毕竟她的工资是晏医生发放，进组前老板可是千叮咛万嘱咐要她照顾好这位刚出月子没多久的妈妈的。

"满月姐……"她知道满月心软，故意蹲在地上仰面眨巴眼睛盯看满月。

满月知道她什么意思，哭笑不得地说："知道了，等这场过了我就回酒店。"

小助理疯狂点头，意为：你说的，我当真了。

满月确实该回去了，小家伙差不多要醒了。虽说是进组工作，但这段时间满月几乎把酒店住成一个新的家，毕竟她不是一个人过来的。当初也有考虑要不要把孩子放在家里，但一想到晏清辉忙起来也是不分昼夜，干脆就把孩子一起带过来了。

阿姨本来在客房照顾小家伙，听到开门声脚步轻快地走出来。

满月迎上她，小心翼翼地伸头往屋里看，声音很小："还没醒吗？"

阿姨说："刚刚醒了一会儿，现在又睡了。"

满月说："我进去看看。"

阿姨说了声好。

小助理没跟着进屋，只在客厅待着收拾东西，阿姨问小助理今天剧组情况，小助理迫不及待地和她分享各种日常趣事。两个人声音控制得恰到好处，起起伏伏，偶尔有笑声传来。

满月记得晏清辉之前交代的话，不需要让小家伙一直处在完全安静的环境中，适当的噪音也有助于他成长，所以她没有关门，轻手轻脚走到床沿边，刚一低头，发现小床上的小家伙正睁着忽闪的大眼睛看她。

满月低低"呀"一声，脸上笑容绽开："你醒啦？"她说着伸手轻轻碰了一下小家伙的脸。

小家伙嘴里含着手指，发出"呼噜噜"的声音，满月一碰他，他就翘着两条腿笑，眉眼弯弯像月牙。满月看得心里好像有什么东西要溢出来了，她笑着把他抱起来，刚抱起来，客厅传来手机铃声。她猜想是某位爸爸来查岗了，于是便抱着孩子出去。

客厅小助理已经接通电话，看到满月出来跟电话那头的人说："她来了。"

阿姨起身："醒了啊？"

满月点头说："刚进去就醒了。"

阿姨嘴甜道："哎呀，这是和妈妈心有灵犀呢。"

此时电话里传出晏医生低低的，含笑的声音："不带爸爸一个吗？”

满月笑着接过手机，问他：“要不要打视频看看孩子？”

晏清辉“嗯”一声：“看看你。”

他总是张口就来，逗得满月猝不及防，纵使已婚已育，在晏清辉面前，满月还是招架不住，即便生了孩子也动不动就脸红，她忍不住低声说：“正经点。”

晏清辉笑着说好。

视频接通，满月让小家伙看手机，小家伙看到晏清辉熟悉的脸，喃喃“哇”了一声，满月模仿他，也：“哇。”

晏清辉非常配合：“哇。”

他还在上班，穿着中规中矩的白大褂，背景环境因为太多白色而显得有点冷，可他一声“哇”打破了所有的冰冷。

满月忍不住笑，她握着小家伙的小拳头冲手机挥：“爸爸也太可爱了吧。”

晏清辉眉眼含笑，说：“嗯，近朱者赤，谢谢妈妈。”

小助理和阿姨已经十分有眼色地各自回屋，满月坐在沙发上，让小家伙坐她怀里，晏清辉看了问：“腰不疼了？”

可能是本身就有点职业病，再加上怀孕的时候只长肚子不长胖，满月孕期有很长一段时间都腰疼腰酸，生完以后也经常疼得半夜睡不着。那段时间确实辛苦，她睡不着，晏清辉也不睡，就那么陪她聊天，给她揉肩、捏腰、捶背。不管孕前孕后，晏清辉付出的都不比她少。一想到这些，曾经的很多辛苦都像一场轻描淡写的梦，梦醒了，爱人在侧，她深觉当下最为圆满。

她笑说：“不疼了，最近都没加班，平时还会出去转转。”

“那么乖？”晏清辉眼睛在笑。

满月骄傲地扬起下巴：“是啊，有奖赏吗？”

晏清辉弯唇：“奖你休息几天好不好？”

这是想让她回家了。

满月小声嘀咕："这是奖给你吧？"

晏清辉"嗯嗯"两声，声音压下来，半哄半撒娇式说："奖奖我吧，空巢老人好孤独。"

满月"哈哈"笑出声。但是她确实没时间回去，晏清辉也没时间过来，两个人再想念彼此也只能每天打打视频。

这天满月临时收到剧组改戏通知，不是什么大问题，但是几个组调整配合修改也磨合了一上午，中午直接在剧组吃的盒饭。

旁边的女演员为了保持身材基本没动碳水，扭头看到满月什么都吃，很羡慕地说："你好瘦啊，感觉你很匀称。"

满月知道女演员普遍都有容貌焦虑，所以她并没有接着对方的话说，而是说："再匀称也演不了戏呀，演技不匀称。"

女演员顿感众生平等，觉得自己还能再坚持几天不碰碳水。

聊着聊着，女演员忽然看向一处："哇，好帅的奶爸。"

满月没当回事，也没去看，专心吃饭，时不时翻看两页手边的剧本。翻着翻着，她听到女演员又"哇"了一声，说："好可爱的孩子。"

满月生完孩子以后对"孩子"这两个字有点敏感，她下意识抬头看去，随后脸上浮出意外神色。饭也不吃了，剧本也不看了，满月起身，看着不远处正往这边走来的晏清辉，有点意外，又很惊喜。

"你怎么来了？"她脸上还挂着明显的惊喜。

晏清辉握着怀里小家伙的小拳头冲满月挥了挥说："来给妈妈送奖赏。"

满月没忍住"哼"了一声。

小家伙伸手要抱妈妈，满月正要伸手抱孩子，晏清辉忽然伸出手把她抱进了怀里。

剧组人来人往，满月为这亲密的行为害羞，微微仰头，脸红扑扑的："干吗？"

晏清辉翘唇，凝视着满月笑，说："怎么还撒娇呢。"

满月没忍住埋进晏清辉胸口，又"哼"了一声。

女演员这才后知后觉意识到晏清辉是谁，她缓缓举手，提问："请问满月老师，怎么才能同时拥有那么帅的老公和那么可爱的孩子？"

周围其他人附和着频频点头。

满月还真认真想了想，然后答："撞大运了吧？"

女演员呆住："谁叫大运？我现在去撞来得及吗？"

周围人笑成一团，满月也笑。这时制片人过来，看到晏清辉来了和他打招呼，还开玩笑说："晏医生来都来了，不给我们剧送点福利吗？"

晏清辉淡淡笑："您说，肯定竭尽全力。"

满月本以为制片人是在开玩笑，没想到她真的有一些打算。居然是想让满月和晏清辉连带小家伙一起客串一场戏。

满月吃惊，犹豫道："不好吧，我们都没经验……"

制片人大手一挥："我们导演干什么吃的？你们只管如期上场就行了。"

满月抬头看向晏清辉，谁承想晏清辉完全没当回事，似乎拍不拍对他影响不大，他只在乎怀里的小家伙有没有吃饱饭。也没在乎她……

满月心里"咕噜"一声泛出酸水，拿手肘顶了下晏清辉的胳膊，晏清辉看过来，满月轻轻"哼"了一声。

晏医生工作久了，最擅察言观色，几乎一眼就看出满月不是在生气，她只是，想撒娇了呀。晏清辉弯唇一笑，当着所有人的面俯身轻轻亲了一下她的唇角说："我们家满月老师说了算。"

满月闹了个大红脸。

制片人笑意盈盈地放他们先回酒店休息，然后等第二天来客串。

刚到酒店没多久小家伙就睡着了，晏清辉把小家伙放回床上的同时说："真懂事，那么会给爸爸妈妈创造二人世界。"

满月伸手捂他的嘴，阻止他更多油嘴滑舌。

晏清辉笑着握住她的手腕，顺势把她抱在怀里，他个子高，每次抱她就像在抱一个软绵绵的玩偶。晏清辉将她抱得紧紧的，脸往她脖子里埋，深深吸一口气，像在充电。

满月也伸手抱他，小声问："不忙吗？"

"调休了。"晏清辉说。

满月上上下下地摸他后背："好辛苦呀，晏医生。"

晏清辉松开她，看着她的眼睛说："那么辛苦，要不要奖点什么？"

满月无语，半抱半推，催促："赶紧走赶紧走。"

晏清辉"嗯"一声："是要出去，少儿不宜呢。"

到底谁在撒娇啊。

剧组生活并不有趣，甚至有些无聊，满月下午和剧组匆忙开了一个小型会议，晚饭前折返回酒店，回到酒店发现小家伙不知何时又睡了，她就跟晏清辉说一起出去转转。

这块吃饭的地方很多，因为各个剧组的加持，旅游产业发展得不错。晚上虽然也热，但有风，还算舒适。

满月和晏清辉手拉手，到处转，看到好玩的，满月就会献宝一样让晏清辉也看，晏清辉每次都是认认真真看，甚至会评价两句，然后把话题引到他们日常生活中去。就好像，他们的日常生活和这些好玩的玩意儿有关联，如同它们一样有趣。

满月能感受到他的用心，他是怕她觉得婚后生活枯燥无聊，怕她羡慕婚前自由的一切。可是在满月心里，这一场婚姻并没有牺牲她的自由、舒适甚至其他一切情绪，反而送给她一份天赐大礼。她受宠若惊还来不及呢，怎么会觉得无聊呢？

他们两个牵着手，两个人像幼儿园大班生，一走一晃，地上影子跳跃，看着令人欢喜。

晏清辉挑眉："心情那么好？"

满月说："对呀，你不好吗？"

晏清辉轻轻勾她掌心，靠近她一步，低声问："为什么好？"

满月说："因为你来了呀。"她仰头看晏清辉，"干吗？"

晏清辉眼睛在笑："我不来你心情就不好了？"

满月拉长声音："那——肯定没有现在那么好。"

晏清辉笑着把满月抱在怀里："可是我一想到你就会心情好哎。"

满月和他面对面站着，脸上故意露出调皮的表情："真的吗？那你每天想我好了，我们不要再见……"

晏清辉俯身堵住了她的唇。

满月先是一怔，震惊于晏清辉大庭广众之下的胆大行为，随后后知后觉意识到自己说的话确实不合适，缩了缩脖子，眼神求饶。

晏清辉出声警告："满月老师。"

满月忙不迭抱住他："错了错了。"

晏清辉轻轻"哼"一声。

满月笑了半天，怎么回事呀，晏医生现在真的好爱撒娇哦。

第二天满月和晏清辉以及小家伙这三位新人演员准时抵达片场，最近 A 组一直在拍摄冬天的戏份，B 组倒是应景的夏日剧情，满月和晏清辉需要拍的是 B 组。

不过想想也知道他们要拍的是夏天，毕竟有小家伙在这，大人能够夏天穿冬衣，小家伙还能披棉袄上阵？

"喔唷，好可爱的宝宝。"

一进片场，小家伙的脸就遭受无数"魔爪"，好在小家伙从出生就被舅舅舅妈和外公外婆带着见人，从不怕生，甚至在这种情况下有点兴奋。

导演育有一儿，最近忙于工作一直没能见到孩子，想得不行，这会儿看见小家伙直接把他当成自家替代品了，完全抱着不撒手。

其他演员调笑道："导演你好像个狼外婆。"

在场很多人听了都笑。

导演也不生气："那这岂不是个小红帽？"

"小红帽"本人并不懂得大人们的笑点，但也跟着咧嘴笑。

因为一个玩笑，导演最终给小家伙的妆发定为"小红帽"，小家伙长得白，眼睛黑如葡萄，小脸圆圆的，头上顶个红色的帽子看着喜庆又漂亮。小家伙刚戴上帽子他就伸手要找妈妈。

导演一边将孩子递给满月一边说："这是要跟妈妈显摆啊。"

满月十分配合地说："看见了看见了。"她说着还要抱给晏清辉，"给爸爸也显摆显摆。"

晏清辉伸手竖拇指，小家伙好似满足了一般，嘴咧得更大了。

拍摄的剧情很简单，男女主在一家餐馆吃饭，满月和晏清辉抱着孩子在隔壁桌，男女主各自看他们一眼，眼里的期许不言而喻。镜头只带了满月和晏清辉十几秒，所以非常快地就拍完了。拍完以后制片人和导演还在网上发了一条微博，观众读者看见纷纷喊好期待。

明明拍的时候不紧张，拍完看到这些反馈满月反而有点紧张了。

晏清辉故意逗她："不会是怕我粉丝超过你吧？"

满月每次听到晏清辉像逗小孩一样逗她，她都忍不住笑，她配合说："是啊，我好害怕啊，毕竟晏医生那么优秀呢。"

晏清辉故作正经："别怕，粉随正主，你才是他们真正的正主。"

满月看着他："你不会在微博上有什么身份吧？"现在专业术语张口就来啊。

晏清辉闻声点头："有。"

满月一愣，没想到他真的有："什么？"

"满十六的超话大粉，好几级了。"

"谢谢啊。"

“一家人，别客气。”

好想再说一句“谢谢”啊，满月面无表情地想。

晏清辉调休没调几天，他前脚回去，满月后脚就开始加班，好在一切还算顺利，不到三个月剧组杀青。杀青那天晏清辉赶过来一起吃了蛋糕，返回酒店收拾东西的时候，满月跟她说：“时桃今天也来影视城了，这会儿估计在房间。”

她话音刚落，酒店房门就传来敲门声，阿姨起身去开门，下一秒时桃穿着休闲装走进来，一边走一边唤：“小家伙呢？小家伙呢？”

身后跟着进来的满弈脸很臭，嘀嘀咕咕道：“小家伙小家伙，那么喜欢干脆自己生一个算了。”

时桃闻声立刻转身，指着他：“一级警告。”

满弈翻了个白眼，他知道时桃什么意思，这两年时桃事业红红火火，进出各种地方都有人跟拍、偷拍，他和时桃每次见面都是小心翼翼的，前段时间为了方便他直接给时桃当了专职保镖。

要不怎么说群众的眼睛是雪亮的呢？他才做了不到两个月的保镖，微博上都有他们俩的粉丝了。

不过也因为这一批粉丝，经纪人点名道姓让他们俩注意点，行为举止加聊天都要谨慎谨慎再谨慎。

满弈很心累，但也只能这样。他一边劝自己只能这样，一边羡慕自家姐姐的幸福三口之家。

客厅里时桃已经顺利抱到了小家伙，小家伙认识她，也喜欢她，挥着小拳头要抱她，时桃心都化了：“我的大外甥真好！”

满月站在一旁笑，晏清辉进进出出地收拾东西，听到时桃说的话看了一眼满弈，笑着说：“满弈怎么不过来？”

满弈就差把“我很不爽”和“我很羡慕”八个大字写脸上了，他凑上前，大概是血缘关系在这放着，小家伙和满弈也很亲近，满弈一过来小家伙就探着身子要抱抱，时桃很心碎：“这变心也变得太快了吧。”

满弈骄傲地仰鼻孔：“个人魅力。”他说着把小家伙抱走。

时桃表面微笑，实则狠狠掐满弈的腰身。

满月和晏清辉开车回去，虽然没有时间限制，但他们还是没有在酒店待很久，等一切收拾好，时桃和满弈抱着小家伙一起送满月和晏清辉。

刚出酒店没多久，就有狗仔跟过来拍，因为人多时桃没当回事，结果当天晚上上热搜了她才看见大家已经把满弈和满月的身份关系扒出来了。并且有一部分满月和晏清辉的婚礼现场照片也被曝光了，其中满弈和时桃坐一桌，还参与了家庭大合照。

大合照里，满弈搂着时桃，时桃笑得明艳灿烂。

对此事件，经纪人头疼得说不出话，满弈也表现得很头疼，实则嘴角都快翘到太阳穴上去了。时桃一眼就看出他心里得意着呢，忍不住在桌子底下踹他，他笑眯眯夹住时桃的腿：“我有一个解决办法。”

众人望向他。

满弈轻“咳”了两声：“公开吧，我吃点亏。”

时桃：“谢谢你啊。”

满弈龇牙：“一家人，不客气。”

番外二——小家伙

小家伙并不是叫着玩的，他小名就叫这个，大名晏存希。

心存希冀，目有繁星。

追光而遇，沐光而行。

晏存希是个酷小孩，为人处事很有自己的性格，他不爱和同龄人玩，总是跟在小区大龄儿童身后转，别人看他小不爱带他玩，他就自己玩。

有几次满月看了心疼，老想背地里找那些大龄儿童说说，晏清辉阻止道："不用，交给他自己处理。"

满月心想他一个小孩怎么处理？结果没几天满月就看到晏存希和那些人打成一片，她惊呆了，一直没想明白是怎么回事。

晏清辉特别喜欢看见满月这种表情，就好像，哪怕已婚已育，她仍然被他们保护得很好。

晏存希并不是她自由生活的累赘，而是她另一份坚实的后盾。

"存希已经研究那些游乐设备很久了。"晏清辉说。

满月不解。小区最近确实安装了一批户外智力游乐设备，设备很齐全，各个年龄段的小孩都可以来玩，存希也经常跑过去玩，不过因为性格，他每次都是一个人。一个人玩可以称为"研究"吗？满月心存问号。

晏清辉笑说："他提前把最佳游玩路径研究出来了。"

满月恍然大悟。他研究出来以后，大龄儿童见状就不会"瞧不起"他，甚至会主动请教他。

满月再次惊呆，最后评价一句："晏医生，你儿子好'腹黑'。"

晏清辉挑眉，不觉得这是什么贬义词，并疑问："只是我儿子？"

满月认真地想了想："我好像没他那么聪明。"

晏清辉说："可能是'取其精华，去其糟粕'了吧。"

满月："'取其精华，去其糟粕'还能放在这里？"

晏清辉："为什么不可以？中国文化博大精深，要善于临机应变。"

满月沉默几秒："晏存希性格像谁我不知道，他语文一定像你。"

晏清辉："呃……"

众所周知，晏存希语文不好，甚至可以说是有点差，他语言能力不错，口语也灵巧，唯独对文字不敏感，对逻辑故事类更是不感兴趣。

满月不懂，她明明好歹也算一位成功作家，怎么生出的儿子看见文字就犯困。这不，眼看又要睡着了……

满月叹口气，伸手轻轻在课桌上敲一下，晏存希本来在点头钓鱼，闻声眨巴眨巴眼睛，慢吞吞坐直身子，也叹气。

满月一听他还叹气，有点哭笑不得："你叹什么气？"

晏存希说："愁的。"

满月无语凝噎，问："愁什么？"

晏存希沉默几秒，忽然扭头问满月："妈妈，医生是不是很难？"

满月有点疑惑："为什么这么问？"

晏存希手托着下巴说："我们老师说我爸爸是医生，妈妈是作家，以后免不了也要走这两条路，我语文你也看到了，所以只能考虑医生了。"

满月："你……"

如果没记错的话，晏存希今年也才二年级吧？二年级的孩子已经需要考虑那么多了？她记得那个时候她的梦想不管谁问都是科学家啊？

“也不一定啊，看你自己想做什么啊。”满月说，她还真有点好奇，“你想做什么？”

“厨师吧，”晏存希说，“高级点做个美食品鉴家也行，或者开个上市公司，做食品经营？”

这还是个实干家，真没看出来。

“你梦想还挺接地气。”满月没忍住说。

晏存希说：“我爸说了，一切落实，须得科学前进。”

满月一笑，揉他的脑袋：“你爸说得对。”

“我爸还说男人不能被人随便摸头。”

满月挑眉：“你还是个男孩。”

谈及这个话题，每个男生都忍不住好奇，晏存希也不例外，他放下手里的笔，把作业完全抛之脑后，问满月：“那我怎么才能成为一个男人啊？”

满月想了想，忽然问：“你还想知道和医生相关吗？”

晏存希说：“和男人有关系吗？”

满月说：“有。”

晏存希立刻说：“想。”

于是满月带晏存希去了客厅，她把客厅的灯全关了，窗帘也拉上，屋里陷入黑暗的同时，满月打开了投影仪。她盘腿坐在地上的长毛毛毯上，晏存希靠过来，满月把他搂进怀里说：“这是爸爸妈妈的故事，你可以看看。”

满月给晏存希播放的是电影版《记实录》，当年剧版《记实录》好评如潮，她紧跟其后把之前延期的签售会办了，没多久，电影版就提上了日程。

电影早就上映了，满月和晏清辉提前参加了首映礼，全国上映当天，他们还邀请亲朋好友一起观看，当时晏存希也在，只不过那个时候他太小，应该不太记得了。

影版内容要比剧版内容少很多，除了简单的日常温馨相处，前中后各有一小段播放医院工作人员因为病人情势危急连日加班的剧情，晏存希扭头问满月："这些是真的吗？"

满月说："当然是真的，你看你爸爸不也定时值夜班吗？"

晏存希感慨："好辛苦哦。"

满月说："每个行业都很辛苦，你不是想做厨师吗？厨师也很辛苦，需要提前去菜市场选材，还需要研究客户的爱好以及市场的需求。美食品鉴家就更辛苦了，需要全国各地奔波，还要因为工作吃一些自己不喜欢吃的东西，你不是不爱吃杧果吗？如果有参赛人员的作品是杧果你还是需要品鉴对不对？而且还要更加公正地去判断。这些都是需要付出辛苦的。"

晏存希安安静静地听着。虽然满月总是说晏存希性格不像他们，但仔细观察，还是像的。

晏存希很像小时候的满月和晏清辉，长大后的满月和晏清辉或多或少受到了后天影响，晏存希是他们最初的影子。他是璞玉，满月并不想评价他，她只想看他成长，然后位居身后，恭喜他，祝福他。

她再次伸手摸了摸他的头，晏存希扭头看过来，主动把脑袋送到满月掌心里，满月笑说："现在给摸了？"

晏存希小声说句："我是小男孩。"

满月笑出声。

晏存希有点不好意思。

满月说："没关系，以后你也会长成男人。"

"想要成为男人需要什么技能吗？"晏存希问。

满月说："我觉得，至少要有责任心。"

晏存希问："像医生那样？"

"不只医生。"

晏存希似懂非懂。

满月说："每个人有每个人的责任，医生的责任是救死扶伤，但是医生还有别的身份，像你爸爸，他还是你的爸爸，我的先生，外公外婆的女婿，每个角色背后都有属于他自己的责任。”

晏存希感慨：“男人好累哦。”

“女人也那么累吗？”晏存希问。

满月问：“你累吗？”

“累哦，还要写作业。”晏存希说。

满月笑：“累了就回头看看。”

“看谁呀？”晏存希问。

满月说：“看妈妈呀，爸爸也在呢。”

晏存希大概懂了这个“回头”是什么，他转了个身，钻进满月怀里，满月感慨道：“我们小家伙要长大了。”

“长大保护你哦。”晏存希说。

满月笑，模仿他的口吻：“谢谢你哦。”

电影落幕，荧屏转黑，一串白字缓缓浮现——

我将一往无前，而你们是我最坚定的底牌。

“‘你们’是谁？”晏存希问。

满月说：“是你和爸爸。”

这时窗外传来响动，满月抱着晏存希起身，拉开窗帘，夜幕早已悄然降临，半空中雪粒簌簌落下，地面已经悄无声息铺了一层白。

冬天到了，窗下，一辆车停进停车位，车门打开，男人下车，他似有察觉地抬头。

一如那么多年，每一次抬头，她都在。他们仍像最初。相爱的人，永远热恋。

满月弯唇一笑，放下晏存希说：“快去给底牌二号开门。”

晏存希跳跃着：“来咯。”

—全文完—

图书在版编目（CIP）数据

记实录 / 别四为著 . -- 南京 : 江苏凤凰文艺出版社 , 2023.1
ISBN 978-7-5594-7252-6

Ⅰ . ①记… Ⅱ . ①别… Ⅲ . ①言情小说 – 中国 – 当代
Ⅳ . ① I247.5

中国版本图书馆 CIP 数据核字 (2022) 第 208138 号

记实录

别四为 著

责任编辑	曹　波
特约编辑	马春雪　李　晶　刘玉瑶
装帧设计	RECNS
责任印制	刘　巍
出版发行	江苏凤凰文艺出版社
	南京市中央路 165 号，邮编：210009
网　　址	http://www.jswenyi.com
印　　刷	天津旭丰源印刷有限公司
开　　本	880 毫米 × 1230 毫米 1/32
印　　张	11.75
字　　数	270 千字
版　　次	2023 年 1 月第 1 版
印　　次	2023 年 1 月第 1 次印刷
书　　号	ISBN 978-7-5594-7252-6
定　　价	42.80 元

江苏凤凰文艺版图书凡印刷、装订错误，可向出版社调换，联系电话025-83280257